Kontaktadresse nach EU-Produktsicherheitsverordnung:
produktsicherheit@droemer-knaur.de

AF706756

KNAUR

Im Knaur Taschenbuch Verlag sind bereits folgende Bücher der Autorin erschienen:
Inselzauber
Eine Villa zum Verlieben
Inselsommer
Sommerwind
Apfelblütenzauber

Über die Autorin:
Gabriella Engelmann, 1966 geboren in München, ist gelernte Buchhändlerin. Nach Stationen als Lektorin und als Verlagsleiterin eines Kinderbuchverlages arbeitet sie heute freiberuflich als Literaturscout und Autorin von Romanen für Erwachsene sowie von Kinder- und Jugendbüchern. Gabriella Engelmann lebt und arbeitet in Hamburg.

Mehr über die Autorin erfahren Sie unter www.gabriella-engelmann.de oder bei Facebook über: Gabriella Engelmann – Autorin.

Gabriella Engelmann

Wolkenspiele

Roman

KNAUR

Besuchen Sie uns im Internet:
www.knaur.de

Wenn Ihnen dieser Roman gefallen hat und Sie auf der Suche sind nach ähnlichen Büchern, schreiben Sie uns unter Angabe des Titels »Wolkenspiele« an: frauen@droemer-knaur.de

Vollständige Taschenbuch-Neuausgabe April 2015
Knaur Taschenbuch.

Redaktion: Friederike Arnold
Umschlaggestaltung: ZERO Werbeagentur, München
Umschlagabbildung: © Gettyimages/Daniel Schoenen
Satz: Wilhelm Vornehm, München
Printed in Germany
ISBN 978-3-426-51744-4

6 8 9 7

Für meine Eltern.
In Liebe und Dankbarkeit.

Dieses Buch ist mein bislang persönlichstes und liegt mir daher ganz besonders am Herzen. Ich war mehrfach auf Amrum, um dort zu recherchieren, und habe mich währenddessen immer mehr in diese Insel verliebt. Sie werden auf den folgenden Seiten Orte und Lokalitäten wiedererkennen, die real existieren, aber auch solchen begegnen, die ich bewusst kreiert habe, um meiner Geschichte den entsprechenden Rahmen zu geben. Wundern Sie sich also nicht, wenn ich ein Haus beschreibe, das es an dieser Stelle vielleicht gar nicht gibt, die Heldin unabhängig von den Öffnungszeiten den Leuchtturm in Wittdün besteigt – oder sich historische Persönlichkeiten mit fiktiven mischen. Denn das ist ja das Schöne an der Phantasie: sie ist grenzenlos! Genau wie die Liebe …

GABRIELLA ENGELMANN

Prolog

Berlin, 1974

Grollend tobte der Sturm über den Dächern Berlins und rüttelte an den knarzenden Fensterläden des Stadtpalais, als begehrte er Einlass.

Auch im Hause der Richters ging es hoch her. Das Künstlerpaar stritt sich in letzter Zeit häufiger, doch nach der heutigen Auseinandersetzung schien es, als sei alles gesagt – und ihre Liebe endgültig gescheitert.

David stand im ersten Stock oben an der Wendeltreppe und musterte seine Frau. Sie trug ihren geliebten bodenlangen Samtmantel, hielt ihre gepackte Reisetasche in der rechten Hand und war im Begriff zu gehen.

»Aber ich liebe dich doch«, sagte er flehentlich. »Ich habe mich wieder und wieder entschuldigt, wieso kannst du mir nicht verzeihen?«

Liane schüttelte den Kopf. Sie konnte ein Leben an der Seite dieses Mannes nicht länger ertragen. Und das, obwohl sie ihn mehr liebte als alles andere auf der Welt. Doch im Laufe der Jahre war zu viel vorgefallen, und jetzt war das Maß endgültig voll. Wenn sie sich ihre Selbstachtung bewahren wollte, musste sie ihn verlassen. »David, ich kann nicht mehr. Du hattest so viele Chancen, aber du hast alles immer nur kaputt gemacht. Ich will nicht den Rest meines Lebens unglücklich sein und gute Miene zum bösen Spiel machen. Lass mich jetzt bitte einfach gehen.«

Mit diesen Worten drehte sich Liane um und ging die lange Holztreppe ins Erdgeschoss hinunter. Draußen wartete

ein Wagen, um sie abzuholen, und sie beschleunigte ihre Schritte. Tränen verschleierten ihren Blick.
»Pass auf dich auf!«, flüsterte David mit erstickter Stimme.
Das Klackern ihrer Absätze hallte durch das Haus.
Plötzlich hörte er ein lautes Poltern, gefolgt von einem durchdringenden Schrei. Dann nichts als Stille. Selbst der Sturm schien sich gelegt zu haben.
In das milde Licht des dämmrigen Winternachmittags getaucht, sah David den Körper seiner Frau auf dem kalten Steinfußboden liegen. Der rote Taftrock war ihr bis zu den Hüften hinaufgerutscht, der Kopf zur Seite gedreht. Es sah aus, als sei Liane in einen friedlichen Schlaf gefallen.

Kapitel 1

Hamburg, 2009

Möwen zogen am Horizont laut kreischend ihre Kreise, während Bernd und ich Hand in Hand am Strand entlangliefen. Das Meer war grau und unruhig, und ich hielt seine Finger fest umklammert. Plötzlich spürte ich eine kalte, unheilverkündende Leere. Als ich zur Seite blickte, war Bernd verschwunden.

Schweißgebadet erwachte ich von meinem eigenen Schrei, sank verschwitzt auf die Kissen zurück und versuchte, das beklemmende Gefühl aus meinem Traum abzuschütteln. Während sich mein Puls verlangsamte und ich Atemzug für Atemzug in die Wirklichkeit zurückkehrte, vernahm ich durch die Wand die Stimme meiner Nachbarin, die lautstark mit ihrer kleinen Tochter diskutierte.

Jeden Morgen dasselbe Theater, dachte ich benommen und musste dennoch lächeln, als ich das helle Stimmchen des Nachbarkindes hörte. Ich sah die kleine Emma förmlich vor mir, wie sie mit verschränkten Armen und trotzig verzogenem Mund auf ihrem Lieblingsoutfit beharrte. Ein kurzes Röckchen und Sandalen bei Schnee, den geliebten Ringelschal und Fellstiefel im Hochsommer.

Kinder, dachte ich seufzend und rollte mich müde zusammen. Dann klingelte das Telefon, und ich warf einen raschen Blick auf die Uhr. Kurz nach sieben. Wenn ich mich nicht abhetzen wollte, um die Fähre zu erreichen, musste ich unbedingt aufstehen. Müde griff ich zum Telefon neben mir auf dem Nachttisch. »Guten Morgen, Schlafmütze«, ertönte die fröhliche Stimme meiner Schwester, die sichergehen wollte, dass ich es pünktlich aus den Federn schaffte.

»Von wegen Schlafmütze, ich bin längst wach!«

Vor meinem Fenster brach der neue Tag heran, und ich fröstelte. Die Vorstellung, jetzt aufbrechen zu müssen, behagte mir gar nicht.

Vielleicht sollte ich doch nicht nach Amrum fahren, sondern hier in meiner kuscheligen Höhle bleiben und nie wieder vor die Tür gehen, dachte ich und seufzte leise. Zu Leona sagte ich:

»Ich melde mich, wenn ich angekommen bin. Grüß Christian und gib den Kindern einen dicken Kuss. Ich rufe Lilly zu ihrem Geburtstag an, sie soll sich schon mal überlegen, was sie sich von mir wünscht.«

Mühsam kroch ich aus den warmen Daunen. In den ersten Monaten nach Bernds Auszug hatte ich es oft nicht vor drei Uhr nachmittags aus dem Bett geschafft – an manchen Tagen war ich gar nicht aufgestanden. Doch nun hatte ich eine Aufgabe, die keinen Aufschub duldete. Also riss ich mich zusammen und tappte barfuß in die Abstellkammer, um meinen Koffer vom Schrank zu holen.

»Heraklion« stand auf dem kleinen Papieretikett, das um den Griff baumelte, und sofort verspürte ich einen Stich in der Herzgegend. Auf Kreta hatten Bernd und ich unseren letzten gemeinsamen Urlaub verbracht, ein verzweifelter Versuch, unsere Ehe zu retten. Leider erfolglos.

Als Nächstes ging ich ins Badezimmer. Mir blieb noch eine knappe Stunde, um mich zu duschen, zurechtzumachen und nebenbei einen Kaffee zu trinken. Mir war es schon immer wichtig gewesen, mir morgens Zeit lassen zu können – nur nicht zu viel Realität auf einmal!

Ich trat vor den Spiegel und betrachtete mich. Vor mir

stand eine zweiundvierzigjährige Frau, die keinen Tag jünger wirkte, als sie war – aber zum Glück auch nicht älter. Mein Haar könnte einen Schnitt vertragen, dachte ich, als ich meine kastanienbraune Mähne zu einem festen Zopf flocht. Dann unterzog ich mein Gesicht einer genaueren Betrachtung: Wann hatten sich eigentlich diese zarten, aber unübersehbaren Krähenfüße um meine Augen gebildet? Doch ich wollte nicht zu streng mit mir ins Gericht gehen, schon gar nicht um diese Uhrzeit! Ich konnte stolz sein auf meine vollen, sinnlichen Lippen und mein schönes Dekolleté. Und auf meine Augenfarbe, die, je nach Lichteinfall, zwischen bernsteinfarben und hellgrün changierte. Bernd hatte mich immer »mein Bernsteinmädchen« genannt.

Vier Stunden später befand ich mich an Deck des Fährschiffes Rungholt auf dem Weg von Dagebüll nach Wittdün. Das Meer war an diesem Septembertag aufgewühlt und schäumte grau unter mir. Schlagartig hatte ich die traurigen Bilder meines Traums vor Augen, und wieder kroch dieses seltsame Gefühl von Leere in mir hoch.

»Wiedersehen«, murmelte ich, als die Fähre ablegte, und war froh über jede Seemeile, die mich vom Festland trennte. Während der Fahrtwind eine Strähne aus meinem Zopf zerrte, vernahm ich Schritte hinter mir, dabei hatte ich bewusst einen Platz auf dem zugigen Deck gewählt, der nicht so leicht zu entdecken war. Seit meiner Trennung hatte ich wenig Lust, unter Menschen zu sein und gute Laune zu heucheln. Ich suchte die Einsamkeit, auch wenn sie manchmal schwer auszuhalten war.

»Verzeihung, haben Sie zufällig Feuer?«, fragte eine männliche Stimme, und ich drehte mich um.

»Nein, tut mir leid. Im Übrigen dürfen Sie hier nicht rauchen.«

Ups … Hoffentlich hatte das nicht zu barsch geklungen.
»Wer sagt, dass ich rauchen will?«, entgegnete der Mann amüsiert. »Ich will nur das Preisschild unter meiner Schuhsohle entfernen. Diese Klebeetiketten sind ganz schön hartnäckig, und es muss ja nicht jeder wissen, dass die Stiefel neu sind.« Die Stimme gehörte einem sympathischen Mann in den Vierzigern mit offenen, hellgrauen Augen und welligem, rötlich-blondem Haar.
»Versuchen Sie es unten im Salon. Bestimmt haben die da ein Streichholz.«
»Haben Sie Lust auf labbrige Bockwürstchen und fiesen Kartoffelsalat mit Mayonnaise? Davon wird einem immer so schön übel.«
Ich musste lachen. »Nein, eher nicht, aber danke! Ich bin Vegetarierin, und außerdem ist der Raum da unten ein bisschen arg plüschig für meinen Geschmack.«
»Okay, ich verstehe. Und ich habe mich ja auch noch gar nicht vorgestellt! Ich heiße Paul Marquardt. Würden Sie denn wenigstens einen Tee mit mir trinken, wenn ich uns welchen hole?«
»Anna Bergman. Danke, das wäre sehr nett. Ich würde einen grünen Tee nehmen, wenn es welchen gibt.«
Nachdem Paul Marquardt gegangen war, starrte ich erneut aufs Wasser. Mein Blick fiel auf die zarten Birkenstämme, die teils einzeln, teils paarweise aus dem Meer ragten und mit Klebebändern versehen waren, die wie kurze, bunte Schals im Wind flatterten.
Als wollten sie sich gegen die Kälte schützen, dachte ich, zog den Ledermantel enger um mich und wackelte mit den Zehen, die ich kaum mehr spürte. Kalte Füße waren mein Markenzeichen. Früher hatte ich sie mit Vorliebe unter Bernds Bettdecke gesteckt und gegen seine warmen Beine gepresst. Tja. Früher …

Weshalb um alles in der Welt pflanzt man Birken mitten in die Nordsee?, dachte ich, während zahllose Bäumchenreihen an mir vorbeizogen. Die orangerote Boje, die soeben in meinem Blickfeld auftauchte, gab mir die Antwort: Sie markierten die Fahrrinne.

»Hier, bitte sehr! Die Bordküche ist gut sortiert.«

Erfreut nahm ich den Sencha-Tee entgegen und spielte mit der Beutelschnur, die aus dem Plastikbecher heraushing.

»Und was führt Sie nach Amrum?«, fragte ich, teils neugierig, teils, um die Stille zu überbrücken.

»Ein Fotoauftrag«, entgegnete Paul Marquardt und beugte sich über die Reling. »Da, schauen Sie!«, sagte er und deutete auf ein faustgroßes, kobaltblaues Loch am wolkenverhangenen Horizont. »Sieht das nicht aus, als hätte der Himmel ein Auge auf uns geworfen?«

»Irgendwie schon«, stimmte ich zu und schaute verträumt in die Ferne.

Als hätte der Himmel ein Auge auf uns geworfen … was für ein poetischer Gedanke! Wenn das wirklich so wäre, was würde der Himmel sehen?, überlegte ich.

Einen Mann und eine Frau. Zwei Fremde, deren Wege sich für einen kurzen Augenblick kreuzen, nur um sich dann gleich wieder zu trennen.

»Darf ich fragen, warum Sie zum Fotografieren ausgerechnet nach Amrum kommen? Ist nicht jeder Fleck dort hundertfach abgelichtet und auf Postkarten verewigt?«

»Erst würde ich gern wissen, was Sie auf die Insel führt«, erwiderte Paul meine Frage.

»Ich schreibe ein Buch über die Schriftstellerin Charlotte Mommsen, die sich 1915 auf Amrum das Leben genommen hat.«

»Oh, das klingt deprimierend!«

»Ja, das ist es auch … Charlotte Mommsen erging es wie vielen Künstlerinnen in der damaligen Zeit. Sie zerbrach an dem Bemühen, ihren Lebenstraum und die herrschenden Realitäten in Einklang zu bringen.«

»Aber hatte sie keine andere Möglichkeit, als Suizid zu begehen? Das kann doch nicht die Lösung sein. Irgendeinen Ausweg gibt es doch immer!«

Ich dachte nach. Irgendetwas an seiner Frage machte mich wütend. Nein, oft gab es im Leben keine zweite Möglichkeit, sosehr man sich auch bemühte. Meine Ehe war schließlich auch gescheitert, obwohl ich so sehr gekämpft hatte.

»Zu Beginn des Ersten Weltkriegs unverheiratet, mit einem Baby und nahezu mittellos dazustehen ist nicht gerade das, was ich als idealen Lebensumstand bezeichnen würde«, antwortete ich etwas heftiger als beabsichtigt. »Charlotte wurde zwar von ihrer Mutter unterstützt, aber Depressionen hatte sie trotzdem, weil sie nicht in das damalige Weltbild passte. Dabei wollte sie nichts weiter, als in Ruhe ihrer Passion, dem Schreiben, nachzugehen.«

»Das Schreiben war ihr wichtiger als ihr Baby? Was ist denn nach ihrem Tod aus dem armen Kind geworden?«

Mein Herz klopfte. Ich verstand nicht, warum, doch ich fühlte mich beinahe persönlich angegriffen und hatte nicht übel Lust, das Gespräch zu beenden und Paul Marquardt einfach stehen zu lassen. Wer war er, dass er so einfach über Charlotte Mommsen urteilte? »Lynn Mommsen wurde von Charlottes Mutter aufgezogen und hatte, soweit ich das zum heutigen Zeitpunkt beurteilen kann, ein gutes Leben. Sie hat die Insel 1935 verlassen und ist nach Berlin gezogen, um dort einen Bankier zu heiraten.« – »Nach Berlin«, antwortete Paul, »da komme ich auch her. Und Sie? Wo liegen Ihre Wurzeln?«

Froh über den Themenwechsel erzählte ich, dass ich in Hamburg wohnte und die Stadt über alles liebte – fast so sehr wie meine Arbeit als Journalistin. Paul schien dem Fotografieren mit ähnlicher Leidenschaft nachzugehen. Im Laufe seines Berufslebens hatte er sich auf Landschafts- und Architekturaufnahmen spezialisiert. Auf Amrum wollte er archäologische Fundstätten ins Visier nehmen.

»Ich wusste gar nicht, dass es so was auf der Insel gibt«, sagte ich verwundert.

»Aber natürlich, schließlich existiert Amrum nicht erst seit gestern. Wenn Sie Zeit haben, sollten Sie sich unbedingt die steinzeitlichen Grabkammern ansehen! Ich könnte auch eine kleine Führung für Sie veranstalten, wenn Sie mögen. Begleiten Sie mich doch einfach bei meinen Aufnahmen. Oder sind Ihnen die Tongefäße, in denen die Amrumer ihre Totenschädel aufbewahrt haben, zu morbide?«, fragte er und grinste. Noch bevor ich antworten konnte, fuhr er fort: »Ich bin eine Woche auf der Insel. Hier ist meine Karte. Rufen Sie mich an, wenn Sie Lust auf einen kleinen Ausflug haben.«

Stil hatte er, das musste man ihm lassen. Immerhin war er nicht so plump, einfach nach meiner Nummer zu fragen. Ich mochte Männer, die einem Raum ließen.

Am Pier wurde Paul von seinem Freund Dominik Lüdersen erwartet, in dessen Hotel er wohnen würde. Als Dominik meine riesigen Koffer sah, bot er sofort an, mich nach Norddorf zu fahren. Ich wollte protestieren, doch die beiden duldeten keinen Widerspruch, und ehe ich mich versah, saß ich in einem schwarzen Saab und ließ die Amrumer Heidelandschaft an mir vorbeiziehen.

»Hat mich sehr gefreut, Sie kennenzulernen«, sagte Paul, nachdem die beiden mich vor meiner Unterkunft abgesetzt hatten.

»Mich auch«, antwortete ich und beobachtete dann, wie

das Auto davonfuhr. Ich tastete nach der Visitenkarte, die ich achtlos in meine Manteltasche gesteckt hatte. Dann wandte ich mich um und ging auf das kleine Häuschen zu, das in den kommenden sieben bis acht Wochen mein Zuhause sein würde.

Kapitel 2

Herzlich willkommen im Watthuis«, begrüßte mich Martha Hansen strahlend. Die rundliche, rotwangige Frau kümmerte sich um die Vermietung der schnuckeligen Friesenkate im Ostteil von Norddorf und wohnte selbst ein paar Straßen weiter. Energisch nahm sie mir die Koffer aus der Hand und stellte sie auf die unterste Stufe der knarrenden Treppe, die ins obere Stockwerk führte. Fröhlich plaudernd zeigte sie mir die Küche und das Wohnzimmer im Erdgeschoss, zwei kleine Schlafzimmer sowie die Stube in der ersten Etage und versicherte mir, ich könne jederzeit anrufen, wenn ich Fragen oder Lust auf einen Plausch hätte. Erfreut über die nette Begegnung verabschiedete ich Frau Hansen und begann, mich in aller Ruhe umzusehen.

Das Ferienhaus konnte bis zu drei Personen beherbergen und war einfach, aber liebevoll eingerichtet. Abgesehen von einem großzügigen Badezimmer gab es eine separate Dusche mit Toilette. Es dominierten die inseltypischen Farben Blau und Weiß, und auf dem Küchentisch stand ein üppiger Strauß dunkelroter Dahlien, die mir freundlich die Köpfe entgegenreckten, als wollten sie mich begrüßen.

Als ich die Stube im ersten Stock inspizierte, stellte ich zufrieden fest, dass ich hier wunderbar würde arbeiten können. Der Holztisch stand genau so, dass ich das eindrucksvolle Wattpanorama vor dem Fenster genießen konnte. Alles um mich herum wirkte wie in einer Puppenstube, filigran und irgendwie nostalgisch. Gedankenverloren packte ich meine Koffer aus. Ein Kleidungsstück nach dem anderen verschwand in dem alten Bauernschrank des Schlafzim-

mers, wo kleine Lavendelsäckchen ihren süßlichen Duft verströmten. Nachdem ich Bücher und Laptop auf den Schreibtisch gestellt und den Internet-Anschluss überprüft hatte, sah ich aus dem Fenster und verspürte einen leisen Anflug von Melancholie.
Es war wirklich nett von Paul Marquardt und seinem Freund, mich hierherzubringen. So viel Zuvorkommen war ich kaum mehr gewohnt. Wen interessierte es schon, ob ich heil auf der Insel angekommen war? Meine Schwester vielleicht. Oder meine Lektorin und den Verleger, weil sie auf mein Manuskript warteten. Aber sonst? Was gab es in meinem Leben außer Arbeit? Seufzend griff ich zum Telefonhörer.

»Du klingst so komisch, ist alles in Ordnung?«, fragte Leona, als sie sich nach dem siebten Klingeln endlich gemeldet hatte. Ich versuchte, meine Traurigkeit zu überspielen, und behauptete, ich sei müde von der Überfahrt.
»Ja, du Arme, so eine Reise kann schon anstrengend sein. Hast du die Landschaft wenigstens genossen und dich nicht nur die ganze Zeit hinter deinen Büchern verkrochen? Ich hoffe, du nutzt die Zeit auf Amrum, um dich endlich mal wieder ein wenig zu amüsieren. Seit der Trennung von Bernd spielst du für meinen Geschmack ein bisschen zu sehr den Einsiedlerkrebs!«
Für einen Moment war ich versucht, Leona von meiner Begegnung mit Paul Marquardt zu erzählen, ließ es dann aber doch lieber bleiben. Meine Schwester sollte keine falschen Schlüsse ziehen.
»Sei unbesorgt, das wird schon wieder. Lass mir einfach noch Zeit.«
Wenig später überprüfte ich den Inhalt der Küchenschränke und schrieb eine Einkaufsliste. Ich ertappte mich dabei, wie meine Gedanken immer wieder zu Paul Marquardt

wanderten. Was er wohl gerade tat? Im Gegensatz zu mir litt er sicher nicht unter Einsamkeit, wahrscheinlich wartete irgendwo in Berlin eine Frau sehnsüchtig auf seine Rückkehr.

Unwillkürlich musste ich an Bernd denken. Anfang kommenden Jahres würde er offiziell mein Ex-Mann sein, unsere Scheidungsanwälte arbeiteten schon an der Aufteilung unseres Vermögens. Die Ferienwohnung am Timmendorfer Strand würden wir verkaufen. Schrecklich, dass es nach fünfzehnjähriger Partnerschaft nichts Wichtigeres zu geben schien, als die Frage, wer welchen Wagen bekam und wer den antiken Sekretär. Wie gut, dass wir kinderlos waren! Es hätte mir das Herz gebrochen, per Anwalt über Sorgerecht und Besuchszeiten verhandeln zu müssen.

»Schluss jetzt!«, rief ich mich energisch zur Räson. Der Supermarkt würde bald schließen, ich hatte keine Zeit für trübe Gedanken.

Wenig später schwang ich mich auf das Fahrrad, das zur Ausstattung des Watthuis' gehörte, und radelte in die Ortsmitte von Norddorf.

Als ich am Deich entlangfuhr und die Pferdekoppel eines Reiterhofs passierte, bekam ich zusehends bessere Laune. Ich war seit Ewigkeiten nicht mehr Rad gefahren, und nach einem etwas wackeligen Start fühlte ich mich frei und sorglos wie ein Kind. Am liebsten hätte ich die Arme weit ausgestreckt und in den Himmel geschaut.

Während ich kräftig in die Pedale trat und mich vom Wind vorwärtstreiben ließ, fiel mir ein, dass es unweit des Supermarkts einen kleinen Laden gab, in dem Marthas Tochter Janneke arbeitete. »Da bekommen Sie zwar nicht alles, aber es geht gemütlicher zu als in den großen Geschäften«, hatte Martha Hansen gesagt. Also bog ich in die kleine Seitenstraße ein, die sie mir genannt hatte, und parkte mein Fahrrad vor dem Laden. Martha Hansen hatte nicht zu viel versprochen: Im Klabautermann fühlte ich mich sofort wohl. Auf den dunklen, schief angenagelten Holzregalen stapelten sich Tee, friesische Butterkekse, Plüschrobben, Federballspiele und Hustenbonbons. Neben dem wirren Sammelsurium gab es eine Frischetheke, und ich spürte, wie mir das Wasser im Mund zusammenlief. Ich nahm mir einen Einkaufskorb, schritt die Regalreihen ab und griff nach rustikalen Einmachgläsern mit selbstgemachtem Honig und Marmelade. Während ich den Zeitschriftenständer nach einem Magazin absuchte, mit dem ich mir den Abend vertreiben konnte, sah ich eine junge Frau Anfang zwanzig, die sich mit einer älteren Dame unterhielt. Sie trug einen nicht mehr ganz blütenweißen Kittel, eine ausgefranste Jeans und ein Namensschild, das ich aus der Entfernung nicht lesen konnte. Mit den Worten »Schönen Abend, Fräulein Janneke«, verabschiedete sich die Kundin und schob ihren Gehwagen langsam Richtung Ausgang. Das Mädchen hielt ihr die Tür auf und winkte zum Abschied.

»Dann sind Sie also Janneke Hansen?«, fragte ich und lächelte. »Ich bin Anna Bergman aus Hamburg. Ich wohne im Watthuis.«

»Ah, die Schriftstellerin. Ich habe schon von Ihnen gehört«, entgegnete Janneke freundlich lachend, wobei sie eine breite Zahnlücke entblößte. Amüsiert studierte ich ihr Gesicht. Ihr Teint war von Wind und Sonne gegerbt, in der linken Augenbraue trug sie ein silbernes Piercing, und ihre blauen Augen strahlten mich offen an. Ihre ursprüngliche Haarfarbe konnte man in dem Mischmasch aus kolorierten Strähnchen nicht mehr ausmachen.

»Eigentlich bin ich Journalistin, schreibe aber gerade an einer Biographie über Charlotte Mommsen. Ich nehme an, der Name sagt Ihnen etwas?«

Janneke knibbelte an ihren Fingernägeln, die sie mit schwarzem Lack bemalt hatte, der an einigen Stellen bereits abblätterte. Mit ihren vollen, blutroten Lippen und den unschuldigen Augen wirkte sie wie eine Mischung aus kleinem Mädchen und Inselpunk.

»Ach, die Selbstmörderin, die auf dem Friedhof der Heimatlosen liegt.«

»Ja, genau die«, entgegnete ich mit einem Lächeln. Irgendetwas an Martha Hansens Tochter gefiel mir.

»Und wieso schreiben Sie das Buch nicht zu Hause, sondern hier?«, erkundigte sich Janneke neugierig.

»Ich wollte ganz in ihr Leben eintauchen, die Orte und die Atmosphäre der Insel auf mich wirken lassen. Außerdem ist es sicher hilfreich, mit Zeitzeugen zu sprechen, die die Familie Mommsen gekannt haben. Zum Schluss versuche ich, all die kleinen Puzzleteile zu einem harmonischen, stimmigen Bild zusammenzufügen.«

»Klingt interessant!«, entgegnete sie und blickte den Ladenbesitzer an, der hinter einem Regal hervortrat.

»Wenn Sie dann bitte zahlen würden, wir schließen«, forderte er mich höflich auf, und Janneke nahm hinter der Kasse Platz. Gemächlich schob sie meine Einkäufe übers Band.

»Könnte ich Ihnen bei der Arbeit nicht helfen? Ich kenne die Einwohner hier ganz gut. Vielleicht kann ich Kontakte für Sie herstellen?«, bot sie an, während sie meine Sachen in einer Papiertüte verstaute. »Das Leben hier ist nämlich verdammt langweilig, ein bisschen Abwechslung wäre schön. Außerdem bin ich ein wissensdurstiger Mensch!«

Ich lächelte. Neugierig war ich selbst auch, und Wissbegierde imponierte mir.

»Das ist nett von Ihnen, ich komme gerne auf Ihr Angebot zurück. Aber geben Sie mir bitte ein paar Tage Zeit, ich muss mich erst mal ein wenig einleben. In Ordnung?«

»Aber klar doch! Sie wissen ja, wo Sie mich finden. Außer dienstags, da habe ich frei. Und Mittwochnachmittag haben wir geschlossen.«
Ich drehte mich noch einmal um, bevor ich auf mein Fahrrad stieg. Durch das Schaufenster sah ich Janneke mit der Bonrolle hantieren, während der ältere Herr den Eingang fegte. Ich konnte verstehen, dass sie sich hier langweilte. Was macht man in diesem Alter abends auf einer Insel?, fragte ich mich. Soweit ich wusste, gab es in Norddorf ein Kino und natürlich Die blaue Maus, eine urige Kneipe, aber selbst das musste irgendwann öde werden.
Langsam radelte ich in Richtung Watthuis und amüsierte mich über das aufgeregte Geschnatter der Enten, die in den Gärten der Inselbewohner nach Körnern pickten. Zeit zum Abendessen dachte ich, und merkte, dass mein Magen knurrte.
Nach meinem Ausflug war mir wesentlich leichter ums Herz, ja, ich freute mich sogar ein wenig auf den vor mir liegenden Abend. Ich würde ein kleines Picknick mit meinen frisch erstandenen Köstlichkeiten veranstalten und dazu ein Glas Rotwein trinken. Und dann würde ich mich in Charlottes Tagebuchaufzeichnungen vertiefen …

Mai 1899

Nun bin ich bei Tante Gundel in Lübeck. Der Empfang war sehr freundlich, aber noch fühle ich mich fremd. Schließlich habe ich Onkel Fritz, Tante Gundel und die Kinder erst wenige Male gesehen. Meine Base Imke zeigte mir sogleich ihr Puppenhaus und ließ mir keine Ruh, obwohl ich mich lieber zurückziehen und lesen wollte. Ihr Bruder Henrik ist ein sehr stiller, höflicher Mensch. Er hat mir guten Tag gesagt und ist dann gleich verschwunden. Eine verwandte Seele, die mein Bedürfnis nach Einsamkeit teilt. Jetzt ist mir angst und bang, dass ich nachts nicht schlafen kann. Das fremde Bett, der ungewohnte Duft der Laken, die Bilder an der Wand. All das ist so anders als daheim auf Amrum. Ich sehne mich nach dem Geschrei der Möwen. Nach der frischen Brise, die durch die Vorhänge in meine Kammer strömt. Travemünde ist zwar nicht weit, aber was ist die Ostsee im Vergleich zur tosenden Gischt meiner über alles geliebten Nordsee?

An dieser Stelle legte ich die Aufzeichnungen beiseite. Bedauerlicherweise waren von Charlotte Mommsens Tagebuch nur noch wenige Fragmente erhalten, und ich hoffte sehr, in den kommenden Wochen die Lücken mit Inhalt füllen zu können.

Die Loseblattsammlung befand sich noch im Archiv des Verlages Mädesüß, der Charlottes Mommsens einzigen Roman *Freigehege* 1920 unter ihrem Künstlernamen Nora Roquette veröffentlicht hatte. Leider war es mir bislang nicht geglückt, eine der früheren Ausgaben zu ergattern. Ich besaß lediglich eine Neuauflage von 2005 mit Charlottes richtigem Namen.

Nachdenklich goss ich mir ein zweites Glas Rotwein ein. Wie gut wir Frauen doch heutzutage gestellt waren! Größtenteils zumindest. Natürlich hatte die Freiheit, alles haben zu können – einen Beruf, Karriere, Familie –, zuweilen auch Nachteile. Doch über solche Sorgen hätten die Frauen früherer Generationen wahrscheinlich nur gelacht. Aber eines würde sich für uns alle nie ändern: die Schwierigkeit, alleine zu sein. Im Grunde ihres Herzens hatte sicher auch Charlotte von inniger Zweisamkeit geträumt, da war ich mir ganz sicher.

Wie aufs Stichwort klingelte mein Handy. Ich warf einen Blick auf die Uhr. Schon nach elf. Ich erhob mich aus dem Schaukelstuhl, in dem ich es mir mit einer Wolldecke gemütlich gemacht hatte, und ging zur Kommode, wo mein Handy vor sich hin surrte.

Es war Bernd.

Ich zögerte. Momentan hatte ich überhaupt keine Lust, mit ihm zu sprechen – es konnte sich ja doch nur um die Scheidung drehen. Andererseits musste es wichtig sein, wenn er so spätabends noch anrief.

»Tut mir leid, wenn ich störe«, entschuldigte er sich. »Aber ich wollte dir sagen, dass Dr. Schmiedbauer einen Käufer gefunden hat, der bereit ist, fünftausend Euro mehr für die Wohnung zu zahlen als die anderen Interessenten. Er will den Deal möglichst bald über die Bühne bringen, damit wir für Ende kommender Woche einen Notartermin vereinbaren können. Passt dir das?«

Den *Deal* … das war so typisch für Bernd! Seit er als Medienanwalt arbeitete, hatten sich immer mehr Amerikanismen in sein Vokabular geschlichen. Vieles, was er sagte, klang bemüht lässig und ein wenig arrogant. Aber das war ja zum Glück nicht mehr mein Problem.

»Eigentlich nicht«, entgegnete ich und klärte Bernd darüber auf, dass ich auf Amrum war. »Allein die Fahrt hin und zurück würde mich fast zwei Tage kosten. Kann ich dir eine Vollmacht erteilen, und du wickelst den Deal alleine ab?« Bernd registrierte meine Ironie nicht einmal.

»Okay, wenn du meinst. Ich frage nach, ob das geht, und melde mich dann wieder. Und sonst? Ist alles in Ordnung bei dir?«

Ungeduldig rang ich mir ein paar halbherzige Smalltalk-Plattitüden ab und hoffte, Bernd schnellstmöglich aus der Leitung zu bekommen. Ich wollte endlich Ruhe vor der Vergangenheit.

Als ich aufgelegt hatte, tigerte ich unruhig im Wohnzimmer auf und ab und beschloss schließlich, noch ein wenig frische Luft zu schnappen. Energisch nahm ich meinen Mantel vom Haken und trat hinaus in die sternklare Nacht. Zahllose Gedanken wirbelten durch meinen Kopf. Bernds Anruf hatte mich ziemlich aufgewühlt. Nach meinem Zusammenbruch damals hatte er mich wie ein kleines Kind behandelt und war offenbar auch heute noch der Meinung, auf mich aufpassen zu müssen. Dabei war das alles jetzt beinahe fünf Jahre her.

Kapitel 3

Gut geschlafen?«, fragte Martha Hansen am nächsten Morgen, als ich ihr im Bademantel und mit zerstrubbeltem Haar die Tür öffnete.

»Äh, ja, danke«, antwortete ich, kaum fähig, meine Augen im grellen Tageslicht zu öffnen. Frau Hansen hatte mich mitten aus dem Tiefschlaf gerissen.

»Ich dachte, Sie freuen sich vielleicht über frische Brötchen und Eier als kleinen Willkommensgruß«, erklärte Martha Hansen, die aussah, als sei sie schon seit Stunden auf den Beinen, und streckte mir einen Leinenbeutel entgegen. »Da ich nicht wusste, was Sie mögen, habe ich einfach mehrere Sorten dazugepackt. Die Eier sind von unseren eigenen Hühnern. Aber nicht dass Sie denken, Sie bekommen das jeden Samstag von mir«, sagte sie augenzwinkernd.

»Oh, danke«, murmelte ich und deutete Martha mit einer vagen Geste an, einzutreten. »Möchten Sie einen Kaffee?«

»Nein danke, ich muss weiter. Ich habe heute Dienst im Öömrang Hüs, und da darf ich nicht zu spät kommen. Aber gern ein anderes Mal!« Mit diesen Worten drehte sie sich um, lief mit energischen Schritten davon und schwang sich auf ihr Fahrrad, das am Zaun des kleinen Vordergartens lehnte.

Öömrang Hüs?, fragte ich mich verwundert. Was das wohl war? Gähnend blickte ich auf die hölzerne Standuhr in der Ecke der Wohnküche. Ich hatte bis elf geschlafen. Viel zu lange!

Während ich Marthas Brötchen verspeiste und der Kaffee langsam meine Lebensgeister weckte, blätterte ich in ei-

nem der Reiseführer, die ich mir vor meiner Ankunft extra noch besorgt hatte.
Ich erfuhr, dass das Öömrang Hüs, in dem Frau Hansen heute Dienst hatte, zum Nachbarort Nebel gehörte, im Jahre 1736 erbaut und bis in die neunziger Jahre bewohnt worden war. Seitdem diente das ehemalige Kapitänshaus als Museum. Eine Handvoll Amrumer arbeitete dort auf ehrenamtlicher Basis. Ich notierte mir die Öffnungszeiten und beschloss, so bald wie möglich dort vorbeizuschauen.
Anschließend überlegte ich, wie ich die kommenden Tage verbringen wollte. Bevor ich mit meinen Recherchen begann, wollte ich das Wochenende nutzen, um am Strand spazieren zu gehen. Meine Seele war immer noch nicht ganz angekommen, und wenn ich im Laufe der letzten Jahre eines gelernt hatte, dann, besser auf mich achtzugeben.
Als ich in meiner Manteltasche nach dem kleinen Schutzengel suchte, den ich immer bei mir trug, entdeckte ich die Visitenkarte von Paul Marquardt. Eine Woche würde er auf der Insel sein. Heute wäre der perfekte Tag für einen Ausflug, der Spätsommer zeigte sich von seiner besten Seite. Am strahlend blauen Himmel sah man nur ab und an kleine Rasierschaumwolken vorbeiziehen; die Luft war angenehm mild.
Meine Finger spielten unschlüssig mit der Karte. Ob Paul Marquardt sich wirklich freuen würde, wenn ich anrief? War er auf der Fähre nicht einfach nur höflich gewesen und ich nun drauf und dran, falsche Schlüsse zu ziehen?
Ach, was soll's, dachte ich, ging zum Schrank und suchte nach einem Pullover für meinen Strandspaziergang. Ich hatte das ewige Gegrübel satt! Ich war gerade erst angekommen, anrufen konnte ich auch ein anderes Mal.
Eine Stunde später saß ich in einem Strandkorb, bohrte meine nackten Zehen in den warmen Sand und schaute

auf das Meer, das glitzernd vor mir lag. Nur ein paar sanfte Wellen brachen sich am Ufer und verteilten ihre Schaumkronen. Ich beobachtete eine ältere Dame, die ihre Schuhe an den Schnürsenkeln zusammengeknotet und über die Schultern geworfen hatte. Sie war barfuß, hatte ihre Hosenbeine hochgekrempelt und strahlte so viel Ruhe aus, dass ich für einen kurzen Moment neidisch wurde. Wie gerne wäre ich auch so mit mir im Reinen gewesen! Ich nickte ihr zu und vertiefte mich wieder in mein Buch über nordfriesische Sagen. Eigentlich müsste man die Mythen um Spökenkieker und Strandpiraten an einem dunklen, vernebelten Novemberabend am Kachelofen lesen, das wäre so richtig schön gruselig. Auch Charlotte Mommsen hatte solche Geschichten geliebt.

In den frühen Abendstunden meldete sich mein Magen, die Brötchen zum Frühstück hielten nicht ewig vor. Ich hatte Lust auf einen frischen, knackigen Salat und beschloss das nächstgelegene Restaurant aufzusuchen, das nur ein paar Meter vom Strand entfernt lag und mir schon bei der Herfahrt aufgefallen war. Danach würde ich mich noch einmal in den Strandkorb verkriechen und den ausklingenden Tag genießen.

Ich hatte Glück und ergatterte einen Tisch mit Blick aufs Meer. Gerade als ich meine Bestellung aufgegeben hatte, fragte ein Herr, ich schätzte ihn auf Ende sechzig, ob er sich zu mir setzen dürfe.

»Bitte«, antwortete ich, deutete auf den Stuhl gegenüber und las weiter in meinem Sagenbuch *Amrum erzählt.* Der Mann musterte mich mit seinen durchdringenden dunkelbraunen Augen. Er war nicht unattraktiv und erinnerte mich ein wenig an den Schauspieler Maximilian Schell.

»Sie interessieren sich für Amrumer Mythologie?«, fragte er. Ehe ich mich versah, war ich mitten in einer angeregten

Diskussion über den rätselhaften Tod des Vogtes Hinnrich Quedens. Ich war erstaunt, wie viel der Mann wusste und wie lebendig er erzählen konnte. Während ich meinen Salat mit den gebratenen Scampi aß, kramte mein Tischnachbar in der Tasche seiner ausgebeulten, hellen Stoffhose, die an den Knien durchsichtig schimmerte. Im Gegensatz zu mir, die fürstlich tafelte, trank er nur ein Glas schwarzen Tee. »Hier, für Sie«, sagte er plötzlich und schob einen kleinen Gegenstand über den Tisch. »Das ist ein Hexenschüsselchen, auch Trollgeschirr genannt. Seit Jahrhunderten suchen die Amrumer Mädchen am Strand für ihre Puppen danach. Aber sie sind mindestens so schwer zu finden wie vierblättrige Kleeblätter.«

»Aber das kann ich unmöglich annehmen«, protestierte ich und betrachtete den Stein fasziniert. Er sah aus wie ein kleiner Schuh, in der Mitte ausgehöhlt und bronzefarben. Die anthrazitfarbene Rückseite war flach. Das Schüsselchen war gut getarnt. Verständlich, dass es so schwer zu finden war. Vorsichtig strich ich über das bronzefarbene Innere.

Als ich aufsah, war mein Tischnachbar wie vom Erdboden verschluckt. Und mit ihm sein Teeglas. Verwundert blickte ich mich um. Hatte ich geträumt? Das Trollgeschirr lag immer noch in meiner Hand.

»Ich glaub, ich hab zu viele Gespenstergeschichten gelesen«, murmelte ich und winkte der Kellnerin. Mit einem Mal kam es mir so vor, als hätte mich die Magie der Insel gestreift. Als sei ich plötzlich ein Teil von ihr geworden.

Das Hexenschüsselchen bekam einen Ehrenplatz auf meinem Schreibtisch. Es würde ab sofort mein Talisman werden. Wer auch immer der mysteriöse Mann war, der es mir geschenkt hatte, ich war ihm dankbar.

* * *

Nachdem ich den Sonntag ebenfalls entspannt am Strand verbracht hatte, packte mich am Montag der Ehrgeiz. Ich war ausgeruht und bereit, mit meinen Recherchen zu beginnen. Meine erste Station war das Antiquariat von Linnart Ingwersen in Wittdün. Der Ort war bequem mit dem Bus zu erreichen, und so stand ich um halb zwölf vor einem kleinen Laden mit dem klangvollen Namen Wohlfeile Bücher. Als ich die Tür öffnete, hörte ich ein Glöckchen bimmeln. Der Antiquar kam aus dem Nebenraum geschlurft und begrüßte mich mit einem Lächeln, das sich über viele Jahre in sein Gesicht gegraben hatte. Seine grauen Augen wirkten milchig, wie so oft bei alten Menschen, und ich fragte mich, weshalb er überhaupt noch arbeitete.
»Was kann ich für Sie tun?«, fragte er mit kratziger Stimme. Ich stellte mich vor und erzählte von meiner geplanten Biographie.
»Charlotte Mommsen«, antwortete er und strich sich über seinen weißen, dünnen Bart. »Diesen Namen habe ich ja schon ewig nicht mehr gehört. Früher haben manchmal Touristen nach ihrem Grab gefragt, aber mittlerweile ... Wie kommen Sie auf diese Autorin?« Mit einem Nicken deutete er mir an, in einem alten Lehnstuhl Platz zu nehmen, er selbst setzte sich gegenüber auf einen Hocker. Ich erzählte ihm von der Idee meines Verlegers, eine Biographienreihe über norddeutsche Künstlerinnen herauszubringen. Aus der Fülle der möglichen Beiträge hatte ich mir Charlotte Mommsen ausgesucht, weil mich ihre Geschichte besonders berührte. Ich berichtete von meiner Arbeit und was ich bereits in Erfahrung gebracht hatte. Linnart Ingwersen stand unvermittelt auf und entschuldigte sich. Ich blieb sitzen und ließ meinen Blick über den Raum gleiten. Um mich herum türmten sich Berge von Büchern, die darauf warteten, in Regale sortiert und katalogisiert zu werden. Viele von ihnen wa-

ren mit einer dicken Staubschicht bedeckt. Offensichtlich konnte Linnart Ingwersen Unterstützung gebrauchen …

»Hier, das könnte Sie interessieren«, unterbrach er meine Gedanken und drückte mir eine speckige Sammelmappe in die Hand. Behutsam entfernte ich das ausgeleierte Gummiband, das die Pappdeckel zusammenhielt, und blätterte in einem Sammelsurium aus altem, vergilbtem Papier.

Liebste Mama, ich schicke dir Grüße aus Lübeck stand da mit Feder und Tinte geschrieben. Ich hielt den Atem an. Waren die Briefe von Charlotte Mommsen? Linnart beobachtete mich wie ein Vater seine Tochter bei den Schularbeiten. Meine Augen flogen über die Seiten, ich konnte es immer noch nicht fassen.

»Woher haben Sie die?«, fragte ich ungläubig.

»Von meinem Freund Frederick Thomsen, einem Literaturwissenschaftler, der maßgeblich an der Veröffentlichung von *Freigehege* beteiligt war. Charlottes Mutter Marret hatte ihm die Aufzeichnungen nach dem Tod ihrer Tochter übergeben. Wenn Sie wollen, leihe ich Ihnen die Briefe. Ein paar Straßen weiter gibt es einen Schreibwarenladen mit einem Kopierer.«

»Sehr gern, vielen Dank! Ich lasse Ihnen meinen Personalausweis da«, stammelte ich, immer noch überwältigt von der unerwarteten Entdeckung. Fast war es, als hätte mich Charlotte hierhergeführt, damit endlich jemand ihre Geschichte aufschriebe. Herr Ingwersen nickte und steckte meinen Ausweis in die Seitentasche seines Leinensakkos.

»Bis gleich!«, rief ich ihm zu und drückte die Mappe an meine Brust. Selig lächelnd trat ich auf die Straße und stellte mir vor, wie viele Geheimnisse darin verborgen waren und nur darauf warteten, von mir entdeckt zu werden.

»Passen Sie auf!«, schrie plötzlich jemand neben mir, und ich wurde zu Boden gerissen. Benommen lag ich auf dem

Bürgersteig und brauchte einen Moment, bis mir klar wurde, was passiert war. Um ein Haar wäre ich von einem Linienbus überfahren worden, weil ich, ohne links oder rechts zu schauen, über die Straße gegangen war.

Der Bus entfernte sich hupend, wobei der Fahrer schimpfte und wild gestikulierte. Irgendjemand hatte mich in letzter Sekunde von der Straße gezerrt. Zitternd drehte ich mich zu meinem Retter um und erkannte Paul Marquardt.

»Was machen Sie denn hier?«, fragte ich und vergaß vor lauter Überraschung, mich zu bedanken.

»Dasselbe könnte ich Sie fragen. Ich dachte, Sie wollten nach Amrum, um zu arbeiten und nicht, um dem traurigen Weg Ihrer Schriftstellerin zu folgen.«

»Nein, ganz bestimmt nicht«, erwiderte ich verlegen und sah, dass meine Mappe auf den Boden gefallen war. Der Wind spielte mit Charlottes Briefen und trieb sie vor sich her.

»Halt! Hiergeblieben!«, rief Paul und packte mich am Ärmel, als er sah, dass ich hintherhechten wollte und gleich noch einmal mein Leben aufs Spiel setzte.

»Die Papiere holen wir, wenn sich der Verkehr wieder ein wenig gelegt hat!«

Hilflos sah ich zu, wie eine Seite nach der anderen durch die Luft wirbelte. Was sollte Herr Ingwersen von mir denken? Natürlich hatte er meinen Beinahe-Zusammenstoß durch das Schaufenster beobachtet und stand nun ebenfalls auf der Straße.

»Meine Güte, Kind«, sagte er, »wo haben Sie denn Ihre Augen?« Sobald die Straße frei war, jagten wir wie wild den weißen Blättern nach.

Einige Minuten später saß ich mit meinem Retter in einem Café und trank ein Glas Cognac. Herr Ingwersen hatte die Unterlagen wieder an sich genommen, um sie zu sortieren und auf ihre Vollständigkeit zu überprüfen.

»Nun beruhigen Sie sich erst mal, Sie sind ja ganz blass!«, sagte Paul und nippte an seinem Kaffee, während ich immer noch zitterte. »Wenigstens sehen wir uns auf diese Weise mal wieder. Natürlich wäre ein Zusammentreffen unter anderen Umständen erfreulicher gewesen«, fügte er grinsend hinzu.
»Ich bin wirklich heilfroh, dass Sie in der Nähe waren und so schnell reagiert haben. Wie kann ich das wiedergutmachen?«
»Wenn ich die Situation ausnutzen wollte, würde ich mir eine Einladung zum Abendessen erschleichen«, entgegnete Paul und lächelte noch breiter. Ohne es zu wollen, fiel mein Blick auf seine Lippen. »Aber ich bin natürlich ein Gentleman und würde so etwas nie tun. Es sei denn, Sie bestehen darauf.«
Während der Alkohol zu wirken begann, entspannte ich mich allmählich. Eigentlich hatte Paul recht. Ein Abendessen war das mindeste, was ich ihm schuldete.
»Ich würde sehr gerne für Sie kochen. Aber ich warne Sie, ich bin keine Sarah Wiener! Vielleicht ist es doch besser, Sie nennen mir ein Restaurant Ihrer Wahl. Ich habe gehört, dass es in Norddorf ein paar ausgezeichnete Lokale gibt.«
Paul tat so, als müsse er gründlich überlegen. Währenddessen sah ich durch das Fenster mit den Spitzengardinen auf die Straße. Mein Blick blieb an einem älteren Herrn hängen, der hastig am Café vorbeieilte und mir irgendwie bekannt vorkam …
»Ich habe nichts dagegen, mich von Ihnen bekochen zu lassen, aber nur unter der Bedingung, dass ich den Wein und das Dessert beisteuern darf«, verkündete Paul, während meine Augen der Silhouette des Mannes folgten.
»Okay«, antwortete ich etwas abwesend. »Ich bin sowie-

so keine Dessertspezialistin. Aber für den Wein sorge ich. Würde es Ihnen Mittwochabend passen?«

»Mittwoch klingt gut. Sagen wir acht Uhr? Ich weiß ja, wo Sie wohnen.« Paul trank seinen Kaffee aus und erhob sich. Er zahlte so schnell, dass ich keine Chance hatte, ihm zuvorzukommen. »Es war schön, Sie wiederzusehen. Jetzt muss ich aber los, sonst versäume ich das frühe Nachmittagslicht für meine Fotos. Bis Mittwoch also. Passen Sie gut auf sich auf!«

Und schon war er durch die Tür. Ich blieb noch einen Moment sitzen, leicht benebelt vom Cognac und von der Aufregung. In den letzten zwei Stunden war so viel passiert wie schon lange nicht mehr. Ich trank noch einen Espresso und ging dann mit klopfendem Herzen ins Antiquariat zurück. Hoffentlich waren keine Unterlagen verlorengegangen! Doch Herr Ingwersen beruhigte mich. Die Briefe waren allesamt wieder in der Mappe, und er war sogar bereit, sie mir ein weiteres Mal anzuvertrauen. Erleichtert ging ich zum Schreibwarenladen – und nahm diesmal den Umweg über den Zebrastreifen.

Mit einem Stapel Kopien unter dem Arm konnte ich den kostbaren Schatz kurz darauf unversehrt zurückgeben.

»Achten Sie bitte in Zukunft besser auf sich!«, sagte Herr Ingwersen zum Abschied und hielt mir formvollendet die Tür auf.

Zurück im Watthuis legte ich die Kopien zu meinen Unterlagen. Heute Abend würde ich einiges zu lesen haben, wie schön!

Dann griff ich nach der zweiten Errungenschaft dieses Nachmittags, einem Kochbuch, das ich im Anschluss an meinen Besuch im Schreibwarenladen in der Buchhandlung Ingwersen in der Inselstraße erstanden hatte. Ein heimeliger Laden, der neben den aktuellen Bestsellern auch Kalender und Fotoartikel im Sortiment hatte und von einem Verwandten von Linnart Ingwersen geführt wurde. Versonnen hatte ich vor dem Regal mit den Regionalia gestanden und einen kurzen Moment davon geträumt, meine Biographie über Charlotte dort stehen zu sehen.

Während ich mich im Schlafzimmer aufs Bett setzte und die Rezepte studierte, merkte ich, dass es mir schwerfiel, mich zu konzentrieren. Ständig musste ich an das bevorstehende Abendessen mit Paul denken und spürte, wie sich mein Herzschlag beschleunigte. Was sollte ich bloß anziehen?

Ich stellte mich vor den Bauernschrank und wühlte in meiner Garderobe. Hosen und Pullis flogen quer durchs Zimmer, einer wie der andere völlig unbrauchbar! Hatte ich denn in den letzten Jahren gar keinen Wert auf meine Weiblichkeit gelegt? Beige, hellgrau, altrosa … alles, um nur ja nicht aufzufallen.

»Findest du mich eigentlich attraktiv?«, überfiel ich meine Schwester ein paar Minuten später am Telefon. Leona war gerade damit beschäftigt, den Geburtstag für ihre Tochter Lilly vorzubereiten, die heute neun wurde und eine Horde Mädchen zu ihrer Pyjamaparty erwartete. Wieder einmal bewunderte ich Leonas Gelassenheit. An ihrer Stelle wäre ich längst mit den Nerven am Ende.

»Wie kommst du denn jetzt da drauf?«, fragte sie entgeistert und wandte sich an Thore, ihren vierzehnjährigen Sohn, den ich im Hintergrund jammern hörte, weil er offenbar in Geldnöten steckte. »Ich hab dir doch gesagt, dass ich keine Lust habe, deine Marotten zu unterstützen«, schimpfte Leona in einem Ton, der keinen Widerspruch duldete.

»Anna, kann ich dich zurückrufen? Hier brennt gerade die Luft«, sagte sie und holte Lilly ans Telefon, damit ich ihr zum Geburtstag gratulieren konnte. Doch Lilly war eher kurz angebunden – sie hatte eine wichtige Verabredung mit der Geburtstagsfee.

»Dann will ich dich nicht länger stören, meine Süße. Mein Geschenk bekommst du, wenn ich wieder zu Hause bin«, sagte ich und wünschte ihr viel Spaß bei ihrer Party.

Nach dem Telefonat stellte ich mich vor den Spiegel und drehte und wendete mich, als sähe ich mich zum ersten Mal. Zögernd schlüpfte ich aus meiner Jeans und dem (hellbeigen) Lambswoolpulli. Ein weißes Top kam zum Vorschein, das beim letzten Waschgang eine Liaison mit irgendetwas Rosafarbenem eingegangen sein musste, und darunter ein abgetragener BH, dessen Drahtbügel an der einen Seite herauslugte. Was für ein trauriger Anblick. Es hatte mal eine Zeit gegeben, in der es mir Spaß machte, mein Gehalt in Designerkleidung zu investieren, angesagte Friseursalons zu besuchen und mich von der Kosmetikerin verwöhnen zu lassen. Ich war regelmäßig zum Sport gegangen, um Bauch und Oberarme zu straffen, die jetzt aussahen, als hätten sie ihre beste Zeit hinter sich. Ganz zu schweigen von den Oberschenkeln, die leichte Spuren von Orangenhaut zeigten.

»Zeit für eine Veränderung, würde ich sagen«, seufzte ich und legte meine Sachen zurück in den Schrank.

Kapitel 4

Das Telefon klingelte, der versprochene Rückruf meiner Schwester. Leona klang so souverän und fröhlich wie immer, offensichtlich hatte ihr die kleine Reiberei mit Thore nicht die Laune verdorben.

»Und, hat er seinen Willen bekommen?«, fragte ich neugierig. Kindererziehung war mitunter eine schwierige Sache, und ich hatte enormen Respekt davor. Ich lachte, als mir meine Schwester wortreich beschrieb, wie sie es endlich geschafft hatte, ihren Sprössling zur Räson zu bringen.

»Wieso willst du plötzlich wissen, ob ich dich attraktiv finde?«, fragte sie schließlich. »Hast du einen Mann kennengelernt?« Aus ihren Worten sprach Hoffnung. Seit der Trennung von Bernd verfolgte sie mich geradezu mit ihren Tipps für eine erfolgreiche Partnersuche.

»Ja, scheint so«, gab ich zu. Leona würde ich sowieso nichts vormachen können.

»Wie schön!«, jubelte sie begeistert. »Wer ist er, wie sieht er aus, wo hast du ihn getroffen?« Ich erzählte von meiner Begegnung mit Paul Marquardt auf der Fähre und seiner spektakulären Rettungsaktion vor dem Antiquariat. Leona war ganz ergriffen.

»Das ist ja so R-O-M-A-N-T-I-S-C-H!«, sagte sie und betonte jede Silbe einzeln.

»Nun mach mal halblang«, protestierte ich. »Ich finde es überhaupt nicht romantisch, um ein Haar in meine Einzelteile zerlegt worden zu sein. Der denkt, ich bin zu doof, um die Straße zu überqueren.«

»Aber du warst in hehrer kultureller Mission unterwegs, das

entschuldigt alles«, entgegnete Leona. »Und was wirst du anziehen? Lass bloß die Finger von deinem ewigen Beige. Nimm lieber was in Lila oder von mir aus Schwarz. Obwohl, Lila ist ja das neue Schwarz. Also Lila!« Leona war ganz in ihrem Element. Wäre sie auf Amrum, hätte sie mich an meiner krausen Mähne in die nächstbeste Boutique geschleift. Apropos: Gab es so was überhaupt auf der Insel? Bislang war mir kein Geschäft ins Auge gestochen, aber ich hatte ja auch nicht wirklich danach Ausschau gehalten.

»Übrigens finde ich dich sehr attraktiv, Schwesterherz. Zumindest, wenn du dir Mühe gibst. Lenk einfach den Blick auf deinen hübschen Mund und dein Dekolleté.« Im Geiste sah ich Paul Marquardt und ein kunstvoll ausgeleuchtetes Watthuis vor mir. *Spot on* auf meine untere Gesichtshälfte und auf meinen Oberkörper ... Ich gluckste und fühlte mich wie sechzehn.

»Und was soll ich mit meinen Haaren anstellen?«

»Trag sie auf alle Fälle offen! Es gibt nicht viele Frauen, die so langes, volles Haar haben. Vorher solltest du eine Kurpackung auftragen, am besten so ein Over-Night-Dings. Oder Olivenöl. Dazu musst du dir die Haare allerdings mit einem Handtuch umwickeln, sonst hast du den ganzen Kram auf deinem Kopfkissen.« Das wollte ich Martha Hansen natürlich auf keinen Fall antun.

Ich schnappte mir einen Zettel und notierte »Haarkur«, »Boutique« und »Lila«, während Leona ohne Punkt und Komma auf mich einquasselte. Inzwischen war sie bei Rezeptvorschlägen angelangt, auch eines ihrer Lieblingsthemen. Im Gegensatz zu mir hätte sie Sarah Wiener in Grund und Boden kochen können. Natürlich vergaß sie mal wieder, dass ich kein Fleisch aß, also kam die Hälfte aller wohlgemeinten Tipps nicht in Frage, es sei denn ich ersetzte Hack & Co. durch Sojageschnetzeltes oder Seitan. Aber ob ich so was auf Amrum fand, wagte ich zu bezweifeln. Zumindest nicht im *Klabautermann.* Wie aufs Stichwort klingelte es an der Tür.

»Leona, ich muss Schluss machen, es scheint, als bekäme ich Besuch«, erklärte ich meiner Schwester, die mir immer noch einen Menüvorschlag nach dem anderen entgegenschmetterte. So genau hatte ich es nun auch wieder nicht wissen wollen.

»Ich habe gehört, was heute passiert ist, und wollte fragen, wie es Ihnen geht«, sagte Janneke Hansen, als ich die Tür öffnete. Einen Moment lang war ich verwirrt. Meinte sie meine Verabredung mit Paul Marquardt?

»Kommen Sie rein«, bot ich an und dirigierte sie zum Sofa. »Möchten Sie einen Tee?«

»Nein danke, ich bin gekommen, weil ich ein kleines Carepaket für Sie gepackt habe«, erklärte meine Besucherin und begann, in einer riesigen Umhängetasche mit Totenkopfaufdrucken herumzukramen. Stolz beförderte sie Baldriantropfen, Melissentee, einen kleinen Flachmann und eine Tafel Schokolade zutage.

»Ich dachte, dass Sie nach diesem Schock heute Nachmittag etwas Beruhigendes brauchen können.«

»Woher wissen Sie von meinem Abenteuer?«, fragte ich verwundert.

»Tja, so eine Insel ist eben ein Dorf. Bertha Vogler vom Café Stranddüne ist mit meiner Mutter befreundet. Sie hatte den Vorfall durchs Fenster beobachtet. Und dann haben Sie mit diesem attraktiven Typen einen Cognac bei ihr gekippt.«

Einen Cognac gekippt … aha, deshalb also der Flachmann!

»Und woher weiß Frau Vogler, wer ich bin?«, hakte ich nach. Mitte September waren immer noch scharenweise

Touristen auf der Insel unterwegs. Unmöglich, dass diese Bertha jeden Einzelnen kannte!
»Bertha ist ziemlich neugierig. Sie hat gesehen, dass Sie sich mit Linnart Ingwersen unterhalten haben. Also hat sie ihn ausgequetscht und danach meine Mutter angerufen, weil sie wusste, dass Sie bei uns im Watthuis wohnen!«
»Verstehe ...«, antwortete ich halb amüsiert, halb unangenehm berührt. In einer Großstadt wie Hamburg wäre mir so etwas nie passiert. Im Gegenteil. Dort blieben Unglücksfälle meistens lange unentdeckt, weil keiner auf den anderen achtete.
Während ich die Schokolade in kleine Stückchen brach und auf einem Teller verteilte, setzte Janneke Teewasser auf und holte eine Glaskanne samt Stövchen aus der Küchenvitrine. Man merkte, dass sie sich im Watthuis auskannte. Während der Melissentee durchzog, musterte sie mich prüfend.
»Eigentlich sehen Sie ganz okay aus«, konstatierte sie und schob sich ein Stück Schokolade in den Mund. »Konnte Linnart Ihnen weiterhelfen?«
Ich erzählte ihr von Charlottes Briefen und davon, wie ich meine ersten Tage auf der Insel verbracht hatte. Paul Marquardt ließ ich allerdings unerwähnt. Janneke erwies sich als intelligente, lebhafte Gesprächspartnerin, und ich bot ihr bald das Du an.
»Liest du eigentlich gern?«, fragte ich. Im Laufe des Abends hatte ich immer mehr den Eindruck gewonnen, dass das Mädchen mit seinem Job an der Kasse restlos unterfordert war.
»Nee, eigentlich nicht«, antwortete sie, und ich war beinahe enttäuscht. »Ich schaue lieber Filme oder treffe mich mit Freunden. Aber vielleicht habe ich einfach noch nicht die richtigen Bücher in die Finger bekommen. In den Buch-

handlungen hier verkaufen sie eher leichte Kost. Und da steht doch sowieso immer nur derselbe Mist drin!«
Ich lachte, denn ich konnte mir lebhaft vorstellen, wovon sie sprach. Leicht konsumierbare Lektüre für Urlaubstage am Strand. »Aber dein Buch über Charlotte Mommsen, das würde ich gern lesen!«

Um kurz vor Mitternacht verabschiedete sich Janneke. Als ich im Bett lag, ließ ich den Tag Revue passieren. Ich fühlte mich so lebendig wie schon lange nicht mehr und freute mich wie ein kleines Kind auf Mittwoch und darauf, endlich mal wieder neue Kleider zu kaufen. Gleich morgen würde ich losziehen! Janneke hatte mir ein paar Tipps geben können, auch wenn die meisten Inselbewohner zum Shoppen aufs Festland fuhren oder sich ihre Sachen selbst nähten. Janneke zum Beispiel hatte sich den silbern glitzernden Totenkopf eigenhändig auf ihre schwarze Leinentasche gestickt und ihn mit Strasssteinchen beklebt, von denen ich später einige unter dem Sofa wiedergefunden hatte.
»Eintönigkeit regt die Kreativität an«, hatte sie mir erklärt, und ich konnte mir gut vorstellen, dass in ihr weit mehr steckte als nur eine Kassiererin. Ich könnte eine Tasche bei Janneke in Auftrag geben, überlegte ich. Oder ein T-Shirt. Mit diesen Gedanken sank ich endlich in einen tiefen Schlaf. Der Baldrian, den ich mir kurz vorher auf die Zunge geträufelt hatte, tat seine Wirkung.

* * *

Der nächste Tag begann grau und regnerisch, das schöne Wetter legte offenbar eine Pause ein. Doch das störte mich nicht. Für heute hatte sowieso Einkaufen auf dem Plan gestanden. Beschwingt schlug ich die Decke beiseite und

öffnete das Fenster. Unglaublich, wie stark die Temperatur gesunken war, es duftete nach Herbst!
Während des Frühstücks dachte ich beschämt, dass ich noch keine Zeile von Charlottes Briefen gelesen hatte. Die Aussicht auf das bevorstehende Abendessen mit Paul Marquardt hatte mich viel zu sehr in Beschlag genommen. Aber heute Nachmittag wollte ich konsequent sein und mich endlich an die Arbeit machen! Außerdem konnte die Haarkur währenddessen wunderbar einwirken.
Eine Stunde später war meine Euphorie schon etwas gedämpft. Nach einem Abstecher in die Drogerie war ich den Strunwai entlanggeschlendert, Norddorfs Einkaufsmeile. Hätte ich nach kitschigen Souvenirs oder Wohnaccessoires Ausschau gehalten, wäre ich hier fündig geworden, aber in Sachen Kleidung war das Angebot ziemlich mager. Seufzend betrat ich das »Kaufhaus« Jan S. Jannen, meine letzte Station. Auch hier hatte der Herbst schon Einzug gehalten, und ich musste mich durch Berge von Steppjacken, Thermohosen und Fellstiefel wühlen, bis ich endlich einen Ständer mit reduzierter Sommerware entdeckte. Vielleicht war hier etwas dabei, in dem ich nicht wie gepanzert aussehen würde. Und tatsächlich, ich entdeckte ein Wickelkleid, das mir auf Anhieb gefiel, aber nach einer Oberweite verlangte, mit der ich trotz meines vielgelobten Dekolletés leider nicht aufwarten konnte.
»Kann ich helfen?«, erkundigte sich eine sympathisch aussehende Verkäuferin, und ich fragte nach einer kleineren Größe.
»Tut mir leid, das ist alles, was wir haben. Aber warten Sie mal …«
Kurz darauf erschien sie mit einem trägerlosen Push-up-BH. »Probieren Sie den mal dazu an!«
Skeptisch verzog ich mich in die Umkleidekabine.

»Hier habe ich noch etwas für Sie«, ertönte gleich darauf die Stimme der Verkäuferin, die mir ein Paar petrolfarbene Nylonstrümpfe, Ohrringe und ein Holzarmband in die Kabine reichte. Und wirklich, mit aufgepolsterter Oberweite war die Größe kein Problem mehr, und die Accessoires peppten das schlichte Kleid enorm auf. Ohne Zuspruch hätte ich mich so etwas nie getraut! Ich wusste gar nicht, was ich schöner finden sollte: meinen Ausschnitt oder meine Beine, die in den auffälligen Strümpfen besonders lang wirkten.

»Jetzt brauchen Sie noch schwarze Stiefel«, erklärte die nette Verkäuferin und reichte mir ein Paar sündhaft teure Marco Polos in die Kabine. Das Ergebnis konnte sich sehen lassen. Fasziniert posierte ich vor dem Spiegel.

»Gekauft!«, sagte ich glücklich, auch wenn das neu erworbene Outfit ein großes Loch in mein Portemonnaie reißen würde.

Den Rest des Tages verbrachte ich mit ausgiebiger Schönheitspflege – das hatte ich mir schon so lange nicht mehr gegönnt! Ich lackierte mir sogar die Nägel. Während die Farbe trocknete und die Haarkur einwirkte, wandte ich mich endlich der Aufgabe zu, wegen der ich eigentlich hier war. Und Charlotte Mommsens Geschichte zog mich sofort in ihren Bann.

Kapitel 5

Sie sehen toll aus!«, rief mein Besucher bewundernd aus und küsste mich links und rechts auf die Wange. »Und bevor wir uns länger mit Förmlichkeiten aufhalten: Ich heiße Paul.«

Mit diesen Worten überreichte er mir den Wein und eine Glasschüssel mit appetitlich aussehender Creme. »Mousse au Chocolat, hoffentlich schmeckt sie dir«, sagte er und betrat das Wohnzimmer, wo ich den Tisch gedeckt hatte.

»Ich liebe Mousse«, entgegnete ich und stellte die Schüssel in den Kühlschrank. Mein Herz klopfte bis zum Hals, und ich hoffte, dass Paul nicht merkte, wie stark meine Hand zitterte.

»Schön hast du's hier«, sagte er, während ich den Wein entkorkte. »Wie lange bleibst du eigentlich auf Amrum?«

»Das weiß ich noch nicht genau. Wahrscheinlich ein, zwei Monate. Je nachdem, wie schnell ich mit dem Schreiben vorankomme. Und du? Wie läuft's mit deinen Fotos?«

»Eigentlich ganz gut. Obwohl die Lichtverhältnisse nach dem Wetterwechsel schlechter geworden sind. Kann sein, dass ich ein paar Tage länger bleibe als geplant.«

»Hast du denn keinen Abgabetermin?«, erkundigte ich mich und dachte an meinen Verleger.

»Natürlich, aber da sind Verzögerungen schon einkalkuliert. Bei Naturaufnahmen läuft selten alles nach Plan. Das sind schließlich keine Bikinifotos aus dem Studio!«

Der Gedanke, dass Paul attraktive Strandschönheiten mit perfekten Körpern fotografieren könnte, versetzte mir einen kleinen Stich, doch ich rief mich zur Ordnung. Schließlich fotografierte er ja gar keine Models! Und überhaupt hatte mich das nicht zu interessieren.

Das Essen, Salat mit Nordseekrabben als Vorspeise und Spinat-Lasagne als Hauptgang, war mir zu meiner großen Erleichterung wunderbar gelungen. Es war merkwürdig gewesen, den Tisch für zwei Personen zu decken und Kerzen anzuzünden. Außer Leona hatte ich seit der Trennung von Bernd niemanden mehr bekocht – schon gar keinen Mann. Doch ich genoss die angeregte Unterhaltung und fand es schön, einmal nicht alleine essen zu müssen.
Nach dem Dessert wechselten wir aufs Sofa. »Wie hast du die Mousse zubereitet?«, fragte ich neugierig. Paul hatte in seinem Hotelzimmer bestimmt keine eigene Küchenzeile.
»In der Küche des Steenodde. Der Maître de Cuisine war zuerst etwas irritiert, aber am Schluss haben wir uns gegenseitig Ratschläge gegeben.«
Tja, der Mann hat eindeutig ein Händchen fürs Süße! Die Creme war schaumig und sehr intensiv im Geschmack, beinahe wie Schokotrüffel.
»Scheint, als würdest du gerne kochen.«
»Ja, und besonders gern vegetarisch. Ich bin froh, dass du mir keine Lammkeule kredenzt hast wie auf der Insel üblich.«
Er mochte auch kein Fleisch, wie schön!
Wir plauderten angeregt über Kulinarisches, bis Paul plötzlich fragte: »Magst du mir ein bisschen von Charlotte Mommsen erzählen? Ich wüsste sehr gern, was dich dazu veranlasst, dich so intensiv mit einem so düsteren Thema zu befassen.«
Ich lehnte mich zurück und entspannte mich zusehends. Paul wirkte ruhig, ehrlich interessiert, und ich hatte das seltsame Gefühl, ihn schon lange zu kennen.

»Charlottes Geschichte beginnt 1883 mit ihrer Geburt auf Amrum. Ihr Vater Sönke war erst Landwirt, später Hotelier. Wie du vielleicht weißt, wurde Amrum 1890 offiziell zum Seebad erklärt, und so gelangte die Familie zu ansehnlichem Wohlstand. Sönke Mommsen war ein ausgezeichneter Geschäftsmann, und bereits damals lebte die Insel in erster Linie vom Tourismus. Charlottes Mutter Marret bekam insgesamt fünf Kinder, Charlotte war ihre Lieblingstochter. Im Alter von sechzehn Jahren wurde sie nach Lübeck geschickt, um dort die Schule für höhere Töchter zu besuchen. Während dieser Zeit wohnte sie bei Gundel, ihrer Tante mütterlicherseits. Wie ich aus den Tagebuchaufzeichnungen und Briefen weiß, hat Charlotte sich in dieser Zeit sehr einsam gefühlt.«

Paul nickte erneut.

»Und was sollte sie auf dieser Schule lernen? War das so etwas wie eine Vorbereitung auf das Leben als Ehefrau und Mutter?«

»Im Prinzip ja«, stimmte ich zu. »Aber Charlotte war hochintelligent und hatte nicht das geringste Interesse an Koch- und Nähunterricht. Stattdessen hat sie viel gelesen und ist mit ihrer Tante ins Theater gegangen. Manchmal fuhren die beiden sogar nach Hamburg ins Schauspielhaus. Und weil die Eltern sich eine finanzielle Absicherung für Charlotte wünschten, ermöglichten sie ihr im Anschluss an die Töchterschule den Besuch des Lehrerinnenseminars von Clara Roquette.«

»Interessierst du dich deshalb so für sie? Weil sie ein Freigeist war und sich nicht den Konventionen untergeordnet hat? Wolltest du selbst auch nicht heiraten?«

Verblüfft blickte ich Paul an. Das war mir eindeutig zu direkt. Wir kannten uns kaum, hatten gerade mal zusammen zu Abend gegessen und ein wenig geplaudert.

»Schon gut, du musst nichts sagen, ich wollte dir nicht zu nahe treten«, lenkte er ein, als er mein Gesicht sah.
Um meine Verlegenheit zu überspielen, stand ich auf und holte Charlottes Roman. Schließlich sollte Paul wissen, wovon ich sprach.
Als ich die Treppe herunterkam, waren zwei der vier Kerzen erloschen und das Wohnzimmer beinahe dunkel. Schmerzlich erinnerte ich mich an die kuscheligen Abende, die ich in Bernds Armen verbracht hatte. Vielleicht hatte Leona recht, vielleicht war es wirklich langsam an der Zeit, sich wieder dem Leben zuzuwenden.
Im Schein der Leselampe blätterte Paul in der Neuausgabe von *Freigehege* und studierte das Impressum.
»Hier steht, Charlottes Künstlername war Nora Roquette. Hast du den Namen Roquette nicht vorher erwähnt?« Ich nickte. Paul war wirklich ein aufmerksamer Zuhörer. Die Gründerin des Lehrerinnenseminars hieß Roquette. Zu dem Vornamen Nora hatte Charlotte allerdings eine andere Frau inspiriert.

Dezember 1899

Heute haben Tante Gundel und ich die Reise nach Hamburg angetreten, um im Schauspielhaus der Darbietung ›Nora‹ von Henrik Ibsen beizuwohnen. Nora lebt als Ehefrau und Mutter von drei Kindern in Verhältnissen, die sich anfühlen wie ein goldener Käfig mit fest verriegelter Tür. Für ihren Ehemann soll sie eine kleine Lerche sein, immer froh gelaunt – ein hübsches Püppchen, mit dem man spielen und sich vergnügen kann. Wenn die Liebe einen solchen Preis fordert, möchte ich sie nicht erfahren. Und wenn ich daran denke, dass ich alsbald auch heiraten soll, wird mir elend. Es gibt so vieles, was ich erleben, was ich lernen möchte. Doch dazu gehört Freiheit … und niemals die Enge eines häuslichen Käfigs!

Ich erzählte von Charlottes Passion für Henrik Ibsen, dessen Werke sie mit großer Begeisterung verschlungen hatte. Die Bibliothek der Lübecker Familie war gut sortiert, und so hatte sie ihre freien Abende damit verbracht, zu lesen, bis sie einschlief – mit Geschichten von unabhängigen, kämpferischen Frauen im Herzen.
»Wie ist Charlotte eigentlich genau ums Leben gekommen?«, erkundigte sich Paul.
»Sie hat sich ertränkt. 1915 ging sie während einer stürmischen Winternacht an der Nordspitze der Insel ins Watt und versank in einem Priel. Die Taschen ihres Kleides waren mit Steinen beschwert, weshalb ihre Leiche erst Tage später entdeckt wurde.«

Als sich eine Stunde später die Tür hinter Paul schloss und ich heißes Wasser über das Geschirr laufen ließ, dachte ich versonnen an den schönen Abend zurück. Ich hatte schon lange kein so anregendes Gespräch mehr geführt. Bernd hatte es mit den Jahren leider zusehends weniger interessiert, woran ich arbeitete oder was mich beschäftigte. Kaum merklich hatte sich Gleichgültigkeit in unser Leben geschlichen, und irgendwann hatte Bernd Abend für Abend neben mir gelegen und den Wirtschaftsteil der Tageszeitung studiert oder Golfregeln auswendig gelernt. Darüber war er meistens eingeschlafen, und so glitten wir in die Nacht, ohne einen Kuss oder auch nur eine zärtliche Geste, die sagte: *Wir gehören zusammen.*
War jede Liebe zur Routine verdammt?, überlegte ich, als ich im Bett lag und das Licht löschte. Ich blickte durch den Spalt des Schlafzimmervorhangs und dachte daran, wie einsam und verzweifelt Charlotte sich in ihrer Zerrissenheit gefühlt haben musste. Ich wollte unbedingt herausfinden, weshalb ihre Liebe zu Simon Broder gescheitert war und

warum die beiden nicht geheiratet hatten, nachdem Charlotte die kleine Lynn bekommen hatte. Aus ihrem späteren Leben gab es nur wenige Dokumente, was das Schreiben der Biographie erheblich erschwerte. Ob ich Linnart Ingwersen noch einmal einen Besuch abstatten sollte? Vielleicht hatte er noch weitere Informationen, die ich ihm entlocken konnte, wenn er mich erst ein wenig besser kannte? Aber für den Moment fand ich es einfach schön, mich tiefer in die Federdaunen zu kuscheln, ins Mondlicht zu schauen und den Abend mit Paul Revue passieren zu lassen. Was für ein interessanter, feinfühliger Mann! Und ein Künstler dazu. Ich konnte es kaum abwarten, seine Amrum-Fotos zu sehen, die er in den letzten Tagen gemacht hatte. Er hatte versprochen, sie mir am kommenden Freitag zu zeigen. Aber vielleicht konnte ich es auch nicht erwarten, *ihn* zu sehen?!

Kapitel 6

Donnerstagmorgen erwachte ich ungewöhnlich früh. Ich hatte wieder schlecht geschlafen. Im Traum war ich Hand in Hand mit Charlotte am Strand entlanggegangen. Wir lauschten dem Tosen des Wassers, und plötzlich wandte Charlotte sich von mir ab. Bevor das Meer sie verschlang, drehte sie sich um und winkte mir ein letztes Mal zu. Ihr Blick enthüllte weder Furcht noch Trauer. Vielmehr schien es, als wüsste sie endlich, wohin sie gehen musste.

Als ich die Vorhänge beiseitezog, blickte ich auf die Wattwiesen, die unter einem dichten Nebelteppich verborgen lagen. Im Schlafzimmer war es eisig kalt, und ich drehte die Heizung auf, obwohl wir erst September hatten. Nachdem der Heizkörper einen zischenden, gurgelnden Laut von sich gegeben hatte, ging ich nach unten in die Küche, um Teewasser aufzusetzen. Während ich nach der Milch im Kühlschrank griff, fiel mein Blick auf die Reste von Pauls Mousse au Chocolat. Eigentlich war ich kein Süßmäulchen, aber heute konnte ich nicht an mich halten. Löffel für Löffel schwelgte ich in dem köstlichen Schokoschaum und in Gedanken an den vergangenen Abend.

Als ich die leere Glasschüssel in die Spüle stellte, dachte ich, dass heute eigentlich ein perfekter Tag sei, um mit dem Schreiben zu beginnen. Abgesehen von einer kurzen Einleitung hatte ich noch keinen Satz zu Papier gebracht. Aber irgendwie war mir nicht danach, um Formulierungen zu ringen, und die Aufregung des vergangenen Abends verebbte nur langsam. Außerdem brauchten die Heizkörper hier unten erstaunlich lang, um warm zu werden, die Zimmer waren immer noch eiskalt. Vielleicht sollte ich erst einmal nach draußen gehen und den Tag nutzen, um später in ein warmes, heimeliges Haus zurückzukehren. Der graue, verschleierte Tag forderte geradezu dazu auf, in den Nachbarort Nebel zu fahren und den Friedhof der St.-Clemens-Kirche zu besichtigen.

Nachdem ich mich angezogen hatte und die Heizung immer noch kalt war, wurde ich misstrauisch und rief Martha Hansen an. »Oh, tut mir leid, das zu hören«, sagte sie. »Ich komme gleich vorbei und sehe nach dem Rechten.«

Keine zehn Minuten später stand sie im Wohnzimmer und werkelte mit einer Zange an den Heizkörpern herum. Leider ohne Erfolg.

»Ich frage Herrn Degenhardt, ob ich einen Klempner rufen darf. Dann ist die ganze Sache bestimmt schnell behoben. Und bis dahin schicke ich meinen Mann mit einem mobilen Heizlüfter vorbei. Wäre das in Ordnung?«

Ich bedankte mich für die Hilfe und erklärte, dass ich den heutigen Tag sowieso größtenteils in Nebel verbringen würde. »Aber wer ist denn dieser Herr Degenhardt, von dem Sie gerade sprachen? Hat er etwas mit dem Watthuis zu tun?«

Martha Hansen lachte.

»Allerdings. Das Haus gehört ihm. Ich kümmere mich nur um die Verwaltung und um die Gäste.«

Ich war verwundert.

»Aber im Internet wird er gar nicht erwähnt.«

»Maximilian Degenhardt ist in diesen Dingen etwas eigen«, erklärte Martha Hansen mit bedeutungsvoller Miene. »Er sagt immer, dass er seine Ruhe will und nicht mit den Fragen der Leute belästigt werden möchte.«

Ein Einsiedlerkrebs also! Hatte mich Leona nicht neulich auch so genannt?

»Lebt er hier auf der Insel, oder nutzt er das Watthuis nur als Anlageobjekt?«, fragte ich weiter. Martha Hansen hatte meine Neugier geweckt.
»Er wohnt an der Nordspitze im Nieblumhuis. Wenn Sie dem Bohlenweg zum Vogelschutzgebiet folgen, liegt es auf der linken Seite. Eine kleine, verwitterte Kate.«
Der Vermieter des schnuckeligen Watthuis wohnte selbst in einer Kate? Das wurde ja immer interessanter!
»Und was macht er da den ganzen Tag?«
»Keine Ahnung, ehrlich gesagt. Ich glaube, er liest viel, geht häufig spazieren, denkt nach. Er ist ein intellektueller Typ, der sich von anderen schnell belästigt fühlt. Ich sehe ihn kaum, höchstens wenn er mal ein Dorffest besucht. Das kommt aber selten vor. Gemüse und Obst baut er selbst im Garten an, dann hat er noch ein paar Hühner und eine Kuh. Backt sein eigenes Brot. Viel mehr braucht er nicht zum Leben.«
Vor meinem inneren Auge entstand das Bild eines verschrobenen Egozentrikers. Auch wenn ich momentan eher zurückgezogen lebte, wollte ich die Menschen um mich herum nicht missen. Alles andere erschien mir widersinnig und geradezu unnatürlich.

Als ich im Bus saß und meinen Reiseführer studierte, erfuhr ich, dass der Ort Nebel seinen Namen nicht den vorherrschenden Wetterverhältnissen verdankte, sondern sich von dem friesischen Ausdruck »Neues Bohl« ableitete, was so viel wie »Neue Ansiedlung« hieß.

Das Herzstück der Insel präsentierte sich an diesem Tag freundlich und einladend. Die Sonne hatte die Bodennebel durchdrungen und blinzelte zwischen den Wolkenbergen hervor. Gemütlich spazierte ich den Uasterstigh hinunter und betrachtete das bunte Treiben. Der Supermarkt Bendixen, das Hotel Friedrichs sowie die vielen kleinen Souvenir- und Bekleidungsgeschäfte verlockten zum Staunen und Einkaufen. Die geschäftige Atmosphäre erinnerte mich entfernt an den Sylter Ort Keitum, den ich so liebte. Vor dem alten Dorfkrug Dörnsk an Köögem angekommen, widerstand ich der Versuchung, mich auf den gemütlichen Teakmöbeln niederzulassen, und ging stattdessen auf den neuromanischen Kirchturm zu, dessen Kupferdach sich über dem Ort erhob. Mein Ziel waren »die sprechenden Grabsteine«.

Es war ein seltsames Gefühl, zwischen den Gräbern auf und ab zu gehen und die Inschriften der verwitterten Tafeln zu studieren. Der Kies knirschte unter meinen Füßen, über mir zogen kreischende Möwen ihre Kreise, und im Hintergrund dominierten Reetdächer und dunkelgrüne Hecken das Bild.

Nachdem sich mein anfängliches Unbehagen gelegt hatte, ließ ich mich in längst vergangene Zeiten entführen.

»Er wirkte bis zu seinem plötzlichen Tode fröhlich, mit Liebe für Familie und Insel« stand auf dem Stein von Kapitän Wilhelm Tönissen, und ich spürte einen dicken Kloß im Hals. Kapitän Wilhelms Frau Georgine hatte ihren Mann um zweiundvierzig Jahre überlebt. Dem Text konnte ich entnehmen, dass ihre Ehe fünfundzwanzig Jahre gehalten hatte und fünf Kinder aus ihr hervorgegangen waren. Und das, obwohl der Kapitän nach Mexiko und Australien gefahren und 1916 in nordamerikanische Gefangenschaft geraten war.

Fünfundzwanzig Jahre Ehe – wer schaffte das heutzutage noch? Das waren zehn Jahre mehr, als ich mit Bernd verbracht hatte.

Die anderen Grabsteine erzählten ähnliche Geschichten,

und oft waren die Ehefrauen ihren Männern kurze Zeit später in den Tod gefolgt.

Würde es in meinem Leben je so einen Mann geben?, fragte ich mich mit einem Anflug von Melancholie. Einen Mann, dem ich in den Tod folgen würde, oder er mir?

»Eine Schande ist das, nicht wahr?«

Schnell blinzelte ich die Tränen weg. Ich drehte mich um und schaute in die Augen eines alten, grimmig dreinblickenden Mannes, der einen Schubkarren mit Heidekraut vor sich herschob. Der Friedhofsgärtner wahrscheinlich.

»Die Grabsteine sind kurz vorm Zerfallen, weil sich niemand hier drum kümmert.«

Ich verstand kein Wort.

»Wenn man die Steine wenigstens einmal im Jahr mit einer Bürste und warmem Wasser abschrubben würde, hätten die Moos- und Krustenflechten nicht so ein leichtes Spiel. Aber dafür fehlt ja wie immer das Geld!« Anklagend wies er auf den Quader, vor dem ich gerade stand. »Sehen Sie, wie die Zellfäden sich in den Gesteinsporen verankern? Die fressen sich immer weiter rein, und irgendwann kann man sie nicht mehr entfernen, sonst reißen die Buchstaben ab!«

Der Gärtner wandte sich ab und trottete kopfschüttelnd davon. Nachdenklich betrachtete ich die rissigen Steine. Ich konnte dem Mann nur zustimmen, ein Stück Inselgeschichte und eine nahezu einzigartige Totenkultur verfiel, ohne dass jemand etwas dagegen unternahm. Die Reliefschrift auf den Steinen erzählte von Liebe und Abenteuern auf hoher See, von Walfängern und Kapitänen. Es wäre furchtbar traurig, wenn das alles in Vergessenheit geriete.

Ich blieb noch einen kurzen Moment an der Grabstätte des Steinmetzes Jan Peters stehen, der viele der imposanten Ehrenmäler gemeißelt hatte. Sein eigenes hingegen war klein und unauffällig.

Fast wie bei Maximilian Degenhardt, dachte ich. Er selbst lebte so bescheiden, während das Watthuis mit allem Komfort ausgestattet war. Ich nahm mir vor, demnächst bei seiner Kate vorbeizuschauen. Vielleicht würde ich ja einen kurzen Blick auf ihn erhaschen können.

Ein paar Minuten später saß ich vor dem Dorfkrug und ließ mich von der Sonne wärmen, die inzwischen alle Wolken vertrieben hatte. Ich aß ein großes Stück Friesentorte und gab goldgelben Rumkandis in meinen Tee. Wenn ich so weitermachte, würde ich bald auch ohne Push-up in mein Wickelkleid passen.

Anschließend stöberte ich in dem seitlich angeschlossenen kleinen Verkaufsraum, wo selbstgemachte Pralinen, Marmeladen und Teespezialitäten angeboten wurden. Die Etiketten trugen Namen wie »Mondgeistertee«, »Dünengeister« und »Trooldask«, was Hexenschüssel bedeutete. Der Besitzer schien eine Vorliebe fürs Übersinnliche zu haben. In der Auslage am Fenster entdeckte ich Bernsteinschmuck, der böse Geister fernhalten sollte und den man den vermeintlich untreuen Ehefrauen nachts auf die Brust gelegt hatte, um ihnen ein Geständnis zu entlocken.

Randvoll mit Eindrücken trat ich den Heimweg an. Im Bus ließ ich mich erschöpft auf einen Sitz fallen und freute mich darauf, bald wieder im Watthuis zu sein. Wir passierten die Nebler Mühle, die zum Museum umgebaut worden war und heute als Ausstellungsraum diente. Früher, wenn der Müller vom Tod eines Amrumer erfahren hatte, richtete er die Mühlenflügel so aus, dass sie ein Kreuz bildeten. Leider fuhr der Bus zu schnell, so dass ich mir nicht sicher war. Aber ich hätte schwören können, dass die Flügel auch heute die Form eines Kruzifixes hatten.

Kapitel 7

Haben wir nicht Glück mit dem Wetter?«, fragte Paul und umarmte mich zur Begrüßung. Ich war noch so müde, dass ich in seinen Armen hätte einschlafen können. Außerdem spürte ich deutlich, wie sehr mir körperliche Nähe gefehlt hatte. Ich liebte es, zu kuscheln und andere zu berühren. Doch ich riss mich zusammen, löste mich behutsam aus Pauls Umarmung und sagte nur knapp:

»Finde ich auch.«

Der nächtliche Kälteeinbruch war einem sonnigen Spätsommertag gewichen. Ich nahm im Strandkorb Platz, der auf der Terrasse des Hotels Steenodde stand, und freute mich am Anblick des üppig gedeckten Frühstückstisches. Paul schenkte mir ein Glas frisch gepressten Orangensaft ein. »Das Wetter hat gestern gut mitgespielt«, sagte er, »ich habe fast alle Aufnahmen im Kasten.«

Wie schade, dachte ich. Am heutigen Freitag waren Paul und ich genau eine Woche auf der Insel, und es schien, als bliebe uns nicht mehr viel gemeinsame Zeit.

»Und weil ich so fleißig war, würde ich zur Belohnung gern etwas mit dir unternehmen. Wie wär's mit einer kleinen Spritztour zum Wittdüner Leuchtturm?«

Nach dem Frühstück stiegen wir auf unsere Fahrräder, die Paul sich von Dominic geliehen hatte, und radelten Richtung Wittdün. Ausgangspunkt für unsere Exkursion war die Strandpromenade, wo wir die Räder abstellten.

Der Spazierweg am Meer war von Kartoffelrosen gesäumt, die sich wie zartrosa und grüne Farbtupfer von der grauen Zementierung abhoben. Vereinzelt luden Holzbänke ein, die Aussicht auf die Nachbarinsel Föhr und die Halligen zu genießen.

»Und wann reist du ab?«, fragte ich in die Stille – außer uns war kein Mensch unterwegs.

»Morgen Vormittag«, antwortete er. »Ich nehme die Fähre um elf, so dass ich am frühen Abend in Berlin bin, wenn alles nach Plan läuft. Sonntag sortiere ich mein Bildmaterial, und Montag treffe ich mich mit meinem Verleger zum Mittagessen.«

Ich spürte einen dicken Kloß im Hals. Wie gern hätte ich Paul gefragt, ob er seine Abreise nicht verschieben konnte. Aber ich hatte ja noch nicht einmal herausgefunden, ob er liiert war. Er trug keinen Ehering, aber das musste nichts heißen.

Schweigend spazierten wir über den Bohlenweg, der durch das Naturschutzgebiet führte, und erreichten schließlich einen kleinen See.

»Nanu, das hätte ich jetzt nicht erwartet«, sagte ich verwundert.

»An dieser Stelle hat ein Dünenwall einen alten Strandabschnitt eingeschlossen«, erklärte Paul, der sich bestens auszukennen schien. »Schau, hier hinter der Böschung liegt das Meer!«

Ich folgte seinem Blick nicht, sondern beobachtete eine Entenfamilie, die ihre Kreise über das Wasser zog. Die Mutter vorneweg, fünf piepsende Küken hinterher. Ein schmerzliches Gefühl breitete sich in mir aus, und ich versuchte nach Kräften, die trüben Gedanken zu verscheuchen.

»Komm, lass uns für einen Moment eine Pause einlegen«, schlug Paul vor und zog mich neben sich. »Ist es nicht herrlich? Wann kommt man denn schon mal in den Genuss einer so wohltuenden Stille?«

Ich schwieg und genoss es, an seiner Seite zu sitzen. Unsere

Schultern berührten sich flüchtig, und ich hielt den Atem an. Wann hatte ich je so gefühlt?
Normalerweise gehörte ich eher zu der nüchternen Sorte. Meine erste Beziehung war ich mit achtzehn eingegangen. Ich hatte mit Thorsten Abitur gemacht. Als er drei Jahre später ins Ausland gegangen war, um dort zu studieren, war ich zwar traurig gewesen, aber nicht, wie es immer so schön heißt, am Boden zerstört. Und als ich sechs Jahre später Bernd kennenlernte, hatte ich in ihm zunächst einen guten Freund gesehen und einen Anwalt, den ich gelegentlich um Rat fragen konnte. Bis zum ersten Kuss hatte es ein halbes Jahr gedauert. Und auch da hatte ich weder eine Symphonie in meinem Herzen erklingen hören, noch waren Schmetterlinge in meinem Bauch umhergeflattert. Wir waren einfach ein gutes Team gewesen und hatten den Alltag miteinander geteilt. Was wollte ich mehr?
Meine Freundinnen neigten dazu, in Liebesdingen ungeheure Erwartungen zu hegen und regelmäßig unsanft auf dem Boden der Tatsachen zu landen. Mir war diese Fallhöhe bislang erspart geblieben.
»Woran denkst du?«, fragte Paul und musterte mich so aufmerksam, dass ich errötete. Was hatte dieser Mann nur an sich, das mich immer wieder aus der Fassung brachte? War es seine künstlerische Seite? Während des Frühstücks hatte er mir einige seiner Arbeiten gezeigt. Im Gegensatz zu seinen Kollegen fotografierte Paul nicht digital. »Ich bin eher der analoge Typ«, hatte er lachend gesagt. Ich war hingerissen von seinen Schwarzweißaufnahmen, die so viel Emotion ausdrückten und gleichzeitig ungewöhnliche Blickwinkel präsentierten.
»Na, was ist? Hast du ein dunkles Geheimnis, das du nicht preisgeben magst?«, neckte Paul mich, weil ich immer noch mit offenen Augen vor mich hin träumte.

»Ach, ich denke an nichts Besonderes«, antwortete ich ausweichend.
»Schade. Ich hatte gehofft, du überlegst, wann du mich in Berlin besuchen kommst.«
Mein Herzschlag setzte für einen Moment aus. Ehe ich etwas erwidern konnte, ergriff Paul meine Hand und hielt sie fest.
Und plötzlich waren sie da, die Schmetterlinge. Sie flatterten um uns herum, tanzten durch die Lüfte und zauberten bunte Muster auf die weißen Wolken.
Wie kitschig!, dachte ich beschämt. Sanft zog Paul mich auf seinen Schoß, beugte sich zu mir herab und gab mir den schönsten und längsten Kuss meines Lebens. Seine Lippen schmeckten nach Honig und Zimt, nach Himmel und Meer.
»Und? Kommst du mich besuchen?«, flüsterte er zärtlich und strich eine Strähne aus meiner Stirn.
»Geht das nicht ein bisschen schnell?«, fragte ich und setzte mich auf. Ich konnte meinen Sinn für Realität eben nicht einfach so ausknipsen. »Woher willst du wissen, dass es in Hamburg keinen Mann gibt, der auf mich wartet?«
»Und? Gibt es jemanden?«
»Äh, nein, eigentlich nicht«, antwortete ich verlegen.
»Na dann ist ja alles bestens! Und auf mich wartet auch niemand, wenn es das ist, worauf du hinauswillst. Außer vielleicht meiner Putzfrau Irene Möller, meinen Zimmerpflanzen und einer Handvoll Freunde.«
Ich konnte es kaum glauben. In meiner Altersklasse war man normalerweise zumeist in Beziehungen, wenn nicht gar verheiratet. Und da sollte ausgerechnet ich das Glück haben, einem attraktiven, ledigen Mann zu begegnen? Noch dazu einem ohne neurotische Störungen?
Ich spürte, wie plötzlich Misstrauen an mir nagte und sich

in den Strudel aus Freude, Aufregung, Angst und Ungläubigkeit mischte.
»Hey, du bist so still, ist alles in Ordnung mit dir?«, fragte Paul.
Ich nickte und blickte nachdenklich aufs Wasser.
»Na wunderbar. Dann gib mir doch einfach noch einen Kuss.«
Als es kühler wurde, beschlossen wir nach Wittdün weiterzufahren und in das Café zu gehen, in dem wir gewesen waren, nachdem mich Paul vor dem Bus gerettet hatte.
»Nanu, wieso hat Linnart Ingwersen geschlossen?«, fragte ich verwundert, als wir unsere Räder in den Ständer vor dem Antiquariat stellten. Der Laden war dunkel und leer.
»Vielleicht hatte er heute keine Lust zu arbeiten«, mutmaßte Paul. »In seinem Alter würde ich mir auch ab und zu einen Tag freinehmen. Komm jetzt, ich habe Appetit auf Kuchen!«
Kurze Zeit später saßen wir vor zwei riesigen Stücken Käsetorte und dampfendem Friesentee. Doch mein Gefühlswirrwarr war mir derart auf den Magen geschlagen, dass ich kaum einen Bissen runterkriegte. Auf Paul schien unser Intermezzo eher die gegenteilige Wirkung zu haben – er bestellte sich noch einen Kirschstreusel.
»Isst du immer so viel?«, fragte ich mit erstauntem Blick auf seine schlanke Figur. Für einen Mann Mitte vierzig war er gut in Form.
»Nur wenn ich aufgeregt bin«, antwortete er zwinkernd und hielt mir eine Gabel voll Streuselkuchen hin. »Schließlich kommt es in meinem Alter nicht allzu häufig vor, dass ich wie ein Teenager herumknutsche, das macht hungrig.«
»Wie lange liegt denn dein letzter Kuss zurück?«, fragte ich, bereute meine Neugier jedoch im selben Moment. Eigent-

lich wollte ich gar nichts über Pauls Liebesleben wissen, sonst würde meine Phantasie nur unnötige Blüten treiben.
»Schon eine ganze Weile«, antwortete er vage, um gleich wieder vom Thema abzulenken. »Und wie steht es mit dir? Ich finde, du wirkst ein wenig, sagen wir … ausgehungert. Oder irre ich mich?«
Hätte Paul diesen Satz nicht mit diesem unwiderstehlichen, fast unschuldigen Schülerlächeln gesagt, hätte ich ihn zum Mond geschossen. Ich hasste Machogehabe. Doch ich war besänftigt, als er aufstand, um mir einen leidenschaftlichen Kuss zu geben.
»Entschuldige, das war nur Spaß. Eine Frau wie du ist sicher noch nicht lange solo. Ich habe wirklich Glück gehabt, dich zu treffen. Noch ein paar Monate und ich wäre wahrscheinlich zu spät gekommen.«
Wie schön, dass Paul so über mich dachte! Und selbstverständlich lag mir nichts ferner, als dieses schmeichelhafte Bild zu korrigieren. Also lächelte ich nur vielsagend.
Mit einem Mal flog die Tür auf, und eine aufgelöste Frau Vogler stürzte in den Raum.
»Der alte Ingwersen ist tot«, rief sie ihrer Kollegin zu, die daraufhin ihr Tablett fallen ließ. Die Teetassen zersprangen in tausend kleine Stücke. »Er ist gestern Abend gegen achtzehn Uhr in seinem Lehnsessel eingeschlafen und nicht wieder aufgewacht. Plötzlicher Herztod.«
Ich bekam Gänsehaut. Um exakt diese Uhrzeit war ich im Bus an den gekreuzten Mühlenflügeln vorbeigefahren.
Ich stand auf und ging zu Bertha Vogler, die hemmungslos in ihr Stofftaschentuch weinte. Offenbar ging ihr die Nachricht sehr zu Herzen, vielleicht war sie mit Linnart Ingwersen befreundet gewesen.
»Ich bin gestern Abend an der Nebler Mühle vorbeigefahren und habe das Kreuz gesehen und schon befürchtet,

dass etwas passiert ist«, sagte ich und streichelte mitfühlend Frau Voglers Rücken. Sie hob ihren Kopf und sah mich verwundert an.

»Aber diesen Brauch gibt es bei uns schon seit Jahren nicht mehr«, antwortete sie.

Kapitel 8

»Nett, dass du dich auch mal wieder meldest«, sagte Leona, als ich Samstagnachmittag bei ihr anrief. »Geht's dir gut?«
Ich war zerknirscht, da sie seit Donnerstagvormittag auf der Lauer gelegen hatte, um zu erfahren, wie mein Abend mit Paul gewesen war. Noch ganz gefangen im Zauber des vergangenen Tages, gab ich eine Kurzversion der Ereignisse zum Besten. Eigentlich wäre es mir lieber gewesen, die Erinnerung noch ein wenig für mich zu behalten. Doch das konnte ich Leona nicht antun. Also erzählte ich von meinen beiden Rendezvous und davon, dass Paul heute abgereist war. Zwar sehr viel später als geplant, aber doch rechtzeitig genug, um noch zu halbwegs akzeptabler Stunde nach Berlin zu kommen. Da wir beide kaum geschlafen hatten, machte ich mir ein wenig Sorgen, dass er in seinem übermüdeten Zustand eine so weite Strecke im Auto fahren musste.
»Ich freue mich für dich!«, antwortete Leona beschwingt. »Und wann seht ihr euch das nächste Mal? Du bleibst doch bestimmt noch eine Weile auf Amrum?«
In der Tat, das Watthuis würde noch für mehrere Wochen mein Zuhause sein. Insbesondere, weil ich mit meiner eigentlichen Arbeit bislang noch gar nicht begonnen hatte.
»Wir haben noch nicht konkret darüber gesprochen. Paul muss erst einmal seinen Auftrag abschließen und das Projekt auf den Weg bringen, und ich muss mich endlich Charlotte Mommsen widmen. Ich habe sie letzte Woche ziemlich vernachlässigt.«
»Aber aus gutem Grund«, beschwichtigte meine Schwester

mich. »Und fleißig, wie du bist, holst du die verlorene Zeit bestimmt ganz schnell auf. Vielleicht kannst du auch mal eine kleine Pause einlegen und nach Berlin fahren. Ich stelle mir Amrum auf die Dauer ziemlich öde vor. Vor allem, wenn die Saison vorbei ist und der Winter kommt.«
Nachdem ich mich von Leona verabschiedet und noch kurz mit Lilly geplaudert hatte, ließ ich mich aufs Sofa sinken.
Ich befand mich in einer Art Schwebezustand zwischen vollkommener Übermüdung und körperlicher Auflösung. Mein Gehirn fühlte sich an wie in Watte gepackt, meine Lippen waren wund vom Küssen. Staunend berührte ich die rauhe Haut, als gehörte sie nicht zu mir. Ich wollte mir dieses ungewohnte Gefühl so lange wie möglich bewahren.
Nach einigen verträumten Minuten auf der Couch fiel mir auf, dass es im Haus immer noch empfindlich kühl war. Weil ich Martha Hansen nicht schon wieder stören wollte, machte ich mir eine Wärmflasche, kochte Tee und verzog mich mit dicken Socken und meinem flauschigen Flanellpyjama ins Schlafzimmer.
Der Anblick des ungemachten Bettes und der zerwühlten Laken brachte mich zum Lächeln. Doch unsere Nacht war weniger stürmisch gewesen, als es auf den ersten Blick aussah. In Wahrheit hatten Paul und ich fast die ganze Zeit damit verbracht, uns im Kerzenschein aneinandergeschmiegt zu unterhalten, uns zu küssen und zu streicheln. Auch wenn sich Paul fordernder verhalten hätte, wäre ich nicht bereit gewesen, mich gleich am ersten Abend zu etwas hinreißen zu lassen, das ich womöglich später bereut hätte. Das hatte ich schon einmal getan – und diesen Fehler bis heute nicht verwunden.
Gegen Mitternacht – ich hatte jede Sekunde der vergangenen Tage wieder und wieder Revue passieren lassen – piepste mein Handy. Paul simste, dass er heil in Berlin angekom-

men war, und wünschte mir eine gute Nacht. Ich schrieb zurück und schaltete das Telefon aus. Wenn diese Liebe eine Zukunft hatte, würden Handy & Co. in der nächsten Zeit unsere wichtigsten Helfer werden.

* * *

Sonntagmittag erwachte ich mit einem seltsamen Gefühl von innerer Leere. Die Erinnerung an Paul erschien mir surreal wie aus einem verblassenden Traum. Das Wetter tat sein Übriges, graue Wolken hingen dick und schwer über dem Watt. Bei der momentanen Windstille bestand kaum Aussicht darauf, dass sich die Sonne zeigen würde. Ich beschloss, gegen meine emotionale Katerstimmung anzugehen und endlich mit dem Schreiben zu beginnen. Ein wenig Disziplin würde mir guttun.

Nach einem späten Frühstück saß ich an meinem Schreibtisch und begann, die ersten Worte in die Computertastatur zu tippen. Während ich mechanisch schrieb, ertappte ich mich immer wieder dabei, zum Telefon oder auf mein Handy zu schielen, wie ein liebeskranker Teenager.

Am frühen Nachmittag wurde ich unruhig, insgeheim hatte ich erwartet, von Paul zu hören. Ich begann eine innere Diskussion mit mir selbst, wer eigentlich wen zuerst anzurufen hatte.

Ich war so verdammt lange raus aus diesem Spiel und hatte keine Ahnung, wie die Regeln lauteten. Galt immer noch das Prinzip: »Willst du was gelten, mach dich selten?« Für mein Gefühl waren solche Spielchen nicht nötig, wenn zwei erwachsene Menschen es ernst miteinander meinten. Doch genau das war die entscheidende Frage: Meinte Paul es wirklich ernst? Und – mindestens ebenso wichtig – ich auch?

Das Telefon unterbrach meine Grübeleien. Am Apparat war nicht Paul, sondern Janneke, die sich offenbar langweilte.

»Hast du zufällig Appetit auf Pfannkuchen?«, fragte sie unvermittelt, und ich musste lachen. Wie kam sie denn jetzt gerade darauf?

»Im Teehaus Burg gibt's die besten. Beinahe noch besser als die von meiner Mutter. Komm, wir stopfen uns den Bauch voll und trinken Tee, bis er uns zu den Ohren herauskommt, und wenn wir uns dann noch rühren können, gehen wir ein bisschen am Deich entlang. Und außerdem wüsste ich gern, weshalb man dich in Wittdün schon wieder mit diesem attraktiven Typen gesehen hat.«

Janneke war ziemlich neugierig, andererseits kam mir die Ablenkung gerade recht. Und ich hatte schon seit Ewigkeiten keine Pfannkuchen mehr gegessen. Zuletzt zusammen mit Lilly.

»Sind die nicht ultralecker?«, fragte Janneke und strahlte mich aus ihren Kulleraugen an, während sie den ersten Gang, Pfannkuchen mit Camembert und Preiselbeeren, verspeiste. Da man erst ab achtzehn Uhr dreißig Essen serviert bekam, hatten wir den Deichspaziergang vorverlegt. Hungrig saßen wir an einem der Holztische in der urigen Teestube. Die Burg verdankte ihren Namen dem Grabhügel Borrang aus der Bronzezeit. Während ich selbst Pfannkuchen mit Lachs, Spinat und Schafskäse aß, dachte ich zum x-ten Mal an diesem Tag an Paul. Grabstätten aus dieser Zeit waren das Thema seines Bildbands. Ob er auch hier gewesen war, um zu fotografieren? Mittlerweile bereute ich es fast, mich nicht sofort nach meiner Ankunft auf Amrum bei ihm gemeldet zu haben. So waren uns wertvolle Tage entgangen.

»Als Dessert nehme ich Pfannkuchen mit Vanilleeis und roter Grütze«, verkündete Janneke, »und würde bei der Gelegenheit gern alles über deinen neuen Lover erfahren!«

»Das schaffst du noch?«, fragte ich und sah zu, wie Janneke mit fettglänzendem Kinn die Speisekarte studierte.

»Meinst du den Nachtisch oder den Bericht über dein Liebesleben? Ich meine, gehört zu haben, dass ihr beide heftigst geknutscht habt«, sagte Janneke grinsend. »Keine Sorge, du kannst es mir ruhig erzählen. Mich haut so schnell nichts um!«

Das glaubte ich ihr sofort.

»Ich dachte eigentlich eher an deinen Magen«, antwortete ich, obgleich ich selbst mit dem Gedanken liebäugelte, noch einen Pfannkuchen mit Zimt und Zucker zu bestellen.

»Ich habe nichts Spektakuläres zu erzählen«, erklärte ich schließlich etwas verlegen. »Paul und ich haben eine wunderschöne Zeit miteinander verbracht. Er ist ein sympathischer und interessanter Mann, und ich denke sehr viel an ihn. Punkt.«

»Also bist du bis über beide Ohren verknallt«, stellte Janneke fest. »Das ist doch super! Und weshalb guckst dann so verstört aus der Wäsche? Hat er sich etwa nicht mehr gemeldet?«

Ich nickte.

»Und du gehörst zu dem Typ Frau, der darauf wartet, dass ihr Prinz sie wach küsst, anstatt sich selbst den Wecker zu stellen? Und der am Ende noch ihm die Schuld dafür gibt, den Rest ihres Lebens verpennt zu haben?«

Wider Willen musste ich lachen. Da hatte ich den ganzen Tag damit verbracht, darüber nachzudenken, ob ich mich bei Paul melden sollte, und dann kam dieses junge Huhn daher und hielt mir ganz lapidar meine eigene Unsicherheit vor Augen.

»Was ist denn eigentlich mit dir? Hast du einen Freund?«, fragte ich immer noch lächelnd.

»Ja, nee, also ähem«, antwortete Janneke und wirkte auf einmal gar nicht mehr so großspurig wie noch vor ein paar Sekunden. »Ja, es gibt da jemanden. Aber das ist etwas kompliziert. Er lebt auf Föhr und …«

»Ist verheiratet«, mutmaßte ich, denn etwas anderes konnte ich mir als Hinderungsgrund kaum vorstellen.

»Ich fürchte, ja«, piepste Janneke. »Also noch ist er nicht verheiratet, aber er wird es bald sein. Das Ganze ist so ein Geschäftsding, du weißt schon. Seine Eltern haben eine große Konditorei, ihre Eltern ein Hotel …«

»Verstehe, es geht also um Fusion anstelle von Emotion. Und wie lange spielst du schon die heimliche Geliebte?«

»Seit fast vier Jahren.«

Meine Gedanken wanderten zu Charlotte Mommsen. Auch sie war mit einem Föhrer liiert gewesen. Simon Broder, dem Vater von Lynn.

»Und seit wann steht fest, dass er …«

»Seit drei Monaten. Er heißt übrigens Peer«, unterbrach Janneke mich. »Und die Hotelschlampe Carolin.«

Hotelschlampe … ich unterdrückte ein Kichern.

»Und weshalb sind die beiden noch nicht verheiratet?«

»Weil Peer seine Ausbildung als Hotelfachmann in Hamburg beenden muss. Er hatte keine Lust, länger hier abzuhängen. Aber seine Eltern machen mittlerweile mächtig Druck, und sobald die Prüfung abgeschlossen ist, geht's vor den Traualtar.«

Ich konnte es kaum fassen, dass eine derartige Geschichte in der heutigen Zeit überhaupt noch möglich war. Wir lebten doch im einundzwanzigsten Jahrhundert!

»Liebt Peer dich denn wirklich?« Diese Frage musste ich einfach stellen, so sehr sie Janneke vielleicht auch weh tun mochte.
»Ja, das tut er. Das tut er wirklich«, wisperte sie und wirkte mit einem Mal so verletzlich, als sei sie gerade mal vierzehn. Von wegen, sie haute so schnell nichts um!
»Dann kämpf um ihn, anstatt diese herzlose Geschäftemacherei zu akzeptieren. Oder gehörst du etwa auch zu dem Typ Frau, der auf den Ritter in strahlender Rüstung wartet?«, sagte ich und grinste sie an. »Was für meine Generation gilt, gilt für dich schon lange! Lass dir nichts gefallen und zück dein Schwert. Diese Carolin schlägst du doch locker in die Flucht! Und wenn es dir nicht gelingen sollte, weißt du wenigstens, woran du bist!«

Nach dem Abendessen saß ich im Watthuis auf der Couch und dachte über die Liebe nach. Egal, wie alt man war, irgendwie war es immer verzwickt.
Dann ging ich zum Telefon. Paul war mir wichtig, das fühlte ich von Minute zu Minute stärker. Ich würde mir diese Chance nicht entgehen lassen, nur weil ich eine andere Vorstellung vom Lauf der Dinge hatte und es schöner gefunden hätte, zuerst von ihm zu hören. Janneke hatte recht, es stand nirgends geschrieben, dass der Mann immer den ersten Schritt tun musste. Und wenn Paul es sich anders überlegt haben sollte, würde er es mich wissen lassen.
Als ich den Hörer von der Gabel nahm, war die Leitung tot. Während ich in meiner Tasche nach meinem Mobiltelefon suchte, piepste es zweimal hintereinander. Eine SMS kam von Bernd, die zweite von Paul. Er hatte offenbar den ganzen Nachmittag und Abend versucht, mich auf dem Festanschluss zu erreichen. *Würde dich gern sprechen, habe Sehnsucht nach dir,* lautete seine Nachricht. Ich lächelte.

Kapitel 9

Montagmorgen rief ich als Erstes bei Martha Hansen an und bat darum, sowohl die Telefonleitung als auch die Heizkörper so bald wie möglich in Ordnung bringen zu lassen. Nur weil Maximilian Degenhardt es spartanisch liebte, musste das noch lange nicht für seine Mieter gelten.

Am Nachmittag hatte ich die Faxen dann endgültig dicke. Martha Hansen hatte zwar umgehend mit der Telekom gesprochen und verlangt, die Störung zu beheben, die auch das Internet lahmgelegt hatte, aber das Heizungthema schien das größere Problem zu sein. Offenbar stand der Kauf einer neuen Anlage an, und dazu schien Herr Degenhardt nicht bereit zu sein.

»Es tut mir wirklich furchtbar leid«, entschuldigte sich Frau Hansen. In der vergangenen Nacht hatte es einen erneuten Temperatursturz gegeben, und draußen war es so kalt, dass der Heizlüfter kein adäquater Ersatz mehr war.

»Wenn er sich so stur stellt, statte ich ihm eben höchstpersönlich einen Besuch ab, und dann werden wir ja sehen, wer den Kürzeren zieht«, sagte ich, entschlossen, nicht länger zu frieren. Mittlerweile spürte ich ein verdächtiges Kratzen im Hals und musste ständig niesen. Ich ignorierte Frau Hansens Protest und machte mich wenig später auf den Weg.

Die Kate des Watthuis-Besitzers befand sich an der Nordspitze der Insel, unmittelbar am Vogelschutzgebiet Amrum Odde, nahe der Stelle, wo Charlotte ins Watt gegangen war. Ich stapfte energisch über die Marschwiesen zum Seehos-

piz, am Schullandheim vorbei, bis schließlich ein Hinweisschild in meinem Blickfeld auftauchte.
Das Gebiet stand unter Naturschutz und sollte den Vögeln, allen voran den bedrohten Eiderenten, einen geborgenen Brutplatz sichern. Das Nieblumhuis war wirklich so einfach, wie Martha Hansen es beschrieben hatte, und lag etwas abseits hinter einer Reihe dunkler Tannen. Außer einem Vogelwärterhäuschen gab es weit und breit keine Bebauung. Ob Maximilian Degenhardt eine Sondergenehmigung für seine Kate erhalten hatte?
Ich kämpfte mich durch einen kaum sichtbaren, von dornigen Kartoffelrosen überwucherten Weg und gelangte schließlich an eine Pforte, die in den Vordergarten des Häuschens führte. Der an den Zaun genagelte Briefkasten war verrostet und hing windschief in den Angeln.
Ich stieß sachte gegen die kleine Tür, die sofort aufsprang. Der Garten bot ein sehr gepflegtes Bild. Alle Beete waren akkurat umzäunt, und trotz der Jahreszeit wuchs und wucherte es üppig. Maximilian Degenhardt schien den allseits zitierten grünen Daumen zu haben und ein Freund von Kürbissen zu sein, deren Früchte groß und appetitlich auf dem Boden lagen. Neben intensiv duftenden Tomatenstauden, Wintersalaten und Kräutern entdeckte ich eine kleine Holztafel.

Hier lebte und arbeitete Charlotte Mommsen.
Gott sei ihrer armen Seele gnädig!

Ich erschauerte. Hier sollte Charlotte gelebt haben? In meinen Aufzeichnungen hatte ich nichts dergleichen gefunden.
Immer noch fassungslos läutete ich an der Tür des Nieblumhuis'. Es gab kein Klingelschild, und überhaupt wies

nichts darauf hin, dass Herr Degenhardt hier wohnte. Ich wollte gerade frustriert den Heimweg antreten, als sich die Tür endlich öffnete. Zum zweiten Mal an diesem Tag war ich vollkommen sprachlos – vor mir stand der Mann, der mir im Strandrestaurant das Hexenschüsselchen geschenkt hatte.

»Was wollen Sie?«, fragte er barsch, und ich wich einen Schritt zurück. Offenbar erkannte er mich nicht oder wollte nicht zugeben, dass wir uns schon einmal begegnet waren. Ich schilderte ihm mein Problem und bat um schnelle Abhilfe.

»Wenden Sie sich an Frau Hansen, die ist für diese Dinge zuständig«, erklärte er, ohne eine Miene zu verziehen, und war im Begriff, mir die Tür vor der Nase zuzuschlagen.

»Das weiß ich. Aber Frau Hansen sagte mir, dass sie ohne Ihre Zustimmung keine neue Heizung bestellen kann.«

»Na gut, kommen Sie schon rein«, knurrte Maximilian Degenhardt nach einer kurzen Pause. »Aber ziehen Sie die Schuhe aus.«

Ich tat, wie mir geheißen, und folgte ihm auf Socken über den kalten Steinboden. Martha Hansen hatte nicht übertrieben. Die Kate war mehr als einfach eingerichtet. Mein Blick schweifte über die dunkle Holzvertäfelung, die den Raum noch kleiner machte, als er ohnehin schon war. Offenbar gab es nur einen kombinierten Wohn- und Essraum, einen kleinen Alkoven und eine Abstellkammer.

»Nicht gerade das Vier Jahreszeiten, ich weiß«, erklärte Herr Degenhardt und setzte Teewasser in einer verbeulten Blechkanne auf, während ich an seinem Küchentisch Platz nahm. Wortlos goss er anschließend das dampfende Wasser in zwei rote Becher, von denen an einigen Stellen die Emaille abgeplatzt war.

»Hagebutte oder Pfefferminz?«, fragte er, und ich entschied mich für Hagebutte, das hatte ich als Kind immer so gerne getrunken. »Hier, Dinkelkekse, ich hoffe, Sie mögen so was. Selbstgebacken.«

Maximilian Degenhardt schien kein Freund großer Worte zu sein, aber immerhin besann er sich auf die Grundregeln guten Benehmens.

Ich probierte eines der Plätzchen. Der alte Steinboden war so kalt, dass ich meine Beine anzog. Keine Ahnung, weshalb ich mich von meinen Schuhen hatte trennen müssen.

»Möchten Sie ein Paar Hausschuhe?« Herr Degenhardt war offensichtlich ein guter Beobachter. Ehe ich nicken konnte, war er auch schon aufgestanden, um mit Filzpantoffeln in Größe sechsunddreißig zurückzukehren. Ich fragte mich, wem die wohl gehören mochten.

»Die Kekse sind übrigens köstlich«, lobte ich ehrlich überrascht.

»Das macht die Vanille«, antwortete er und fixierte mich, wie er es im Strandrestaurant getan hatte. Seine Augen waren dunkelbraun und von einer Wärme, die nicht so recht zu seinem barschen Auftreten passte. Während wir eine Weile wortlos unseren Tee tranken, blickte ich mich in seinem Reich um. Irgendetwas fehlte hier, ich wusste nur nicht, was.

»Und Sie haben mich nur wegen der Heizung unangemeldet überfallen? Hätten Sie nicht einfach anrufen können?«, sagte Herr Degenhardt unvermittelt.

Ich schämte mich plötzlich. Vielleicht war ich wirklich ein wenig vorschnell gewesen. Ich erklärte, dass ich im Watthuis seit Tagen mit einer provisorischen Heizung auskommen musste und nun zu allem Überfluss auch noch das Telefon kaputt war. »Nicht gerade ideale Bedingungen, um zu arbeiten«, schloss ich und nahm einen weiteren Keks.

»Woran arbeiten Sie denn?«, fragte er, ohne auf meinen

Einwand zu achten. Aus irgendeinem Grund sträubte ich mich, ihm die Wahrheit zu sagen.

»An einem Roman, Frauenunterhaltung, nichts, was Sie interessieren dürfte«, bemerkte ich knapp, in der Hoffnung, mir weitere Nachfragen zu ersparen.

»Also ein Buch über die Liebe«, sagte er, und ein kleines Lächeln umspielte seine Lippen. »Wie romantisch! Aber erzählen Sie mal: Wie gefällt es Ihnen auf Amrum? Haben Sie sich gut eingelebt, oder überkommt Sie manchmal die Einsamkeit?«

»Amrum ist eine wunderschöne Insel, ich könnte mir gut vorstellen, den nächsten Sommer wieder hier zu verbringen. Und ich habe hier viele freundliche und hilfsbereite Menschen getroffen: Martha Hansen, ihre Tochter Janneke, Linnart Ingwersen …« Beim Gedanken an den verstorbenen Antiquar hielt ich einen Moment inne. Ich fand es immer noch unheimlich, dass ich die gekreuzten Mühlenflügel gesehen hatte, obwohl dieser Brauch gar nicht mehr existierte.

»Ah, Sie hatten also noch das Vergnügen, den alten Ingwersen kennenzulernen«, sagte Maximilian Degenhardt, und ich war froh, das Thema wechseln zu können. »Zu schade, dass er nicht mehr lebt. Andererseits: Tot zu sein hat auch Vorteile.«

»Finden Sie?« Ich dachte an Bertha Voglers Tränen und daran, wie Linnart Ingwersens Familie die traurige Nachricht aufgenommen haben musste.

»Alle Geschichten haben nun mal irgendwann ein Ende. Das ist der Lauf der Dinge. Sie sind natürlich noch jung, wollen Ihren Roman schreiben, hoffen auf Erfolg, wollen sich verlieben. Aber glauben Sie mir. Irgendwann kommt die Zeit, wo man genug gesehen, gelesen, erlebt und gesprochen hat. Und dann ist es gut zu wissen, dass man Ruhe haben wird. Und keiner mehr an der Tür steht und einen herausklingelt, nur weil ihm kalt ist. Wieso frieren Sie eigentlich so schnell?« Herr Degenhardts Augen schienen zu lächeln.

»Ich glaube nicht, dass ich besonders empfindlich bin. Aber es ist Herbst, und ich möchte in einer angenehmen Atmosphäre arbeiten. Mit klammen Fingern schreibt es sich schlecht. Kümmern Sie sich nun um eine neue Heizung oder nicht? Andernfalls müsste ich mir eine andere Unterkunft besorgen.«

Er musterte mich.

»Das war doch alles nur ein Vorwand für Ihre Neugier, habe ich recht? Wie gesagt: Sie hätten anrufen können.«

Ertappt! Wie unangenehm ... Doch ich beschloss, mich nicht verunsichern zu lassen.

»Kümmern Sie sich jetzt darum oder nicht? Das ist eine simple Frage, auf die ich gern eine simple Antwort hätte. Dann sind Sie mich sofort los.«

»Und was ist mit Charlotte Mommsen? Wenn Sie einfache Antworten suchen, haben Sie sich das falsche Thema ausgesucht, wenn ich das mal so sagen darf.«

Ich schnappte innerlich nach Luft. Woher wusste er von meinem Projekt? Und wieso um alles in der Welt tat er immer noch so, als seien wir einander noch nie begegnet?

»Ich denke, ich gehe jetzt besser. Sie sagten selbst, ich habe Sie überfallen, deshalb will ich Ihre Zeit auch nicht länger als nötig in Anspruch nehmen. Lassen Sie mich wissen, ob ich mir eine neue Bleibe suchen muss. Vielen Dank für den Tee und die Kekse.«

Mit diesen Worten streifte ich mir hastig die Filzpantinen von den Füßen und war froh, wieder in meine eigenen Schuhe schlüpfen zu können.

Auf dem Rückweg hatte ich Gelegenheit, meine Gedanken

zu sortieren. Ich überlegte, Leona anzurufen und ihr von meiner seltsamen Begegnung zu erzählen. Ich wollte unbedingt mit jemandem sprechen, der nicht auf Amrum lebte oder mit meinem Projekt zu tun hatte. Doch gerade als ich ihre Nummer heraussuchte, klingelte mein Handy.

»Schön, zur Abwechslung mal eine nette Stimme zu hören«, sagte ich erfreut, als sich Paul meldete. Wir hatten in den vergangenen Tagen öfter telefoniert und wurden uns von Mal zu Mal vertrauter. Ich erzählte ihm von Maximilian Degenhardt und war froh, dass er der Geschichte eine eher komische Seite abgewinnen konnte.

»Der lebt wahrscheinlich schon zu lange allein in seiner Kate«, sagte Paul, »da wird man irgendwann wunderlich. Vergiss den Mann einfach. Hauptsache, er sorgt dafür, dass im Watthuis wieder alles in Ordnung kommt. Und wenn nicht, ziehst du eben zu Dominic ins Hotel.«

Ich fühlte Unbehagen angesichts eines Umzugs. Das Watthuis war mir ans Herz gewachsen, ich wollte gern dort bleiben.

Zurück im Ferienhaus fand ich einen Zettel in meinem Briefkasten. Martha Hansen schrieb, dass sie eine neue Heizölanlage bestellt hatte, die aller Voraussicht nach zum Ende der Woche vom Festland geliefert werden würde. Der Einbau sollte ungefähr zwei Tage dauern. Maximilian Degenhardt hatte sich bereit erklärt, die Kosten für die Übernachtung im Hotel Hüttmann zu übernehmen. Wenn ich wollte, konnte ich gleich heute dort einziehen. Überrascht ließ ich den Zettel sinken. Nach meinem überstürzten Aufbruch hatte ich eher damit gerechnet, dass er sich unnachgiebig zeigen würde. Doch stattdessen rollte er mir den roten Teppich aus – dieser Mann war mir ein einziges Rätsel. Als ich auf ein Blumenaquarell über dem Esstisch schaute, fiel mir endlich ein, was ich in seiner Kate vermisst hatte: persönliche Dinge wie Bilder oder Fotos. Die Wände waren kahl und nackt gewesen, als sei Maximilian Degenhardt nur ein flüchtiger Gast im Nieblumhuis. Ein Durchreisender auf dem Weg in eine andere Welt.

Kapitel 10

Als Paul gehört hatte, dass das Watthuis eine Woche lang unbewohnbar sein würde, hatte er mir kurzerhand einen Besuch in Berlin vorgeschlagen. Nun saß ich im ICE und nutzte die lange Anreise, um weiter in Charlottes Tagebuch zu lesen.

August 1900

Seit vier Wochen weile ich nun schon zusammen mit meiner liebsten Mama auf Föhr bei Tante Helene. Bisher wurden mir die Tage hier recht lang, doch allmählich bin ich wieder voller Leben und empfinde Freude. Sicher werde ich heute Nacht wieder kein Auge zutun können, ich wälze mich häufig schlaflos im Bette herum. Darum schreibe ich dir, liebstes Tagebuch, meiner heimlichen Freundin.
Die Zeit in Lübeck hat mich krank werden lassen, und deshalb bat Papa Helene, mich für die Sommerfrische bei sich aufzunehmen. Hier herrscht mehr Trubel und Lebendigkeit als auf Amrum, und Papa weiß, wie sehr ich von diesen Eindrücken zehre. Die viele Studiererei und das Lernen auf der Töchterschule fordern trotz der großen Freude, die sie mir bereiten, auch ihren Tribut. Deshalb bin ich froh, das alles für eine Weile hinter mir zu lassen und hier mit lieben Menschen zu sein. Morgen besuchen Helene, meine Mama und ich eine Vernissage, auf der Werke der von mir sehr verehrten Künstler Otto H. Engel und Julius Stockfleth ausgestellt sind. Ich bin so aufgeregt. Dies ist die erste Ausstellungseröffnung, der ich beiwohnen darf.

Immer wieder überflog ich Charlottes Zeilen und versuchte, ein Gespür dafür zu bekommen, wie sich die beinahe Siebzehnjährige in jenem Sommer auf Föhr gefühlt haben musste. Ihren Briefen hatte ich entnommen, dass sie häufig von – aus heutiger Sicht psychosomatischen – Krankheiten geplagt worden war, während sie in Lübeck gewohnt hatte. Die Auszeiten bei der geliebten Tante väterlicherseits bildeten den einzigen Lichtblick in ihrem streng reglementierten Leben. Bis auf ihre Bücher natürlich, deren Inhalt sie wie ein Lebenselixier aufsaugte.

Die blecherne Stimme des Zugführers riss mich aus meiner Lektüre und kündigte den nächsten Halt an. Berlin. Ich wurde nervös. Was würde mich in den kommenden Tagen erwarten? »Arbeiten kannst du auch hier«, hatte Paul meinen anfänglichen Protest im Keim erstickt. »Ich kann mir nämlich leider auch nicht komplett freinehmen, also bist du sowieso gezwungen, dich selbst zu beschäftigen. Aber der dritte Oktober ist ein Feiertag, und den können wir ungehemmt nutzen.« Schmunzelnd fragte ich mich, was Paul wohl unter *ungehemmt* verstand, während der Zug in den Berliner Hauptbahnhof einfuhr.

Ich überprüfte mein Aussehen im Schminkspiegel und nahm meine Tasche von der Ablage. Ich war aufgeregt wie ein kleines Kind kurz vor Weihnachten. Es war mehr als fünfzehn Jahre her, seit ich das letzte Mal einen Mann, den ich noch nicht gut kannte, besucht hatte. Doch als ich Paul sah, waren alle Zweifel verflogen. Er stand am Bahnsteig, verrenkte sich den Kopf, während er nach mir Ausschau hielt, und hatte eine Sonnenblume in der Hand.

»Das ist dieses Jahr vermutlich die letzte ihrer Gattung«, erklärte er, während er mich in seine Arme schloss und an sich drückte. So verharrten wir, fest aneinandergeschmiegt, und blendeten den Trubel um uns herum aus. Erst jetzt

spürte ich, wie sehr ich Paul vermisst hatte. Wortlos gingen wir zum Ausgang, wo er seinen alten Citroën geparkt hatte.
»Ich hoffe, wir schaffen den Weg bis nach Hause«, sagte Paul lachend. »Die alte Dame ist nämlich schon ein wenig schwach und darf nur zu ganz besonderen Anlässen aus der Garage. Im Alltag fahre ich einen BMW.« Geschmeichelt stieg ich auf den Beifahrersitz und betrachtete meine Blume. Ein wahrer Lichtblick an diesem grauen, trüben Tag. Ich war gespannt zu sehen, wie Paul lebte. Eine Wohnung sagte so viel über einen Menschen aus.

»Da wären wir«, sagte er und fuhr seinen alten Wagen in eine Garage in der Sophienstraße. Ich kannte die Gegend von früheren Besuchen und mochte sie sehr. Der quirlige, bunte Stadtteil in der Nähe der Hackeschen Höfe war natürlich das absolute Kontrastprogramm zu meinem ländlichen Idyll auf Amrum.
Paul bewohnte eine große, gemütliche Altbauwohnung mit vier Zimmern, die hintereinander von einem langen Flur abgingen. Eines der Zimmer benutzte er als Arbeitsplatz, ein anderes als Bibliothek.
»Die kannst du dir später anschauen«, sagte er, als ich im Begriff war, die Bücher in den hohen Regalen zu studieren. Ich brannte darauf zu erfahren, was er gerne las.
»Jetzt trinken wir erst einmal Kaffee. Oder magst du lieber Tee? Cognac?« Bei dem letzten Vorschlag warf er mir ein verschmitztes Augenzwinkern zu. Ich entschied mich für Tee aus Klosterkräutern und sah mich in der Küche um, während Paul den Wasserkocher in Gang setzte. Vor einem großen Fenster, das auf die Sophienstraße hinausging, befand sich ein üppig bepflanzter Balkon. Neben den prachtvollen Rosen erregte vor allem eine hölzerne Trittleiter meine Aufmerksamkeit. Paul hatte Terrakotta-Töpfe mit

Kräutern auf die Stufen gestellt und mit kleinen Schiefertafeln versehen: »Salbei, Zitronenmelisse, Basilikum, Estragon, Bohnenkraut« stand da in krakeliger Kreideschrift, alles, was das Kräuterherz begehrte. Auch auf der antiken Anrichte waren alle möglichen Spezialitäten nebeneinander aufgereiht, kostbare Öle, verschiedene Essigessenzen, Flor de Sal oder Kandis mit Bourbonvanille. »Da hat deine Putzfrau ja jede Menge abzustauben«, konstatierte ich.

»Deshalb kommt sie auch zweimal die Woche. Aber natürlich auch, weil ich kein Händchen fürs Bügeln habe ...«, grinste Paul und füllte den Klostertee in ein Organzabeutelchen mit Clipverschluss, das er in eine antike Teekanne hängte.

Ich musste unwillkürlich an Bernd denken, der alles andere als ein Genießer war und dem jegliches sinnliche Empfinden abging. Für ihn war es wichtig, eine Packung Miracoli im Haus zu haben, und natürlich Filterkaffee, egal welche Sorte. Alles andere konsumierte er in dem Restaurant neben seiner Kanzlei oder bestellte es bei einem Lieferservice.

»Wozu hast du Lust? Möchtest du lieber ausgehen, oder soll ich für uns kochen?«, fragte Paul.

Bernd hatte nie für mich gekocht, noch nicht einmal seine Fertignudeln. Ich überlegte einen Moment. Nach den eher ruhigen Wochen auf Amrum konnte ich ein wenig Trubel vertragen. Außerdem war ein Restaurant gut dazu geeignet, sich wieder mit Paul vertraut zu machen. Andererseits ...

»Ich habe sicherheitshalber einen Tisch im Borchardt reserviert. Da sind zwar viele Schickimickis, aber ich dachte, dass du vielleicht Lust auf ein bisschen Promialarm hast, nach den spröden Nordfriesen.«

»Oh ja«, antwortete ich erfreut. Meine Begeisterung wurde jedoch gebremst, als mir einfiel, dass ich nichts Passendes anzuziehen hatte. »Ich fürchte nur ...«

»Sag bloß, du hast nichts anzuziehen. Was ist denn mit dem schönen Kleid, das du anhattest, als ich bei dir zum Essen war?«

»Aber das kann ich doch nicht schon wieder tragen«, entgegnete ich und ging im Geiste den Inhalt meines Koffers durch. Paul blickte auf die Uhr.

»Es ist sieben. Den Tisch habe ich für halb neun bestellt. Wenn du noch einkaufen möchtest, könnten wir jetzt schnell losziehen. Am Hackeschen Markt findest du bestimmt etwas. Allerdings hattest du das Kleid an, als ich mich in dich verliebt habe – meinetwegen brauchst du also nichts Neues.«

Das war natürlich sehr lieb von Paul, aber wenn ich so darüber nachdachte, benötigte ich doch etwas Neues. Ich war so entzückt von der Idee, dass ich es kaum erwarten konnte, mit Paul durch die kleinen Boutiquen zu stöbern, solange die Zeit bis zum Essen es erlaubte.

Eine Stunde später stand ich, bekleidet in einem weinroten Strickkleid, zu dem meine schwarzen Stiefel hervorragend passten, vor dem Spiegel in Pauls Flur und steckte meine Haare hoch. Zumindest versuchte ich es, doch ich wurde immer wieder von Paul abgelenkt, der meinen Hals küsste und eine Strähne nach der anderen aus den Klammern holte.

»Du hast so schöne Haare, lass sie doch einfach offen!«

»Hey, lass das, sonst werde ich nie fertig«, schimpfte ich und schlug ihm spielerisch auf die Finger.

»Aber vielleicht habe ich es mir ja auch anders überlegt und will gar nicht mehr mit dir essen gehen«, flüsterte Paul und nahm meine Hand.

Als wir eine Minute später auf seinem Bett lagen, war mir die Reservierung im Borchardt egal. Sollten die Promis ohne uns speisen. Ich war glücklich, so wie es war …

Gegen Mitternacht überfiel uns riesiger Hunger, und wir veranstalteten ein spontanes Picknick im Bett. Paul fütterte mich mit belegten Broten, Trauben und Schokolade. Dazu tranken wir Champagner, den er aus seinem Weinkühlschrank gezaubert hatte.

»Ganz schön dekadent«, lachte ich, während wir unsere Füße ineinander verschränkten und ausprobierten, ob man im Liegen trinken konnte, ohne den Champagner zu verschütten. »Hast du so was immer im Haus?«

»Nur wenn ich Besuch von der Insel bekomme«, entgegnete Paul und streichelte mein Bein.

Nachdem wir uns ein zweites Mal geliebt hatten, schliefen wir eng umschlungen ein.

Nach ungefähr einer Stunde erwachte ich schreiend aus einem Alptraum. Ich war auf einer Beerdigung gewesen und hatte vor einem offenen Sarg gestanden. Der Tote war Maximilian Degenhardt.

»Alles in Ordnung?«, fragte Paul, der neben mir hochgeschreckt war. Benommen erzählte ich von meinem Traum. Paul nahm mich in den Arm.

»Im Unterbewusstsein bist du wahrscheinlich immer noch so wütend auf diesen Kerl, dass du ihn am liebsten umbringen möchtest. Komm, kuschle dich in meinen Arm und schlaf wieder. Ich pass schon auf, dass dir nichts passiert.«

Geborgen wie schon lange nicht mehr, sank ich erneut in einen tiefen und diesmal traumlosen Schlaf. Zuvor hatte ich befürchtet, dass es mir nach all den Jahren mit Bernd schwerfallen würde, neben einem anderen Mann zu liegen. Doch auch das fühlte sich so selbstverständlich an wie alles andere mit Paul.

* * *

Am nächsten Morgen wusste ich zunächst nicht, wo ich war. Nach und nach gewann ich die Orientierung wieder und lauschte auf Pauls Atem, er schlief noch friedlich. Auf Zehenspitzen schlich ich mich schließlich aus dem Schlafzimmer und zog eine Wolljacke über mein Nachthemd.
Nachdem ich mir einen Tee gekocht hatte, ging ich in die Bibliothek. Neugierig glitt mein Blick über die vielen Bücher in den dunklen Rattanregalen, die nach Genres geordnet waren. Offenbar war Paul auch in dieser Hinsicht Perfektionist. Unterhaltungsromane, Biographien, Klassiker, Sachbücher, Kunstbände; hier konnte man schwelgen, auf Entdeckungsreise gehen, sich wegträumen und abtauchen.
Da ich selbst hin und wieder für Kunstmagazine schrieb, blieb mein Blick an dem Regal mit der modernen Malerei hängen. Ich stöberte in den Biographien und Bildbänden von Max Beckmann, Georg Baselitz, A. R. Penck, Candida Höfer und Markus Lüpertz. Dabei stieß ich auf ein schmales Bändchen mit Arbeiten von David M. Richter, einem Berliner Maler, der 1966 seine größten Erfolge gefeiert hatte. Ich wusste nicht viel über ihn, aber ich liebte sein Bild »Dame in Rot« und besaß sogar einen Kunstdruck, der in meinem Hamburger Arbeitszimmer über dem Schreibtisch hing. Wie schön, dass wir offenbar einen ähnlichen Geschmack hatten.
»Du bist ja früh unterwegs«, sagte Paul, den ich gar nicht hatte kommen hören, und gab mir einen Kuss.
»Früh ist gut«, antwortete ich »es ist ein Uhr mittags.«
»Oh, so spät schon? Dann koche ich uns am besten mal einen Kaffee und hole frische Brötchen.«
»Dieses Bild hängt übrigens in meinem Arbeitszimmer«, sagte ich und deutete auf das Cover des Kunstbandes. »Schön, dass du auch ein Fan von Richter bist!«
»Fan ist vielleicht ein wenig übertrieben. Aber ich mag sei-

nen Stil und die Leuchtkraft seiner Farben. Schade, dass er nicht mehr malt.«

Stimmt, was war eigentlich aus dem Mann geworden? Sein Œuvre umfasste, soweit mir bekannt war, nur um die siebzig Arbeiten.

»Weißt du denn, was er jetzt macht? Lebt er überhaupt noch?«

»Keine Ahnung. Ich habe zwar irgendwann mal gehört, dass er jetzt in Buenos Aires lebt, aber ob das wirklich stimmt, weiß ich nicht. Sag mir lieber, worauf du Appetit hast. Croissants, Rosinenschnecken, Baguette?«

Während sich Paul auf den Weg zur Bäckerei machte, blätterte ich weiter in dem Bildband. Richters Farbenspiel, das entfernt an die Werke des brillanten Mark Rothko erinnerte, war bestechend. Für »Dame in Rot« hatte seine Frau Liane, ebenfalls Malerin, Modell gestanden. Sie lag auf der Seite, den entblößten Körper zum Betrachter gewandt, das Gesicht halb durch ein Tuch verschleiert, das über ihrem Haar lag. Der Akt war von rötlichen Strichen umgeben, die das Modell wie züngelnde Flammen umrahmten und ihm eine besondere Aura verliehen.

Je länger ich das Bild betrachtete, desto wärmer wurde mir, beinahe so, als würden die Funken auf mich überspringen. Der Maler und seine Muse mussten sich sehr geliebt haben, dachte ich, und mich fröstelte leicht, als ich das Buch schloss und wieder an seinen Platz im Regal stellte.

Kapitel 11

Der Himmel sang sein nachtblaues Wiegenlied, als ich wieder ins Watthuis zurückkehrte. Hinter mir lagen Tage des Glücks, was aber lag vor mir? Diese Frage beschäftigte mich, seitdem sich die Fähre Amrum genähert und die Distanz zwischen Paul und mir Meile um Meile vergrößert hatte. Würden die Erinnerungen mit jedem Tag, an dem wir uns nicht sahen, verblassen?
Die zurückliegenden Tage waren so intensiv gewesen wie kein einziger meiner Momente mit Bernd. Paul und ich hatten jede Sekunde genossen, Spaziergänge im Spreewald unternommen, das Pergamon-Museum besucht, im Café Einstein gefrühstückt oder im Kino am Potsdamer Platz einen Film geschaut. Wir hatten ausgiebige Bäder mit sprudelnden Badekugeln genommen und uns gegenseitig massiert. Wir hatten gekocht, herumgealbert, Scrabble gespielt und manchmal einfach nur dagesessen und uns an unserer Zweisamkeit erfreut. Gearbeitet hatten wir letzten Endes beide nicht. Paul verschob seine Termine, und ich beruhigte mein schlechtes Gewissen damit, dass ich alles in allem noch in meinem Zeitplan war.
Trotz des leisen Abschiedsschmerzes fand ich es schön, wieder auf der Insel zu sein. Ich fühlte mich dort erstaunlich heimisch. Hamburg und mein dortiges Leben rückten in immer weitere Ferne.
Das Wohnzimmer des Watthuis' war wunderbar warm. Martha Hansen war extra am Nachmittag vorbeigekommen, um die neuen Heizkörper aufzudrehen und mir einen kuscheligen Empfang zu bereiten.

Auf dem Tisch stand ein großer Strauß violetter Lupinen, an der Vase lehnte eine Karte. Maximilian Degenhardt hieß mich willkommen und wünschte mir einen angenehmen Aufenthalt.
Während ich meine Sachen auspackte, schmunzelte ich vor mich hin. Herr Degenhardts plötzlicher Schmusekurs war ein wenig irritierend. Dennoch freute ich mich über diese nette Geste.
Ich holte das rote Strickkleid aus dem Koffer, streichelte über den flauschigen Stoff und drückte mein Gesicht hinein. Wenn ich tief einatmete, konnte ich Pauls Duft riechen, der sich in den Fasern eingenistet hatte, wie ein Gast, der gern länger verweilen wollte.
Nachdem das Kleid und viele andere Berliner Neuerwerbungen einen Platz gefunden hatten, sah ich meine Post durch, die per Nachsendeantrag von Hamburg nach Amrum geschickt wurde. Zwischen Rechnungen, dem neuesten Programm meines Verlages und der Postkarte einer Freundin aus München befand sich auch die notarielle Vereinbarung zum Verkauf der Ferienwohnung an der Ostsee, die Bernd und mir gemeinsam gehörte. Das Schreiben würde nur der Auftakt sein zu den bald folgenden Scheidungspapieren und führte den bitteren Geschmack des Scheiterns mit sich. Ich überflog den Text mit seinen kalten, geschäftsmäßigen Paragraphen und unterzeichnete mit einem Kugelschreiber. Die Signatur des Kaufvertrags vor sechs Jahren hatten Bernd und ich regelrecht zelebriert, mit einem edlen Füllfederhalter, dunkelblauer Tinte und einem Glas Rotwein. So schnell konnten sich die Dinge ändern!
Kurz vor Mitternacht legte ich mich ins Bett, nachdem ich Paul am Telefon gute Nacht gesagt hatte. Sechs Tage und sechs Nächte hatte ich an seiner Seite verbracht und mich

langsam an die neue Intimität gewöhnt. Umso schwerer fiel es mir nun, mich an das breite Bett zu gewöhnen, in dem problemlos drei Personen Platz gefunden hätten. Es war wunderschön gewesen, nachts nach Pauls Hand zu tasten und zu spüren, wie er mir die Decke über die Schultern zog. Diese zärtlichen Gesten waren es, die ich am meisten vermisste.

Ich bemühte mich, die Einsamkeit abzuschütteln, die sich an mich heranpirschte wie ein Tier auf der Jagd. Stattdessen erstellte ich im Geist eine Liste mit Dingen, die ich ab morgen zu erledigen hatte. Ich musste einkaufen, das Watthuis putzen, Leona anrufen und meiner Lektorin erste Seiten der Biographie schicken. Keine Zeit also, um Trübsal zu blasen!

* * *

Der Dienstag begrüßte mich goldschimmernd und mit fröhlichem Glockengeläute. Offenbar gab es in der Kirche einen außerplanmäßigen Gottesdienst, vielleicht eine Hochzeit? Dankbar für das strahlende Oktoberwetter schwang ich mich aufs Fahrrad.

»Ich dachte schon, du bleibst für immer in Berlin«, maulte Janneke, als ich im Klabautermann ankam, um meine Einkäufe zu erledigen.

»Und ich dachte, du arbeitest dienstags nicht?«, fragte ich verwundert.

»Ich hab meinen Dienst getauscht. Stattdessen hab ich Donnerstag frei, weil ich Besuch bekomme.«

Beim Wort Besuch strahlten Jannekes Augen mit der Beleuchtung um die Wette.

»Peer?«, fragte ich leise, für den Fall, dass jemand unser Gespräch mit anhörte.

Sie nickte.
»Na, dann wünsche ich euch eine schöne Zeit. Ich muss jetzt leider los. Aber ruf mich an, dann unternehmen wir was zusammen, wenn du wieder allein bist. Am Wochenende habe ich Zeit. Vorher sollte ich noch ein bisschen was tun.«
Als ich den Krämerladen voll bepackt mit Lebensmitteln verließ, dachte ich über Janneke und ihre heimliche Liebe nach. Meiner Meinung nach sollte sie ihre kostbare Zeit nicht an einen Mann verschwenden, der sich nicht gegen seine Eltern durchsetzen konnte. Aber ich hielt sie für klug genug, dies irgendwann selbst zu erkennen.

Im Watthuis angekommen, verstaute ich meine Einkäufe und formulierte im Kopf bereits die nächste Kapitelüberschrift der Biographie. Es würde schwer sein, nach der beinahe einwöchigen Pause wieder in den Text hineinzufinden. Mein Blick fiel auf das Fenster meines Arbeitszimmers. Die Meeresluft hatte einen feinen Schleier aus Salzkristallen darübergelegt, was den Ausblick trübte. Doch kaum hatte ich das Reinigungsmittel unter der Spüle herausgenommen, klingelte das Telefon. Am Apparat war eine schluchzende Leona.
»Liebes, beruhige dich, ich kann dich kaum verstehen«, bat ich meine Schwester, die vollkommen außer sich war. »Was ist denn passiert? Ist irgendetwas mit den Kindern?«.
Ich vernahm bruchstückhaft die Worte »Christian«, »Verdacht« und schließlich »Betrug«.
»Aber bist du dir wirklich sicher?«, hakte ich ungläubig nach, obwohl Leona eigentlich nicht zu Übertreibungen neigte. Stück für Stück enthüllte meine Schwester die Geschichte ihres sich seit längerem anbahnenden Ehedramas: Ihr Mann Christian, Professor für Theaterwissenschaften an der Uni Hamburg, hatte offenbar seit über einem Jahr

ein Verhältnis. Ungereimtheiten, Launenhaftigkeit und Geheimniskrämereien, denen sie anfangs keine große Bedeutung hatte beimessen wollen, waren nur die Vorboten für die grausame Gewissheit, mit der Leona sich jetzt konfrontiert sah.

»Sag mir jetzt bitte nicht, dass er ein Verhältnis mit einer Studentin hat, sonst muss ich kotzen«, hörte ich mich sagen, selbst erstaunt über mein drastisches Vokabular. »Christian ist doch hoffentlich zu intelligent, um so etwas Klischeehaftes zu tun.«

»Und gerade weil er so intelligent ist, treibt er es auf höchstem Niveau. Mit einer Kollegin, die sich gerade in Literaturwissenschaft habilitiert.«

Ich schnappte nach Luft und setzte mich. Leona und Christian waren für mich immer ein großes Vorbild gewesen, die stille Hoffnung darauf, dass zwei Menschen es schaffen konnten, über viele Jahre hinweg glücklich zu sein. Oder wenn nicht unbedingt glücklich, dann doch wenigstens zufrieden. Wie hatte das nur passieren können?

Ich wagte die Frage kaum zu stellen, doch ich musste es tun, um mir ein besseres Bild vom Ausmaß der Situation machen zu können:

»Will er mit ihr zusammenleben?«, fragte ich leise und bereute meine Neugier noch im selben Augenblick. Was, wenn Leona sich darüber noch gar keine Gedanken gemacht hatte?

»Er sagt, er weiß es nicht. Es tut ihm alles furchtbar leid, er schämt sich, dass er mir weh getan hat, und natürlich ist ihm die ganze Sache vor den Kindern peinlich. Deshalb haben wir beschlossen, es ihnen vorerst nicht zu sagen.«

»Und wie geht es jetzt weiter?«

»Ich habe keine Ahnung. Ich muss erst einmal nachdenken. Und auf alle Fälle hier raus! Ich kann kaum mehr atmen, Christians Anblick macht mich so wütend, dass ich ihn am liebsten umbringen würde. Kann ich ein paar Tage zu dir kommen?«

Ich musste nicht lange überlegen:

»Natürlich, hier ist Platz genug, und ich würde mich sehr über deinen Besuch freuen. Aber wer kümmert sich so lange um die Kinder?« Das Semester hatte gerade eben erst begonnen, Christian würde es nicht schaffen, Sophie, Thore und Lilly zu versorgen.

»Ich habe Mama gefragt, sie kommt und regelt alles.«

Das war die zweite Überraschung des Tages. Meine Mutter Marlene, die uns immer wieder spüren ließ, dass wir nicht geplant waren und die stets einen großen Bogen um Kinder machte, wollte für Leona in die Bresche springen?

»Ich würde gerne mit der Fähre morgen Vormittag kommen. Die müsste gegen zwei Uhr auf Amrum sein. Passt dir das?«

»Natürlich. Ich hole dich ab, und dann besprechen wir alles in Ruhe. Aber hältst du so lange noch durch? Willst du nicht lieber heute schon kommen? Das wäre absolut kein Problem.«

»Das ist lieb von dir, aber Mama kann erst ab morgen. Und heute Abend will ich auf alle Fälle noch einmal mit Christian darüber sprechen, wie es weitergehen soll.«

»Dann wünsche ich dir viel, viel Kraft. Und bleib bitte ruhig, wenn es irgendwie geht. Für euch beide steht einiges auf dem Spiel.«

Nachdem ich den Hörer aufgelegt hatte, spürte ich, wie ich am ganzen Leib zitterte. Leonas Krise hatte auch mich unvorbereitet getroffen. Wenigstens war Bernd nie untreu gewesen. Keiner von uns hatte den anderen betrogen.

Um alles für die Ankunft meiner Schwester vorzubereiten, bat ich Martha Hansen um Bettwäsche und zusätzliche Handtücher und holte das ganze Paket mit dem Rad bei ihr ab. Ich blieb nicht lange, weil ich das dringende Bedürfnis hatte, mir meine Verwirrung von der Seele zu strampeln. Also trat ich kräftig in die Pedale und fuhr über den Deich, anstatt nach Hause zurückzukehren.
Unter meinen Reifen bildeten die grauen Kieselsteine wirre Muster. Links von mir lagen herbstliche Weiden, bereit, dem Winter das Feld zu überlassen. Ein Bächlein plätscherte durch das vergilbte Gras, während roséfarbene Blumen, die die Grünflächen säumten, der kälter werdenden Jahreszeit tapfer trotzten.
Ich dachte an die violetten Lupinen im Watthuis und fragte mich, ob sie aus Maximilian Degenhardts Garten stammten. Vielleicht war der exzentrische Kauz doch gefühlvoller, als ich dachte? Ich blickte zum Meer, das rechts von mir lag – grau und verhalten, als würde es sich von der Welt zurückziehen wollen. Der Himmel zeigte sich kapriziös, mal in dunklem Grau, mal mit einem hellen Streifen am Horizont. Der Anblick der Natur beruhigte mich und half, die Dinge in ein anderes Licht zu rücken. Vielleicht lag in dieser Katastrophe eine Chance, von der Leona und ich noch nichts ahnten?
Ich war sehr dankbar, dass es in meinem Leben jetzt einen Mann gab, den ich anrufen und dem ich erzählen konnte, was passiert war. Es war wichtig, sich mitteilen zu können und echte Anteilnahme zu spüren. Und genau deshalb würde ich die kommenden Tage für Leona da sein. Leona, meine kleine Schwester. Es trennten uns zwar nur fünf Jahre, aber als Kind war der Altersunterschied in meinen Augen riesig gewesen. Ich hatte gerade inmitten einer Horde Freundinnen und unter Aufsicht eines Au-pair-Mädchens

meinen Geburtstag gefeiert, als bei meiner Mutter die Wehen einsetzten. Und so bekam ich an diesem Tag nicht nur Bücher, Haarspangen, Süßigkeiten und Kinderkassetten, sondern auch noch eine kleine, laut brüllende Schwester namens Leona geschenkt.

Ich war so fasziniert gewesen von diesem winzigen Lebewesen, das ich zusammen mit meinem Vater durch die Glasscheibe im Krankenhaus betrachten durfte, dass ich es kaum erwarten konnte, meine neue Spielgefährtin mit nach Hause zu nehmen.

Drei Tage später war es dann endlich so weit: Meine Mutter kam nach Hause, im Arm mein kleines Schwesterchen, das ich zwischen all dem Stoff kaum erkennen konnte. Nur Leonas Hand lugte aus der Decke hervor. Ich nahm sie und war verwundert über die Kraft, mit der sich ihre kleinen Finger um meine schlossen. Dies war der Moment, an dem ich fühlte, dass meine Schwester der wichtigste Mensch in meinem Leben sein würde.

»Das tut mir wirklich leid«, sagte Paul betroffen, als ich ihn am späten Nachmittag erreichte und erzählte, was passiert war. »Wie lange wird sie bleiben?«

Ich sagte, dass ich das noch nicht wisse, und atmete tief durch. Erst jetzt wurde mir bewusst, dass Leonas Aufenthalt ein Wiedersehen mit Paul verzögern würde.

»Das heißt also, dass es noch gar nicht klar ist, ob es nächstes Wochenende klappt?« Paul klang enttäuscht.

»Ich würde dir gern etwas anderes sagen, aber momentan habe ich keine Ahnung, was auf mich zukommt. Aber andererseits kann ich mir auch nicht vorstellen, dass meine Mutter allzu lange auf die Kinder aufpasst. Das hat sie ja noch nicht einmal bei uns geschafft.«

»Dann warten wir eben einfach ab, wie sich die Situation

entwickelt. Kümmere du dich erst einmal darum, dass deine Schwester wieder auf die Beine kommt, aber ich muss ganz ehrlich sagen, dass ich dich sehr vermisse und traurig bin, dass wir uns so lange nicht sehen werden. Du fehlst mir! Dein Lachen, deine Augen, dein Gesicht, der Duft deiner Haut … apropos Haut: Was hast du denn gerade an?«
Ich sah verlegen an mir hinunter. Sollte ich Paul sagen, dass ich eine viel zu weite, ausgeleierte Strickjacke trug, zusammen mit ausgeblichenen Jeans und flachen Schnürschuhen? Und darunter stinknormale hautfarbene Baumwollunterwäsche, weil sie so bequem war und so schön wärmte? Da erfand ich doch lieber ein paar heiße Dessous und beschrieb sie so detailliert wie möglich. Ich rief mir die Werbeflyer in Erinnerung, die hin und wieder Frauenmagazinen beilagen, und flunkerte, dass sich die Dachbalken des Watthuis' bogen. Paul tat so, als erregten ihn meine Worte unglaublich. Leider war er ein mindestens ebenso schlechter Schauspieler wie ich, und so endete das Gespräch, das so traurig begonnen hatte, in großem Gelächter.

Kapitel 12

Danke, dass ich kommen durfte«, rief Leona und fiel mir nach ihrer Ankunft derart schwungvoll um den Hals, dass ich beinahe umgefallen wäre. Sie hatte mich immer noch fest im Griff, wie damals als Baby.

»Schön, dich zu sehen«, antwortete ich und nahm ihr den großen Koffer ab, den sie bei sich trug. Offenbar plante sie wirklich, länger zu bleiben.

Während der Busfahrt sprachen wir kaum. Wir saßen einfach nur stumm nebeneinander, während ich ihre Hand hielt. Meine sonst so attraktive jüngere Schwester sah blass und abgezehrt aus. Ihre ehemals glänzenden Haare hingen schlapp herunter, und zum ersten Mal bemerkte ich die grauen Strähnen, die ihre blonde Mähne durchzogen. Ihre dunkelblauen Augen waren verschleiert, Reste von Mascara verklumpten die langen Wimpern.

Im Watthuis zeigte ich ihr die Räumlichkeiten und quartierte sie im zweiten Schlafzimmer ein. Wie gut, dass das Haus groß genug für uns beide war. Nachdem Leona ausgepackt hatte, schickte ich sie mit einem Becher Lavendeltee ins Bett. Es war unübersehbar, dass sie seit Tagen unter Schlafmangel litt, vielleicht würde sie in der neuen Umgebung ein wenig zur Ruhe kommen und ein Stündchen schlummern können. Ich nutzte die Zeit, um zu arbeiten.

August 1900

Welch himmlisches Vergnügen, welch ungeheurer Genuss! Es gibt für mich – außer der großen Literatur! – kaum ein schöneres Erleben, als ein gelungenes Bild zu betrachten. Die Ausstellung war über alle Maßen ergreifend und beeindruckend. Julius Stockfleth hat sich in seiner künstlerischen Arbeit viel mit maritimen Themen, kleinen Erinnerungsbildern von Wyk für Badegäste oder Ölportraits wie das des Föhrer Kapitäns Doorentz beschäftigt. Seine leuchtenden Farben tanzen mir immer noch im Kopf herum und erfüllen mich mit Freude. Herr Stockfleth hat mir angeboten, ihn in seinem Atelier in der Süderstraße zu besuchen, wo er seine Bilder zum Verkauf ins Fenster stellt.

Natürlich bin ich schon häufig an seinem Haus vorbeiflaniert und habe ihn in seiner Stube sitzen sehen, versunken in die Arbeit. Ach, wie herrlich muss es sein, ganz und gar für die Kunst zu leben! Ich wünschte, ich hätte auch eine solche Begabung, die Welt stünde mir dann offen. Doch ich weiß, dass man sich seiner Leidenschaft ganz und gar hingeben muss, will man etwas erreichen. Und wie kann mir dies gelingen, wenn ich mich doch bald vermählen soll?

An dieser Stelle hielt ich inne. Hatte Charlotte damals schon geahnt, dass sie in absehbarer Zeit für das Satiremagazin *Simplicissimus* schreiben und ihrem großen Traum ein Stück näher rücken würde? Während ich weiter über den Verlauf der Vernissage las und einiges über die damalige Künstlerszene auf Föhr erfuhr, fragte ich mich, weshalb Amrum eigentlich keinerlei Denker, Dichter oder Maler hervorgebracht hatte.

Amrum schien seit jeher das rauhere Pflaster gewesen zu sein. Hier hatten Seefahrer gewohnt, kräftige Männer, die mit *Strandjen* ihr Geld verdient hatten. Sie bargen und machten die Schiffe wieder flott, mit denen Seeleute auf der Route vom Ärmelkanal nach Skandinavien bei Stürmen auf Grund gelaufen waren. Hier wohnten die Bauern, die versuchten, dem kargen, vom Flugsand bedeckten Boden eine magere Ernte abzuringen, die Strandhafer schnitten, um ihn zu flechten und für die Herstellung von *Reepen* zu nutzen, der Seile, die zum Binden von Reetdächern benötigt wurden. Bei solch schwerer Arbeit blieb sicher weder Zeit noch Muße, um den schönen Künsten zu frönen.

»Kommst du gut voran?«, fragte Leona, die in eine Wolldecke gehüllt im Türrahmen stand. Der Nachmittagsschlaf schien ihr gutgetan zu haben. Ich war derart ins Lesen versunken gewesen, dass ich sie für einen Moment vollkommen vergessen hatte.
»Ich denke schon«, entgegnete ich und legte meine Aufzeichnungen beiseite. »Hast du Lust auf Kuchen?«
Leona lächelte schief.
»Sag bloß, du bist unter die Bäckerinnen gegangen?«
»Nein, wirklich nicht! Aber im Café Schult am Kurpark gibt es die beste Friesentorte der Insel. Wir könnten zu Fuß dorthin gehen, oder ich fahre mit dem Rad hin und hole uns etwas. Was meinst du?«
»Okay, ich koche dann Tee, während du weg bist. Momentan ist mir noch nicht danach, rauszugehen.«
Eine Viertelstunde später stand ich im Café Schult und prüfte das Angebot der Kuchentheke. Für die Kaffeestunde war es eindeutig zu spät, und ich erntete ein belustigtes Lächeln der Verkäuferin. Überhaupt konnte ich froh sein, dass ich noch etwas bekam, Mittwochnachmittag hatten die meisten Läden geschlossen.
Während ich darauf wartete, dass die Verkäuferin mir eine Friesentorte und ein Mandelhörnchen einpackte, fiel mein Blick auf ein Plakat, das den Gastauftritt der Cappella Musica Dresden, Solisten der Semperoper, ankündigte. Sie würden kommenden Samstag im evangelischen Gemeinde-

haus Corelli, Rossini und Auszüge aus Vivaldis »Vier Jahreszeiten« spielen. Vielleicht eine schöne Überraschung für Leona, die lange Zeit Bratsche gespielt hatte. Mit der Geburt ihrer drei Kinder war ihr Talent nach und nach verkümmert, aber vielleicht würde sie ja wieder auf den Geschmack kommen? Meiner Ansicht nach brauchte sie nach ihrer Rückkehr dringend etwas, mit dem sie sich ausschließlich selbst beschäftigen konnte.

Ich hatte Glück und ergatterte bei der Kurverwaltung noch zwei Karten. Vergnügt schwang ich mich aufs Fahrrad und fuhr zurück zum Watthuis.

Meine Schwester hatte bereits den Kaffeetisch gedeckt, sich geduscht und frisch geschminkt. Das vormals strähnige Haar war gewaschen und zu einem Pferdeschwanz gebunden. Im Gegensatz zu meiner wilden Lockenmähne waren Leonas lange Haare wunderschön glatt und samtig.

Als Kinder hatten wir Stunden damit verbracht, uns gegenseitig zu kämmen und neue Frisuren auszuprobieren. Keine Papilotte, keine Haarklammer, kein Reif, kein Netz, keine Stoffblume, deren wir habhaft werden konnten, blieb ungenutzt. Unser Friseursalon Chéz AnnaLeona befand sich unter der Treppe, die zur Galerie-Etage unserer Hamburger Stadtwohnung in Harvestehude führte. Dort oben hatte unser Vater sein Arbeitszimmer, nutzte es aber selten. Und wenn, dann eher, um seine Ruhe zu haben, als um wirklich etwas zu tun. Er war Bankier und sein eigentliches Wirkungsfeld ein Bankhaus am Neuen Wall.

Daher war das Dreieck unter der Treppe eine Erweiterung unserer Kinderzimmer, ein magischer Ort, an dem viel gelacht und ausprobiert wurde. Die wurmstichigen Holzdielen unseres Salons ächzten unter dem Gewicht von Geschichten längst vergangener Zeiten und verströmten einen ganz besonderen Duft.

Den Duft von Kindheit.

Manchmal durften Freundinnen unsere Dienste als Coiffeure nutzen, doch am liebsten frisierten wir uns gegenseitig. Auch mit fünfzehn fühlte ich mich noch nicht zu alt, um der zehnjährigen Leona mit Acrylfarbe aus dem Kunstunterricht rote Strähnchen zu machen, womit ich mir großen Ärger einhandelte.

Ich sah besorgt zu, wie Leona in ihrem Kuchen herumpickte und Unmengen an schwarzem Tee trank. Kein Wunder, dass sie nachts nicht schlafen konnte! Seit unserem letzten Treffen hatte sie stark abgenommen, ihr Gesicht war schmal und spitz.

»Und wie lief euer Gespräch gestern Abend?«, erkundigte ich mich, unsicher, ob ich das Thema jetzt anschneiden sollte.

»Wir haben vereinbart, dass Christian nach meiner Rückkehr für eine Weile auszieht und darüber nachdenkt, wie es mit uns weitergehen soll. Er hat schon im Internet nach möblierten Zimmern recherchiert. Er sagt, dass er nicht mehr weiß, ob er mich liebt oder ob uns nur noch die liebe Gewohnheit zusammenhält. Liebe Gewohnheit – das ist doch eine seltsame Formulierung für eine Ehe, findest du nicht?«

Ich dachte einen Moment nach. Gewohnheiten mussten nicht zwangsläufig etwas Negatives bedeuten. Die heutige Gesellschaft war meiner Ansicht nach zu sehr auf das Neue, das Unbekannte, auf den *Kick* fixiert. Dabei bestand die eigentliche Leistung doch darin, einander mit Respekt und Achtung zu begegnen und den anderen nicht als Selbstverständlichkeit hinzunehmen.

»Ich glaube, es ist gut, wenn ihr beide erst einmal zur Ruhe kommt. Ihr seid jetzt so lange zusammen, und manchmal braucht man vielleicht etwas Distanz, um zu erkennen, was einem der andere wert ist.«

»So viel Distanz, dass man gleich mit einer anderen in die

Kiste springen muss? Und das nicht nur als einmaliger Ausrutscher, sondern als Daueraffäre? Ich frage mich, wie lange die beiden die Absicht hatten, dieses Spiel noch zu spielen, wenn ich ihnen nicht auf die Schliche gekommen wäre.«

Damit kamen wir zu der Frage, die mich seit gestern beschäftigte: Wie hatte Leona eigentlich von dem Betrug erfahren?

»Das ist so banal, dass man meinen könnte, die Geschichte kommt aus einer dieser blöden Daily Soaps. Ich wollte Christians Jackett in die Reinigung bringen und habe zuvor wie immer seine Taschen geleert. Du kannst dir nicht vorstellen, was man da so alles findet, Tempos, Pfefferminzbonbons, alte Fahrkarten. Dabei habe ich einen Brief von Kristina Ohlsen gefunden, in dem sie schreibt, wie sehr sie ihn liebt und vermisst. Wie sehr sie sich wünscht, für immer mit ihm zusammen zu sein. Für eine Literaturwissenschaftlerin fand ich ihre Formulierungsqualitäten eher dürftig, wenn ich das mal so sagen darf. Das Fabulieren und Schmachten sollte sie lieber anderen überlassen.«

»Und wie hat Christian reagiert, als du ihn darauf angesprochen hast?«

»Eigentümlicherweise war er gar nicht besonders erstaunt. Er hat es weder abgestritten noch versucht, mich mit dummen Ausreden zu beschwichtigen. Es wirkte eher so, als hätte er nur darauf gewartet, dass die Geschichte ans Licht kommt.«

Ja, die Macht des Unbewussten …

»Im Grunde schien er sogar ein wenig erleichtert, was mich am meisten geärgert hat. Wenn ihm diese Kristina so wichtig ist, dass er dafür seine Ehe und seine Familie aufs Spiel setzt, warum sagt er es mir dann nicht einfach?«

Ich mochte meinen Schwager, sah ihn aber durchaus auch kritisch. Er war ein brillanter Rhetoriker, ein großer Denker, ein kreativer Geistesmensch. Aber er haderte mit der Realität und hing meines Erachtens deshalb so an Leona, weil sie als Nicht-Akademikerin den Inbegriff des geerdeten Menschen verkörperte. Eine Heldin des Alltags, sein Anker in der Wirklichkeit, der ihn immer wieder am Boden hielt. Doch nun wollte er sich offenbar aus diesem Griff befreien und einen neuen Weg gehen. Dies stand ihm natürlich frei, aber ich war ebenso wie Leona der Meinung, dass Ehrlichkeit an dieser Stelle fairer gewesen wäre.

»Ich fürchte, du musst die Dinge nehmen, wie sie sind. Das Wichtigste ist jetzt, auf dich und deine Gefühle zu achten und dich um die Kinder zu kümmern. Versuch dich, soweit es geht, zu entspannen und nicht so sehr an die Zukunft zu denken. Der wirst du dich früh genug wieder stellen müssen. Und für diese Zeit brauchst du Kraft! Aber eines wüsste ich noch gern: Wann hast du den Brief gefunden?«

Leona lachte so höhnisch, wie ich es noch nie von ihr gehört hatte.

»Am Tag der Deutschen Einheit, ist das nicht wunderbar?«

Ich schwieg, als mir klar wurde, dass meine Schwester dieses Wissen mit sich herumgeschleppt hatte, seit ich in Berlin gewesen war.

»Aber warum hast du mich denn nicht gleich angerufen?«, fragte ich entsetzt. Hatte sie kein Vertrauen mehr zu mir?

»Du warst bei Paul, und da wollte ich dich nicht stören. Ich hatte mich so gefreut, dass du endlich wieder glücklich bist, und wollte nicht mit meinen düsteren Neuigkeiten dazwischenplatzen. Es hätte sowieso nichts an der Situation geändert.«

»Aber du wärst nicht so alleine mit deinem Kummer gewesen«, antwortete ich und dachte an die unzähligen Male, an denen wir uns als Kinder gegenseitig getröstet hatten. AnnaLeona gegen den Rest der Welt.

Kapitel 13

Samstagabend gingen wir Arm in Arm die Straße Richtung Gemeindehaus entlang und betrachteten die vielen Klassikliebhaber, die mit uns zusammen zum Eingang strömten. Das rotgeklinkerte, reetgedeckte Haus mit den schneeweißen Fensterläden und den dunkelgrünen Efeuranken wirkte schon von weitem hübsch und einladend. Der Wind trug Fetzen von Streichmusik zu uns herüber – ich freute mich auf das Konzert.

Vor dem Haus war ein Stoffzelt aufgebaut, in dem Getränke und Laugenbrezeln verkauft wurden. Ich beschloss spontan, unseren Ausgehabend mit einem Glas Sekt einzuläuten.

Leona hatte zum ersten Mal seit ihrer Ankunft wieder etwas Farbe im Gesicht, was nicht am Rouge allein lag. Sie trug ein schwarzes, dekolletiertes Samtkleid, das wir bei S. Jannen erstanden hatten. Als ich mich an die Bar stellte, um Sekt zu ordern, stieß ich mit einem Mann zusammen, der gerade in eine Brezel biss.

»Guten Abend, Herr Degenhardt, das ist ja eine Überraschung!« Ich war verwundert, den Misanthropen auf einer so gut besuchten Veranstaltung zu sehen. Er trug einen schwarzen Anzug mit weißem Hemd und Fliege und sah ausgesprochen gut aus. Leona beobachtete uns neugierig.

»Darf ich vorstellen, meine Schwester Leona. Sie ist für ein paar Tage zu Besuch. Maximilian Degenhardt, der Besitzer des Watthuis'.«

Als meine Schwester Maximilian Degenhardt die Hand gab, bemerkte ich ein kurzes Flackern in ihren Augen. Ich hatte allerdings keine Zeit, einen weiteren Gedanken darauf zu verschwenden, denn Herr Degenhardt schob uns Richtung Gemeindesaal.

»Wir kommen zu spät«, sagte er streng, und wir nahmen auf unseren Sitzen Platz.

Ich betrachtete das Orchester, die Solistin in ihrem weißen Engelskleid und die Instrumente, die noch gestimmt wurden, und mir fiel auf, wie lange es her war, dass ich ein Konzert oder eine Ausstellung besucht hatte.

Ich hatte mich nach der Trennung von Bernd eingeigelt und allem den Rücken gekehrt, das mir einst so viel bedeutete. Ich dachte einen kurzen Moment an Paul und wünschte, er wäre an meiner Seite. Wäre alles nach Plan gegangen, säßen wir jetzt beide hier. Doch stattdessen war er in Berlin und verbrachte das Wochenende mit Arbeit und Freunden. Ich seufzte leicht, doch als ich Leonas seliges Lächeln sah, verflog meine trübe Stimmung. Dieser Anblick war es wert, ein wenig zurückzustehen!

Das Orchester stimmte die ersten Töne des »Concerto grosso opus 6« an, und binnen Sekunden tauchte ich ein in das heitere Allegro des Komponisten Arcangelo Corelli. Ich staunte über die Leichtigkeit und Virtuosität des Violaspielers und warf immer wieder einen Seitenblick auf Leona. Dachte sie an ihre einst so geliebte Bratsche? Rührte das leidenschaftliche Spiel etwas in ihr? Ich wünschte es mir so sehr … Mit jeder Note, jedem Ton entspannten sich ihre Gesichtszüge; sie wiegte sich mit geschlossenen Lidern im Takt. Vielleicht hätte ihr eine musikalische Karriere offengestanden, wenn sie nicht irgendwann beschlossen hätte, ihre eigenen Bedürfnisse zugunsten von Christian zurückzustellen.

Zuerst hatte sie geholfen, sein Studium mitzufinanzieren, dann unterstützte sie ihn während der Promotion und verbrachte ganze Nächte damit, seine Doktorarbeit Korrektur zu lesen. Sie kochte heiße Milch mit Honig und besorgte Salbeibonbons, wenn ihm vor der Vorlesung die Stimme wegblieb. Sie war seine stärkste Kritikerin und glühendste Verehrerin, wenn er stundenlang monologisierte und über eine Revolutionierung des heutigen Theaters dozierte. Sie sprach ihm Mut zu, als er sich habilitierte, wohl wissend, wie wenige Professuren in Deutschland zu vergeben waren. Sie wäre bereit gewesen, ihm zusammen mit den Kindern überallhin zu folgen, obwohl sie sehr an Hamburg hing. Sollte der Dank für all die Liebe, die Fürsorge, diese bedingungslose Hingabe nun das Scheitern einer Ehe sein, die einst so hoffnungsvoll begonnen hatte?

Donnernder Applaus riss mich jäh aus meinen Gedanken, und ich bedauerte, dass ich dem Konzert kaum Aufmerksamkeit geschenkt hatte. Ich hätte lieber der Musik gelauscht als über Dinge nachgedacht, die ich ebenso gut mit meiner Schwester besprechen konnte.

Leona zog mich vom Stuhl und drängte Richtung Zelt. Ihr Blick glitt suchend über die Konzertbesucher, die sich grüppchenweise zusammengefunden hatten oder nach draußen gingen, um zu rauchen. Als sie Maximilian Degenhardt erblickte, lief sie eilig auf ihn zu, ohne sich auch nur eine Sekunde darum zu kümmern, ob mir das überhaupt recht war.

»Haben Sie Lust, noch etwas mit uns trinken zu gehen?«, fragte sie. Ich stand sprachlos daneben, während die beiden über das passende Lokal diskutierten, in dem sie den Abend stilgerecht ausklingen lassen wollten.

»Machen Sie sich keine Illusion über die Ausgehmöglichkeiten auf Amrum«, sagte Maximilian Degenhardt ironisch lächelnd. »Hier schließen alle Lokale spätestens um elf Uhr. Die einzige Möglichkeit, die mir einfällt, ist die Bar im

Hotel Hüttmann mit dem überaus albernen Namen Entenschnack. Aber man bekommt dort gute Martinis.«
Ich verstand die Welt nicht mehr. Was war denn auf einmal los? Stand ich hier wirklich zusammen mit meiner liebeskummerkranken Schwester und dem Mann, der sich so gut wie nie in der Öffentlichkeit zeigte? Zwischen den beiden entwickelte sich von Minute zu Minute mehr Energie, die ich beinahe körperlich spürte. Leona hatte hochrote Wangen, ihre Augen schimmerten wie Lapislazuli, und Maximilian Degenhardt nestelte an seiner Fliege herum. Was immer sich da gerade anbahnte – ich gedachte nicht, länger untätig danebenzustehen. Sosehr ich mich auch über diese Konstellation wunderte, Leona war erwachsen und wusste hoffentlich, was sie tat, auch wenn ich nicht gerade begeistert darüber war.
»Ich bin ein wenig müde und habe Kopfschmerzen«, log ich. »Was haltet ihr davon, wenn ihr einfach alleine geht?«

Kurz nach elf Uhr erreichte ich das Watthuis und rief Paul an.
»Aber das ist ja toll«, sagte er, als ich ihm erzählte, was passiert war. Er klang gutgelaunt. »Freu dich doch für die beiden. Mach's dir gemütlich und genieß die Tatsache, dass du gerade nicht als Trösterin gebraucht wirst. Sag mal, kann ich dich später anrufen? Ich habe noch Besuch. Wie lange wirst du in etwa wach sein?« Im Hintergrund vernahm ich Gläserklirren, Jazzmusik und Lachen. Weibliches Lachen.
Wer war das?
»Ich gehe gleich ins Bett. Vielleicht lese ich noch ein wenig, aber rechne heute nicht mehr mit mir. Viel Spaß noch!«, sagte ich kurz angebunden und stellte den Hörer in die Ladestation. Kein säuselndes »Ich vermisse dich«, kein »Träum schön«. Mir war nicht danach.

Missmutig setzte ich mich auf das Sofa, zog die Wolldecke bis zum Kinn und starrte vor mich hin. Immer wieder wanderten meine Gedanken zu Paul und der Frage, wer wohl bei ihm zu Besuch war.
Wir hatten es bislang so genossen, einfach nur zusammen zu sein, dass wir kaum über unsere Vergangenheit oder, noch wichtiger, unsere Zukunft gesprochen hatten. Ich hatte weder von Bernd erzählt noch von der nahenden Scheidung und Paul nichts von einer Beziehung. Oder Beziehungen. Alles, was ich wusste, war, dass er seit fünfzehn Jahren in derselben Wohnung lebte und das offenbar allein.
Wer also war diese Frau?
Der Zeiger war mittlerweile auf ein Uhr vorgerückt, von Leona immer noch weit und breit keine Spur. Hatte die Hotelbar so lange geöffnet? Ich konnte es mir nicht vorstellen. Amrum war ein eher konservatives Pflaster und das Nachtleben längst nicht so bewegt wie auf Sylt.
War Leona etwa mit Maximilian Degenhardt nach Hause gegangen? Meine Phantasie schlug Purzelbäume, und das nicht nur in Hinblick auf meine Schwester. Wenn ich Sorgen hatte, waren die Nächte von jeher mein schlimmster Feind gewesen. Die Dunkelheit und die Stille bildeten eine unheilvolle Allianz, der ich meist nur begegnen konnte, in dem ich aufstand, alle Lichter einschaltete und mich vor den Fernseher setzte oder las.
Ob ich es noch einmal bei Paul versuchen sollte? Doch obwohl ich jetzt gern seine Stimme gehört und gefragt hätte, wer die ominöse Besucherin war, hielt ich der Versuchung stand.
Genau in diesem Moment piepste mein Handy, das ich noch nicht ausgeschaltet hatte. Es war Paul, der wissen wollte, ob ich noch wach war und Lust hatte zu telefonieren.
Er meldete sich gleich nach dem ersten Läuten und klang

aufgekratzt. Vermutlich hatte er das eine oder andere Glas getrunken. Man spürte, dass er sich amüsiert hatte – im Gegensatz zu mir. Obwohl ich mich hätte ohrfeigen können, schaffte ich es nicht, mein Misstrauen zu bezwingen.

»Wer war die Frau im Hintergrund?«

Paul schwieg einen Moment. Mist, warum hatte ich mich nicht besser im Griff?

»Kontrollierst du mich etwa?«, fragte er, die Stimme eine Spur verhaltener.

»N … nein«, stotterte ich. Jetzt bloß keinen Fehler machen! »Ich wollte nur wissen, ob du einen schönen Abend hattest und wie es dir geht.« Mittlerweile war es fast halb zwei. »Ich hatte ein paar Freunde und Kollegen zu Besuch.«

Damit hatte ich immer noch keine befriedigende Antwort. Doch statt weiter zu bohren, erzählte ich, dass Leona immer noch nicht zurück war und ich mir allmählich Sorgen machte.

»Sie wird noch mit Maximilian Degenhardt unterwegs sein und jede Menge Spaß haben. Freu dich doch für sie, das ist das Beste, was ihr im Moment passieren kann. Ein wenig Balsam für die Seele und das angeknackste Selbstbewusstsein.«

So war das also! Man stand kurz vor der Trennung einer Ehe, in der der eine den anderen betrogen hatte, und schon war man legitimiert, es mit gleicher Münze heimzuzahlen?

»Ich denke nicht, dass es besonders schlau von ihr wäre, nun Christian zu betrügen. Damit würde sie es ihm noch leichter machen.«

»Aber ich spreche ja gar nicht von betrügen. Warte doch erst einmal ab, was wirklich passiert ist, bevor du dir unnötig den Kopf zerbrichst.«

Paul hatte recht. Sicher ging meine Phantasie wieder mit mir durch.

»Und wenn du unbedingt wissen willst, wer heute bei mir war, sollst du das gerne erfahren. Ich habe meine berühmten Spaghetti alla Puttanesca gekocht und dazu einen gigantisch großen Salat gemacht. Zum Nachtisch gab's Mascarponecreme mit Brombeeren. Mein bester Freund Achim war zu Besuch, drei Leute vom Verlag und Dorothea, die Mutter meiner Patentochter Nelly. Wir haben gegessen, gequatscht und sind irgendwann auf die abstruse Idee gekommen, Memory zu spielen. Ehrlich, du glaubst kaum, wie schlecht man in so was ist, wenn man älter wird.«

Dorothea? Patentochter? Nelly?

Mir wurde schlagartig klar, dass ich im Grunde kaum etwas über Pauls Leben wusste.

»Du hast eine Patentochter?«, fragte ich leise. Was ich allerdings weitaus lieber hätte wissen wollen, war, wie er zu dieser Dorothea stand.

»Ja, sie heißt Nelly. Hast du die Fotos in meiner Wohnung nicht gesehen? Sie ist sechs und zum Anbeißen süß. Leider sehe ich sie viel zu selten!«

»Das bedeutet, du magst Kinder!«

»Ja, klar! Warum denn nicht? Ich hoffe, du auch …«

Der letzte Satz traf mich wie ein Faustschlag. Ich zwang mich, einmal tief durchzuatmen.

»Bist du noch da, Anna?«, hörte ich Paul fragen und hätte am liebsten den Hörer aufgelegt.

»Ja, ja, ich bin noch da. Ich fürchte, ich bin jetzt doch ein bisschen müde. Lass uns bitte morgen weiterreden, in Ordnung?«

»Natürlich, geh ins Bett, es ist ja schon spät. Schlaf gut und mach dir keine Sorgen wegen deiner Schwester. Sie ist erwachsen und weiß, was sie tut! Bestimmt kommt sie gleich nach Hause.«

Ohne mich abzuschminken oder die Zähne zu putzen, legte

ich mich ins Bett und versuchte, zur Ruhe zu kommen. Ich lauschte den Geräuschen der Nacht, die durch den Spalt des geöffneten Fensters in das Schlafzimmer drangen.
Paul liebte Kinder. Wenn dem wirklich so war, mussten sich unsere Wege ab sofort trennen. Ich konnte mir nicht vorstellen, dass er Verständnis für meine verhängnisvolle Entscheidung haben würde, die ich vor vielen Jahren getroffen hatte und noch immer zutiefst bereute …

Kapitel 14

Na, ausgeschlafen?«, fragte ich, als Leona am nächsten Tag gähnend im Arbeitszimmer auftauchte. Es war zwei Uhr nachmittags.

»Ich glaube schon«, antwortete sie und lachte. »Die Luft hier macht echt müde. Und hungrig. Ich mach mir ein Brot, willst du auch was?«

»Nein danke, mir ist eher nach Mittagessen. Ich wollte eine Krabbensuppe kochen, aber zum Frühstücken ist das wohl nicht das Richtige für dich. Wann bist du eigentlich nach Hause gekommen?«

»Um drei«, erwiderte Leona und zog sich den Bademantel enger um die Schultern. »Ich hoffe, du hast dir keine Sorgen gemacht!«

»Doch, irgendwie schon«, antwortete ich zögernd. »Wo wart ihr denn so lange?«

Leona lächelte verschmitzt.

»Erst in der Hotelbar und dann spazieren.«

»Spazieren?!«

»Ja, du verstehst schon, man setzt einen Fuß vor den anderen, geht ein Stück …«

»Haha, sehr lustig! Du weißt genau, was ich meine. Ein Uhr nachts ist nicht gerade die Zeit für eine Wanderung. Ich hatte, ehrlich gesagt, gedacht, du bist mit zu Maximilian Degenhardt gegangen.«

»Gedacht oder befürchtet?«

»Eher befürchtet. Der Mann ist so viel älter als du!«

»Seit wann bist du denn so spießig?«

Ärger stieg in mir auf. Ich hatte definitiv keine Lust auf

diese Diskussion. Leona brauchte Maximilian Degenhardt doch nur, um ihr Selbstbewusstsein aufzupolieren.
»Ich freue mich ja, dass du dich amüsiert hast, aber bitte versteh auch, dass ich es ein wenig befremdlich finde, wenn du mit jemandem um die Häuser ziehst, der unser Vater sein könnte. Wie alt ist Maximilian Degenhardt eigentlich?«
»Neunundsechzig, also im besten Alter!«
Wollte sie mich auf den Arm nehmen?
»Okay, wir halten fest: Der Mann ist fast doppelt so alt wie du. Was bitte findest du an ihm?«
»Er ist klug, eloquent, belesen, interessiert an Musik. Und er ist amüsant!«
Ach ja? Von einer amüsanten Seite hatte ich meinen Vermieter wahrhaftig noch nicht kennengelernt.
»Außerdem erinnert er mich an Maximilian Schell, und den finde ich ziemlich toll, wie du weißt. Witzig, dass er denselben Vornamen hat, findest du nicht?«
Du meine Güte, war Leona vollkommen übergeschnappt?
»Gut, lassen wir das. Du hattest einen schönen Abend, und es scheint dir gutzugehen. Das ist alles, was für mich zählt. Ich bin unten und koche. Bis gleich!«
»Ich geh nur kurz ins Bad, dann komme ich auch. Krabbensuppe zum Frühstück klingt gut.«
Während ich für die Suppe Krabben pulte, dachte ich nach. Vielleicht übertrieb ich es wirklich und sollte Leona einfach ihr Vergnügen gönnen. Bei Tageslicht sah selbst mein verunglücktes Telefonat mit Paul schon anders aus. Nur am Thema Kinder hatte ich noch zu knabbern. Ich beschloss, nichts zu überstürzen und beim nächsten Gespräch herauszufinden, wie wichtig ihm Kinder wirklich waren.
Wie aufs Stichwort läutete es.
»Wie geht es dir?«, erklang seine Stimme vertraut an meinem Ohr. Ich erzählte von Leonas nächtlichem Abenteu-

er, Paul lachte. »Siehst du, ich hab's dir gleich gesagt. Alles ganz harmlos. Und was habt ihr beiden heute noch vor?«

»Keine Ahnung, ich werde wohl arbeiten, momentan bin ich ganz gut im Fluss. Leona muss sich in der Zwischenzeit selbst beschäftigen.«

»Wie lange bleibt sie denn noch?«

»Ich weiß es nicht. Bislang scheint sie sich hier sehr wohl zu fühlen und nicht an Abreise zu denken. Natürlich telefoniert sie regelmäßig mit den Kindern, aber die genießen die ungewohnte Aufmerksamkeit ihrer Großmutter und scheinen Leona noch nicht allzu sehr zu vermissen. Und wie verbringst du den Tag, Paul?«

»Genauso wie du. Ich arbeite. Übrigens vermisse ich dich!«

Ich schmolz dahin. Mir ging es nicht anders. Die Zeit in Berlin schien eine Ewigkeit her zu sein.

Wir plauderten noch ein Weilchen über dieses und jenes, bevor wir auflegten. Dann widmete ich mich wieder dem Kochen.

Leona war mittlerweile angezogen und deckte den Tisch. Kaum hatten wir uns zum Essen hingesetzt, klingelte das Telefon erneut. Diesmal war es Maximilian Degenhardt, der meine Schwester sprechen wollte.

Ich lauschte neugierig, während ich die heiße Suppe löffelte. Leona lachte und warf den Kopf in den Nacken. »Sehr gern. Wir essen zwar gerade, aber danach habe ich Zeit. Ja, ich freu mich auch. Bis später!«

Verwundert sah ich auf.

»Maximilian holt mich um vier Uhr ab. Wir wollen einen kleinen Insel-Trip unternehmen, ich kenne Amrum ja noch nicht besonders gut, und das Wetter ist heute wirklich schön. Das macht dir doch hoffentlich nichts aus?«

Ich schüttelte den Kopf.

»Nein, geh ruhig, ich will sowieso arbeiten.«

Der Rest des Essens verlief schweigend, jede hing ihren eigenen Gedanken nach.
Als sich die Tür eine halbe Stunde später hinter Leona und Maximilian Degenhardt geschlossen hatte, war ich ratlos. Ich konnte ja verstehen, dass meine Schwester es aufregend fand, hofiert zu werden. Herr Degenhardt war zweifelsohne ein interessanter Mann, wenn man auf den geheimnisvollen Typ stand, aber was versprach sie sich langfristig von diesem Kontakt?
Energisch schob ich alle Gedanken an Leona beiseite und beschloss, mich endlich wieder auf die Biographie von Charlotte zu konzentrieren. Mittlerweile hatte ich mich zu dem Kapitel vorgearbeitet, in dem sie Simon Broder kennenlernte, den Vater ihrer Tochter Lynn.

September 1900

Ich kehre gerade von meinem Besuch im Atelier des Herrn Stockfleth zurück. Doch mehr als seine Bilder hält mich etwas anderes in Atem. Ich bin verwirrt und hätte nie gedacht, dass ich jemals so empfinden würde. Ich weiß nicht, mit wem ich darüber sprechen könnte, also vertraue ich dir, liebes Tagebuch, meine geheimsten und süßesten Gedanken an. Wo nur soll ich beginnen? Wie beschreiben, was mich umtreibt?
Herr Stockfleth hielt sich an diesem Nachmittage nicht allein in seinem Atelier auf, sein Freund Simon Broder war auch da. Wir waren einander kurz zuvor auf der Vernissage vorgestellt worden, und so freute ich mich, ihn so unverhofft wiederzusehen. Simon Broder ist ein feiner Mann, groß und von schlanker Statur. Das Schönste an ihm sind seine Augen. Ein unergründliches Farbenmeer, welches ich nicht zu beschreiben vermag. Sein Haar ist blond wie Sommerweizen und ringelt sich sanft über seinen Ohren. Julius Stockfleth nennt ihn einen »Jungen Wilden«, denn auch Simon ist

Künstler, ein Maler aus Hamburg. Ich kenne seine Arbeiten noch nicht, aber wenn Herr Broder so malt, wie er spricht, muss er Wundervolles geschaffen haben. Ein Lächeln huscht über meine Lippen und erwärmt mein Herz, wenn ich an ihn denke. Und ach, ich kann kaum an etwas anderes denken. Es sind nur noch wenige Tage bis zu meiner Abreise nach Lübeck, und ich zerbreche mir den Kopf auf der Suche nach einer Möglichkeit, ihn wiederzusehen. Als Frau sind mir die Hände gebunden, ich kann nicht handeln, wie ich möchte. Wäre ich doch nur auch eine »Junge Wilde«, dann würde ich mich über alle Widerstände hinwegsetzen und einfach davonfliegen. Ich wählte Simon als Gefährten und nähme ihn mit auf meine Reise. Doch das sind nur Phantastereien, Hirngespinste, entsprungen einem allzu romantischen Geist, wie Papa immer sagt.
Während ich diese Sätze schreibe, schaue ich aufs Wasser und träume von einem Leben, in dem ich frei sein kann. Frei wie die Möwen, die am Himmel ihre Kreise ziehen. Von einem Leben, in dem ich wild sein kann. Wild, wie das Meer …

An dieser Stelle unterbrach ich meine Arbeit, um mir einen Tee zu kochen. Ich konnte verstehen, dass ein Bohemien wie Simon Broder Charlotte in seinen Bann zog. Ihr ganzes bisheriges Leben war sie ausschließlich von Menschen umgeben gewesen, die zielstrebig, ehrgeizig und konventionell lebten. Das strenge Regiment in der Töchterschule, die klare Rollenaufteilung innerhalb der Familie – das alles war nichts für Charlottes ungestümes Wesen, mit dem sie die Welt so gerne aus den Angeln gehoben hätte.
Ich selbst war in ihrem Alter auch so gewesen.
Der wohlgeordnete, großbürgerliche Haushalt, in dem Leona und ich aufgewachsen waren, wurde mir im Laufe meiner Jugend zu eng, und ich unternahm einige Anstren-

gungen, um ihm zu entfliehen. Ich erkannte schon als Zehnjährige, dass sich hinter der ach so harmonischen Fassade meiner Eltern zwei unglückliche Menschen verbargen, die gut daran getan hätten, sich zu trennen und ihre eigenen Wege zu gehen, und ich war fest entschlossen, es selbst anders zu machen.

Mein Vater Hanno lebte ausschließlich für seine Arbeit in der Bank, wohingegen meine Mutter Marlene jahrelang die klassische Frau an seiner Seite war. Als die beiden sich kennengelernt hatten, war sie ein gefragtes Mannequin gewesen, er gerade dabei, Karriere zu machen. Kinder zu bekommen entsprach in allererster Linie einem von der Gesellschaft diktierten Statusdenken. Nachwuchs gehörte nun mal zu dem perfekten Bild, das meinen Eltern so wichtig war.

Aus diesem Grund hatten Leona und ich mehr Zeit in der Obhut unseres Kindermädchens verbracht als mit unseren eigenen Eltern. Meine Mutter war eine schöne und ziemlich gefühlskalte Frau, die den lieben langen Tag ihren früheren Erfolgen hinterhertrauerte. Mein Vater schmückte sich anfangs noch gern mit ihr, doch irgendwann schien er sich nach echter Herzenswärme zu sehnen und zog sich von ihr zurück.

Als meine Mutter beschloss, eine Boutique zu eröffnen, um nicht an Langeweile zu ersticken, sträubte Papa sich zunächst gegen ihre Pläne. Er war der Ansicht, dass Kinder nicht von einer Angestellten erzogen werden sollten. Doch meine Mutter schmollte so lange, bis er schließlich nachgab. Von diesem Tag an war sie kaum mehr zu Hause. Sie tauchte ein in ihre Welt aus Design und Haute Couture, die sie so schmerzlich vermisst hatte, organisierte Modenschauen, kreierte eine eigene Schmucklinie, hatte Erfolg – und unsere Familie das Nachsehen.

Weshalb die beiden immer noch zusammenlebten, war ei-

nes der Rätsel, die ich wohl nie lösen würde. Ich hatte es schon vor langer Zeit aufgegeben, mich dafür zu interessieren. Leona und ich sahen meine Eltern nur noch dreimal im Jahr, zu Geburtstagen und am ersten Weihnachtsfeiertag.
Nach wie vor war ich erstaunt, dass meine Mutter sich bereit erklärt hatte, ihre drei Enkel zu hüten.
Ich dachte an Charlottes Mutter Marrett, die sich nach dem Tod ihrer Tochter um die kleine Lynn gekümmert hatte. Nach allem, was ich über Marrett Mommsen wusste, war sie eine warme, gutherzige Frau gewesen, die ihre Kinder, vor allem aber die verwaiste Enkelin, über alles geliebt hatte.
Wer weiß? Vielleicht konnte sich meine Mutter im Alter doch noch ändern, wenngleich ich dies niemals für möglich gehalten hätte.

Kapitel 15

Auch von ihrem zweiten Treffen mit Maximilian Degenhardt kehrte Leona spät zurück. Es war bereits zweiundzwanzig Uhr, als sie gutgelaunt zur Tür hereinkam und sich auf den Wohnzimmersessel fallen ließ. Ihre Wangen waren von der frischen Luft gerötet, die blauen Augen blitzten. Herr Degenhardt schien ihr wirklich gutzutun.

»Christian hat angerufen, während du weg warst«, teilte ich ihr mit, obgleich es mir leidtat, meine Schwester aus ihrer gelösten Stimmung auf den Boden der Tatsachen zurückbringen zu müssen.

»Und was wollte er?«

»Keine Ahnung, wir haben nicht lange gesprochen. Er bittet dich um Rückruf.«

»Mache ich morgen, wird schon nicht so wichtig sein«, entgegnete Leona abwehrend. »Hast du Lust auf ein Glas Wein?«

Sie öffnete eine Flasche australischen Shiraz, den ich im Klabautermann gekauft hatte.

»Darf ich zu dir aufs Sofa?«, bat sie, ein Glas im Arm balancierend. Wie in Kindertagen setzten wir uns einander gegenüber und kuschelten uns in die flauschige Wolldecke.

»Hattest du einen schönen Nachmittag?«, fragte ich neugierig.

»Ja, diese Insel ist wirklich wunderschön. Ganz anders als Sylt und Föhr, irgendwie ursprünglicher. Ich finde, Amrum ist eine Schönheit auf den zweiten Blick.«

Ich lächelte. Es stimmte, vordergründig war Amrums Landschaft nicht so lieblich, die Architektur nicht so gefällig, die

Bewohner ein wenig sperrig, aber wenn man genau hinsah, entdeckte man unter der rauhen Schale jede Menge Charme.

»Wo wart ihr denn?«

»Überall und nirgends. Und zum Schluss bei Maximilian.«

»Aha!« Mein Herz pochte.

»Er lebt wirklich spartanisch, aber das weißt du ja. Ich könnte nie im Leben so wohnen, vor allem nicht, wenn ich eigentlich Geld habe. Doch er scheint nichts auf materielle Dinge zu geben und sich ziemlich wohl zu fühlen.«

»Hast du denn etwas über ihn erfahren können? Zum Beispiel was er früher gemacht hat? Hat er eigentlich Familie?«

»Für jemanden, der Maximilian nicht besonders mag, bist du ganz schön neugierig«, grinste Leona und knabberte an den Walnüssen, die ich zuvor in einer Schale auf den Couchtisch gestellt hatte.

»Ich habe nie behauptet, dass ich ihn nicht mag«, verteidigte ich mich empört. »Ich habe lediglich gesagt, dass er zu alt ist, um Christian mit ihm eifersüchtig zu machen.«

»Wer sagt denn, dass ich solche Absichten habe? Das ist wieder typisch für dich. Deine Phantasie geht mit dir durch, und du machst aus einem harmlosen kleinen Flirt eine riesige Sache. Weiß Paul schon um deine dramatische Ader?«

Ich dachte an gestern Nacht und schluckte.

Paul hatte meine kleine Misstrauensattacke wegen Dorothea zwar nicht mehr erwähnt, aber das musste nicht bedeuten, dass er sie vergessen hatte.

»Dann sag mir, was da zwischen euch beiden läuft.«

Leona neigte den Kopf zur Seite.

»Ich gebe zu, dass ich Maximilian attraktiv finde. Er sieht viel jünger aus, als er ist, und verfügt über ... wie soll ich es am besten formulieren ... ein gewisses ...«

»Charisma?«

»Ja, genau, das trifft es am besten. Offenbar weißt du, wovon ich spreche.«

»Ähnelt er nicht Christian?«

»Nein«, widersprach Leona nach kurzem Zögern. »Natürlich ist er gebildet und kann sich gut ausdrücken. Aber im Gegensatz zu Christian nimmt er sich selbst nicht so wichtig. Er ist ein wunderbarer Zuhörer, stellt kluge Fragen, hat ein enormes Maß an Lebenserfahrung, und was das Wichtigste ist – er sieht mich.«

Ich überlegte einen Moment. Und dann wurde mir klar, was Leona meinte: Er nahm sie ernst. Er *sah* tatsächlich *sie*, losgelöst von einer Rolle. Er sah nicht die Schwester, Ehefrau, Mutter oder Gefährtin.

»Und wie geht es jetzt mit euch weiter?«

»Darüber mache ich mir überhaupt keine Gedanken. Er tut mir gut, und ich würde ihn weiterhin gern treffen, solange ich hier bin. Das muss für den Moment reichen.«

»Versteh mich jetzt bitte nicht falsch, ich will dich keinesfalls loswerden. Aber wann willst du eigentlich zurück nach Hamburg? Du bist Mittwoch gekommen, morgen ist Montag. Mutter wird nicht ewig auf die Kinder aufpassen können.«

»Ich weiß, ich weiß.« Leona zog sich die Decke bis zum Kinn und wirkte plötzlich wie ein Vögelchen, das aus dem Nest gefallen war. Mir wurde warm ums Herz. Ich wünschte mir nichts sehnlicher, als dass es ihr gutging.

»Ist es okay, wenn ich dir morgen Bescheid sage? Ich rufe Christian an, spreche mit Marlene, und dann sehen wir weiter.«

»Von mir aus kannst du so lange bleiben, wie du willst. Aber nur, wenn du die Decke wieder hergibst, du kleine Egoistin«, antwortete ich lächelnd.

* * *

Montagmorgen erwachte ich für meine Verhältnisse erstaunlich früh, es war sieben Uhr. Während ich mich im Bett räkelte, dachte ich an Paul. Ich vermisste ihn. Ich wollte ihn nicht immer nur am Telefon hören, ich sehnte mich danach, ihm in die Augen zu schauen, ihn zu berühren … Doch das alles musste warten, momentan hatte Leona eindeutig Priorität.

Als ich nach unten ging, war das Treppenhaus von frischem Kaffeeduft erfüllt.

»Nanu, wieso bist du denn schon wach?«, fragte ich verwundert und sah einen vollgepackten Koffer an der Eingangstür stehen.

»Morgen, Schwesterherz, ich hoffe, ich habe dich nicht geweckt«, antwortete Leona fröhlich. Ich schüttelte den Kopf und blickte auf den gedeckten Frühstückstisch. In dem kleinen Bastkorb lagen sogar schon frische Brötchen.

»Was macht denn dein Koffer an der Tür?«, wollte ich wissen und schenkte uns einen Kaffee ein.

»Nach unserem Gespräch heute Nacht habe ich kaum geschlafen und bin schließlich zu dem Ergebnis gekommen, dass ich zurückmuss«, erklärte Leona und setzte sich ebenfalls.

»Nanu? Wieso denn so plötzlich? Gestern Abend klang das noch ganz anders.«

»Stimmt, aber ich habe eingesehen, dass ich die Dinge allmählich wieder in die Hand nehmen muss. Natürlich würde ich am liebsten hierbleiben, aber wie heißt es so schön? Wenn die Katze nicht zu Hause ist, tanzen die Mäuse auf dem Tisch, und das kann ich nicht zulassen!«

Ich ersparte ihr die Frage, ob sie mit der Katze Christian oder die Kinder meinte. Sicher war es gut, daheim nach dem Rechten zu sehen, doch der plötzliche Aufbruch überraschte mich.

»Ich würde gern die Fähre um neun Uhr nehmen, bringst du mich hin?«
Nach dem Frühstück fuhren wir mit dem Bus nach Wittdün. Mit jedem Meter, mit dem wir uns dem Fähranleger näherten, wurde ich melancholischer. Ich würde Leona vermissen, auch wenn die letzten Tage nicht frei von Spannungen gewesen waren.
»Pass gut auf dich auf, Schwesterchen, und ruf mich sofort an, wenn du Hilfe brauchst. Du kannst übrigens jederzeit in meine Hamburger Wohnung. Frau Schrödter von gegenüber hat einen Ersatzschlüssel. Du brauchst es nur zu sagen.«
Leona umarmte mich wortlos und ging zur Fähre. Mit hängenden Schultern zog sie ihren Koffer hinter sich her. Der Anblick tat mir in der Seele weh, doch es lag in Leonas Hand, ihr Leben wieder aufs richtige Gleis zu befördern. Ich konnte meine kleine Schwester nicht länger beschützen.
Nachdem ich noch eine Weile winkend am Pier gestanden hatte, nahm ich aus den Augenwinkeln Dominic Lüdersen, Pauls Freund, wahr.
»Hey, Sie sind doch Anna Bergman, nicht wahr? Was machen Sie denn hier? Kommt Paul heute?«
Ich erklärte, dass ich gerade meine Schwester verabschiedet hatte.
»Und Sie?«
»Ich warte auf eine Lieferung vom Festland. Haben Sie Lust, danach mit mir einen Tee zu trinken?«
Ich zögerte kurz, denn eigentlich wollte ich wieder zurück an den Schreibtisch. Andererseits hatte ich das Gefühl, Paul durch Dominic ein kleines Stückchen näher zu sein. Also willigte ich ein und schlug kurzerhand das Café Stranddüne vor.

Bertha Vogler begrüßte mich mit einem süffisanten Lächeln. Bestimmt wunderte sie sich, dass ich schon wieder in neuer Herrenbegleitung erschien. Wir setzten uns, und ich fragte, ob Linnart Ingwersen bereits beerdigt worden war.

»Nein, noch nicht. Die Urnen-Beisetzung findet am Freitag um elf Uhr in Nebel statt.« Verwundert rechnete ich nach. Linnart Ingwersens Tod lag schon mehr als drei Wochen zurück. Andererseits brauchten Feuerbestattungen eine gewisse Vorlaufzeit, das wusste ich aus Hamburg.

»Wenn Sie mögen, können Sie gern kommen. Linnart kannte Sie zwar nicht gut, aber er mochte Sie! Und Marga Ingwersen wird sich bestimmt freuen.«

Ich versprach, darüber nachzudenken, und wandte mich Dominic zu.

»Was hast du dir vom Festland liefern lassen?«, fragte ich, nachdem wir uns auf das Du geeinigt hatten.

»Ach, nichts Spannendes«, winkte Dominic ab. »Nur technischen Spielkram für die Gästezimmer. Ein paar Flachbildschirme, einen PC für die Bibliothek und DVD-Rekorder. Du glaubst gar nicht, was manche Gäste an Komfort erwarten …«

Doch, das konnte ich mir gut vorstellen. Ich selbst hatte auch schon überlegt, Martha Hansen nach einem DVD-Player für das Watthuis zu fragen. Vor mir lag noch so manch langer Abend, den ich gern gemütlich eingekuschelt vor dem Fernseher verbracht hätte. Mitte Oktober wurde es bereits früher dunkel, und nach Leonas Abreise würde es im Haus bestimmt sehr einsam sein.

»Wie geht es Paul?«

»Als ich gestern mit ihm telefoniert habe, ging es ihm gut. Er hat viel zu tun, aber ich hoffe, wir sehen uns trotzdem bald.«

Dominic lächelte.
»Dann drücke ich euch die Daumen, dass es klappt. Paul würde es auch guttun, mal wieder …«
Wie? Was wollte er damit andeuten?
»Was meinst du?«, fragte ich, während mein Herz einen Satz tat. »Was würde Paul guttun?«
Dominic wurde verlegen, er hatte sich wohl ein wenig zu weit vorgewagt.
»Nun ja … Paul und die Frauen … Das ist kein ganz einfaches Kapitel, aber das weißt du ja wahrscheinlich schon.«
Nein, das wusste ich nicht. Aber ich wollte es erfahren!
»Ich kenne dich zwar nicht besonders gut, aber mein Gefühl sagt mir, dass du vielleicht die Richtige sein könntest«, fuhr Dominic fort. Ich trank hastig meinen Tee und versuchte, mir die Nervosität nicht anmerken zu lassen.
»Du tust ja gerade so, als sei Paul schwer vermittelbar«, versuchte ich zu scherzen, während mein Herz laut klopfte. Dann ging ich aufs Ganze: »Ich bin übrigens gut im Umgang mit Herzensbrechern. Glaub mir, Paul ist nicht der einzige attraktive Mann, der mir bislang begegnet ist!«
»So habe ich das auch gar nicht gemeint«, lenkte Dominic ein. »Nicht dass du jetzt etwas Falsches denkst, er ist schließlich kein Weiberheld. Aber ich war lange Zeit der Meinung, dass die Frau, die ihn langfristig halten kann, erst noch geboren werden muss. Doch wie gesagt, bei dir habe ich das Gefühl, du könntest diejenige welche sein.«
»Du meinst anders als Dorothea?«
Die Frage war gewagt, aber die einzige Chance, etwas über diese Frau in Erfahrung zu bringen, ohne Paul selbst fragen zu müssen.
Dominic nickte.
»Doro ist nach wie vor der Meinung, dass Paul und sie zusammengehören. Schon allein wegen der kleinen Nelly.

Aber keine Sorge, die Geschichte mit den beiden ist Schnee von gestern, da hast du nichts zu befürchten.«

Mein Herz klopfte immer noch wie verrückt. Mittlerweile bereute ich es fast, mich auf dieses Gespräch eingelassen zu haben. Wie hieß es doch so schön? Wenn du nach der Wahrheit suchst, musst du auch bereit sein, ihr ins Gesicht zu sehen.

Dominic schien sich ebenfalls unwohl zu fühlen. »Lass uns von etwas anderem sprechen. Kommst du gut mit deinem Buch voran?«

Froh über den Themenwechsel erzählte ich von meiner Arbeit an der Biographie. Mein Bedarf an Andeutungen war für den heutigen Tag gedeckt.

Ich wollte nur noch zurück ins Watthuis und in Ruhe darüber nachdenken, was ich von alldem halten sollte. War Nelly am Ende gar nicht Pauls Patentochter, sondern sein eigenes Kind?

Kapitel 16

Vier Tage später, am Freitagmorgen, beschloss ich, spontan zu Linnart Ingwersens Beerdigung zu gehen. Janneke hatte mir gesagt, dass sie und ihre Familie auch dort sein würden.

Ich war froh, dass an diesem neunzehnten Oktober die Sonne schien und dem Antiquar strahlend sein letztes Geleit gab. Nach einem kurzen Frühstück schlüpfte ich in eine dunkle Hose und einen schwarzen Rollkragenpulli und hoffte, angemessen gekleidet zu sein.

Die vergangenen Tage waren arbeitsreich gewesen, und ich hatte viel gegrübelt. Dominics Worte waren mir nicht mehr aus dem Sinn gegangen, doch ich war nicht in der Lage gewesen, mit Paul direkt darüber zu sprechen. So etwas war nichts fürs Telefon und würde warten müssen, so schwer es mir auch fiel.

Die Trauergemeinde hatte sich bereits um das offene Grab versammelt, als ich verspätet auf dem Friedhof eintraf, weil mein Bus nicht pünktlich losgefahren war. Janneke, die ein wenig abseits stand, lächelte mir zu und winkte mich zu sich.

»Schön, dich zu sehen«, flüsterte sie, während der Pastor die Grabrede hielt.

Linnart Ingwersen musste sehr beliebt gewesen sein, ich zählte an die fünfzig Anwesende. Nach den ergreifenden Worten des Pfarrers trat ein junges Mädchen ans Grab und warf eine weiße Amaryllis auf die Urne. Dann begann sie zu singen. Ihre zarte, helle Stimme stimmte ein mir unbe-

kanntes Lied an, dessen Text ich nicht verstand. Offenbar sang sie in einer anderen Sprache oder Mundart. Vielleicht friesisch? Die dunklen Molltöne machten mich noch trauriger, als ich es ohnehin schon war, und ich hatte Mühe, meine Tränen zu unterdrücken. Als das Mädchen geendet hatte, löste sich einer nach dem anderen aus der Menge und warf ebenfalls eine Blume ins Grab.
An der rechten Seite hatte sich Linnart Ingwersens Familie postiert, um Kondolenzen entgegenzunehmen. Ich wartete bis zum Schluss, schließlich war ich nicht offiziell eingeladen. Als ich an der Reihe war, sprach ich einer alten Dame mein Beileid aus, von der ich annahm, dass sie Marga Ingwersen war.
»Vielen Dank, dass Sie gekommen sind. Mein Mann hat mir von Ihnen erzählt. Es hat ihn beeindruckt, wie engagiert Sie an Charlotte Mommsens Biographie arbeiten. Sie können mich gern anrufen, ich kann Ihnen bestimmt noch etwas zu diesem Thema sagen.«
Überrascht, wie freundlich Frau Ingwersen zu mir war, umarmte ich sie spontan und erwiderte, wie sehr ich ihren Verlust bedauerte. Unglaublich, dass sie mir, einer völlig Fremden, in einer so schweren Stunde ihre Hilfe anbot.
Berührt trat ich zur Seite und ließ meinen Blick über den Friedhof gleiten. Schade, dass die Tradition der sprechenden Grabsteine aus der Mode gekommen war, zu Linnart Ingwersen hätte das gut gepasst.
»So sehen wir uns also wieder«, ertönte auf einmal eine sonore Stimme neben mir. Überrascht drehte ich mich um und blickte in die braunen Augen von Maximilian Degenhardt.
»Hallo«, entgegnete ich unsicher. Die Geschichte mit ihm und Leona war mir immer noch nicht ganz geheuer. Ich hatte keine Ahnung, wie ich mich verhalten sollte.

»Wie geht es Ihnen?«, fragte er.
»An sich ganz gut, aber ich bin ein wenig traurig, auch wenn ich Linnart Ingwersen nur ein einziges Mal gesehen habe. Waren Sie gut bekannt mit ihm?«
»Das könnte man so sagen. Linnart war einer dieser Menschen, mit denen man Zeit verbringen konnte, ohne unnützes Zeug zu reden. Ich habe ihn regelmäßig in seinem Antiquariat besucht, weil ich dort ein paar Dinge gelagert hatte, und bei der Gelegenheit haben wir uns auch über Bücher unterhalten.«
Ich wurde neugierig. Was hatte mein Vermieter bei Herrn Ingwersen untergebracht, das nicht in seiner Kate Platz fand?
»Und seit wann kannten Sie sich?«
»Seit 1975, als ich nach Amrum gezogen bin. Sein Antiquariat hat über die Insel hinaus einen guten Ruf, und so war es damals einer der ersten Anlaufpunkte für mich.«
Ich rechnete nach. Das bedeutete, dass Maximilian Degenhardt bereits vierunddreißig Jahre hier lebte. Eine lange Zeit!
»Das tut mir leid, sein Tod muss Sie sehr hart getroffen haben«, entgegnete ich höflich.
»Im Laufe der Jahre gewöhnt man sich daran, dass geliebte Menschen wegsterben«, sagte er leise. »Und, Frau Bergman, kommen Sie mit zum, wie heißt es so schön, Leichenschmaus?«
Angesichts der Wortwahl zuckte ich zusammen.
»Ich denke nicht, schließlich gehöre ich nicht zur Familie.«
»Dann wünsche ich Ihnen alles Gute. Einen schönen Tag noch.« Mit diesen Worten wandte Maximilian Degenhardt sich ab und ging zu Frau Ingwersen, die ihm winkte.
»Hey, lass uns bald mal wieder in Ruhe quatschen«, sagte

Janneke, die uns zuvor aus der Ferne beobachtet hatte und ebenfalls im Begriff war, sich den Trauergästen anzuschließen, die Richtung Hotel Friedrichs gingen.
»Machen wir, ich melde mich«, antwortete ich. Ich ging erneut zum Grab, um Linnart Ingwersen auf meine Weise Lebewohl zu sagen, und genoss noch einen Augenblick die Stille. Während ich die Inschriften der üppigen Schleifen auf den Kränzen las, wurde es von Minute zu Minute dunkler. Wind kam auf und trieb graue, schwere Regenwolken vor sich her. Wenn ich nicht nass werden wollte, musste ich mich beeilen, um den nächsten Bus zu erwischen.

Zurück im Watthuis rief ich bei Leona an. Seit ihrer Abreise hatte ich nur kurz mit ihr gesprochen, als sie Bescheid gegeben hatte, dass sie gut in Hamburg angekommen war und Christian bereits seine Sachen gepackt hatte. Offenbar war es ein Leichtes für ihn gewesen, kurzfristig eine Unterkunft zu finden. Angeblich wohnte er jetzt in der Wohnung eines Kollegen, der wegen einer Vertretungsprofessur nach Tübingen gegangen war. Ich hoffte, dass das wirklich stimmte und der »Kollege« nicht in Wahrheit seine Geliebte war. Irgendwie hatte ich immer noch die leise Hoffnung, dass die beiden einen Weg finden würden, ihre Krise durchzustehen.
»Schon komisch, dass ich auf einmal so viel Platz im Schrank habe«, sagte meine Schwester mit gedrückter Stimme, und ich sah im Geist vor mir, wie sie vor dem hellgrau lackierten Ungetüm mit den Milchglasscheiben stand. Ich spürte ein Ziehen im Magen. Ich konnte mich noch gut daran erinnern, wie ich mich gefühlt hatte, als Bernds Sachen plötzlich fehlten.
»Ist der Auszug eine vorübergehende Lösung, oder hast du das Gefühl, dass Christian sich endgültig von dir trennen

will?«, fragte ich leise. Es tat mir weh zu wissen, wie sehr meine Schwester litt.

»Die offizielle Version lautet, dass wir uns eine Auszeit nehmen, um uns darüber klar zu werden, wie es weitergehen soll. Den Kindern haben wir gesagt, dass Christian ein großes berufliches Projekt hat, bei dem er nicht gestört werden darf.«

»Und das glauben sie?«

»Lilly und Thore schon. Lilly ist zu klein, um zu verstehen, was vor sich geht, und Thore ist vollauf damit beschäftigt, im Supermarkt für seinen heiß ersehnten iPod zu jobben. Außerdem gibt es seit ein paar Wochen eine gewisse Laura, die es ihm angetan zu haben scheint.«

»Und Sophie? Wie hat sie die Nachricht aufgenommen?«

Ich dachte an meine sechzehnjährige, blitzgescheite Nichte, der man nichts vormachen konnte. An die Existenz des Weihnachtsmannes hatte sie mit drei Jahren schon nicht mehr geglaubt.

»Sophie ahnt bestimmt etwas. Sie ist derzeit ziemlich in sich gekehrt und selten zu Hause. Ich kann mir vorstellen, dass sie sich bei ihren Freundinnen momentan besser aufgehoben fühlt als daheim. Bleibt nur zu hoffen, dass sich das nicht irgendwann negativ auf ihre Zensuren auswirkt. Aber, wie geht es dir überhaupt? Was gibt es Neues auf Amrum?«

Ich erzählte von Linnart Ingwersens Beerdigung und von meiner Begegnung mit Maximilian Degenhardt. Das Gespräch mit Dominic ließ ich unerwähnt, Leona hatte auch so genug um die Ohren, da musste ich sie nicht noch mit meinen Geschichten behelligen.

»Hast du dich mit Maximilian unterhalten? Hat er nach mir gefragt?«

»Wir haben nur ganz kurz gesprochen, daher hat er dich

auch nicht erwähnt. Weiß er denn, dass du wieder in Hamburg bist?«

»Ich habe ihm eine Karte geschrieben. Anrufen wollte ich nicht, und das Wort E-Mail kennt er vermutlich nur vom Hörensagen. Solltest du ihn sehen, grüß ihn bitte von mir!«

Nach dem Telefonat hatte ich Schwierigkeiten, mich wieder auf die Arbeit zu konzentrieren. Ich musste immerzu an Leona denken, wie tapfer sie die Situation meisterte und versuchte, ihre Kinder aus dem ganzen Schlamassel herauszuhalten. Sie war wirklich eine tolle Mutter. Ob ich das auch geschafft hätte, wenn meine Entscheidung damals anders ausgefallen wäre?

Seufzend setzte ich mich an meinen Computer und tippte die nächste Kapitelüberschrift. Charlotte war wieder nach Lübeck zurückgekehrt und hatte Simon Broder kurz vor ihrer Abreise noch einmal getroffen.

September 1900

Ich kann mein Glück immer noch nicht fassen! Heute bin ich am Meer doch tatsächlich Simon begegnet, der vor seiner Rückkehr nach Hamburg ein letztes Mal dort spazieren ging. Welch Zufall, welch göttliche Fügung! Die Sonne strahlte auf uns herab, und so setzten wir uns schließlich gemütlich in den Sand, Seite an Seite, und schauten aufs Wasser. Wir sprachen über alles Mögliche, über Ausstellungen und die schönen Künste. Und plötzlich – ich weiß auch nicht, weshalb – vertraute ich Simon an, dass ich so gerne schreiben würde. Dass ich mir nichts sehnlicher wünsche, als meine Gedanken zu Papier zu bringen und sie eines Tages zu veröffentlichen. Zunächst befürchtete ich, er werde sich über mich lustig machen, doch das genaue Gegenteil war der Fall! Er hörte mir ruhig zu, unterbrach mich kein einziges Mal, obgleich ich bestimmt törichtes und dummes Zeug geredet habe. Schließlich gab er mir seine Adresse in Hamburg und bot mir an, meine Texte zu lesen und mir bei der Veröffentlichung behilflich zu sein. Er kennt einen der Herausgeber des Satiremagazins Simplicissimus, für das die von mir sehr verehrte Fanny zu Reventlow als eine der wenigen Frauen schreibt. Mein Herz hüpft vor Freude, wenn ich daran denke, dass er so liebenswürdig war, mir seine Hilfe anzubieten. Vielleicht wird er mir sogar in Lübeck einen Besuch abstatten und mit mir ausgehen. Ich bin so erfüllt von unserer Begegnung und gleichzeitig ist mir so bang, dass mir ganz schwindelig wird. Gleich heute werde ich mit dem Schreiben beginnen. Ich will doch etwas vorzuweisen haben, wenn Simon mich besuchen kommt!

Ich lächelte, als ich diese Zeilen las, denn ich konnte Charlottes Überschwang gut nachfühlen. Auch ich freute mich auf den Moment, wenn ich das erste Exemplar der Biographie in Händen halten durfte. Die Veröffentlichung war für den Herbst kommenden Jahres geplant. Beflügelt von der Aussicht, etwas wirklich Schönes zu schaffen, schrieb ich wie im Rausch. Die Stunden verflogen, und als ich schließlich auf die Uhr sah, war es bereits kurz vor neun. Ich hatte gar nicht bemerkt, dass es Abend geworden war. Ob ich Paul anrufen sollte? Er war seit Dienstag beruflich in Paris und sehr beschäftigt, daher fielen unsere Telefonate recht kurz aus. Ich hatte mich in die Arbeit verkrochen, um nicht zu sehr darüber nachzugrübeln, was Dominic über Pauls Liebesleben gesagt hatte. Doch irgendwann würden wir darüber sprechen müssen.

Ich speicherte den Text und massierte meinen verspannten Nacken. Ein heißes Schaumbad würde mir jetzt guttun. Also ging ich nach unten, ließ Wasser in die Wanne einlaufen, zündete Kerzen an und trug das transportable Radio

ins Badezimmer. Klassische Musik als Untermalung konnte nicht schaden.
Zu den Klängen von Wagners Oper »Tannhäuser« begann ich mich auszuziehen, während ich lauthals die Melodie des Pilgerchors mitsang. Als ich mir meine Jeans von den Beinen streifte, sah ich plötzlich einen Schatten hinter der Jalousie des Badezimmerfensters und erschrak. Reflexartig schaltete ich das Radio aus und löschte das Licht. Wer auch immer vor dem Watthuis herumlungerte, sollte wissen, dass ich ihn entdeckt hatte. Mein Herz raste, und ich überlegte, ob ich die Sicherheitskette an der Eingangstür vorgelegt hatte. Als es ans Fenster klopfte, wäre ich vor Schreck beinahe in Ohnmacht gefallen.
»Ich bin es, mach auf!«, ertönte eine vertraute Stimme. Erleichtert und mit immer noch klopfendem Herzen tapste ich barfuß, mit nichts als einem T-Shirt bekleidet, zur Tür und öffnete.
Vor mir stand – breit grinsend – Paul.
»Darf ich mit in die Wanne?«, fragte er, während er mich küsste, dass mir Hören und Sehen verging, und mich in Richtung Badezimmer zog.

Kapitel 17

Heute ist Samstag, da musst du nicht arbeiten«, schimpfte Paul im Spaß, als er zu mir an den Schreibtisch trat. Ich war schon früh wach geworden und hatte ihn nicht wecken wollen. Mittlerweile war es beinahe Mittag, und ich las meinen Text Korrektur.

»Du hast nicht zufällig Lust, wieder zu mir ins Bett zu kommen? Wir könnten Tee trinken, frühstücken, die Laken vollkrümeln, und wenn ich dich so anschaue, fallen mir noch andere Dinge ein, die ich gern mit dir tun würde …«

Ich legte meine Ausdrucke beiseite und gab Paul einen Kuss. Aber sosehr ich mich auch freute, ihn zu sehen, so wenig gingen mir Dominics Andeutungen aus dem Kopf. Vielleicht ergab sich ja heute eine Gelegenheit, in Ruhe mit Paul zu sprechen.

»Du hast recht«, antwortete ich, »am Wochenende sollte man sich erholen. Also ab ins Bett!«

Wenig später lagen wir eng aneinandergeschmiegt unter den weichen Daunen, tranken Tee und naschten von den Köstlichkeiten, die ich uns auf einem Tablett liebevoll angerichtet hatte. Ein Mann, der den gemeinsamen Samstag so zelebrierte, war eine echte Rarität!

»Ich habe übrigens Dominic getroffen, als ich Leona zur Fähre gebracht habe …«, begann ich zögerlich. Ich hatte Angst, die gelöste Stimmung zwischen uns zu zerstören.

»Das ist ja schön! Habt ihr euch unterhalten?«

»Ja, wir waren zusammen im Stranddüne.«

Paul lächelte und biss zart in meine Schulter.

»Jetzt bin ich aber beleidigt, das ist doch unser Café!«

»Du bist doch nicht etwa eifersüchtig?«
Die Vorstellung gefiel mir. Außerdem war seine Reaktion die perfekte Überleitung zu meinem Anliegen.
»Dominic erzählte mir von deiner Patentochter und ihrer Mutter. Wie hieß sie doch gleich? Dorothea?« Paul ließ von meiner Schulter ab, setzte sich ruckartig auf und schob sich ein Kissen in den Rücken.
»Aha. Und was gab es da Spannendes zu berichten?«
»Na ja, offenbar hattest du mal was mit dieser Frau. Und wenn ich den Worten deines Freundes Glauben schenken kann, dann wohl auch mit vielen anderen …«
Oh … das war gründlich in die Hose gegangen. Aber jetzt war es passiert – ich konnte meine Worte nicht mehr rückgängig machen.
»Interessant, mein Casanova-Ruf scheint mir vorauszueilen. Gehe ich recht in der Annahme, dass du jetzt wissen willst, wie es um mein Liebesleben bestellt ist?«
Mein Herz klopfte, und ich nickte zaghaft.
»Okay, dann tue ich dir den Gefallen.«
Mein Unbehagen wuchs. Paul wirkte so ernst, wie ich ihn noch nicht erlebt hatte.
»Das mit Dorothea ist etwa zwölf Jahre her. Sie ist auch Fotografin, und wir haben uns bei einem gemeinsamen Projekt kennengelernt. Wir hatten eine schöne Zeit zusammen, aber sie wollte mehr, als ich ihr geben konnte. Sie träumte von einer Großfamilie und hätte am liebsten fünf Kinder gehabt.«
Ich dachte nach. Nelly war sechs Jahre alt, demnach kam Paul als Vater nicht in Frage.
»Vor und nach ihr haben natürlich immer wieder Frauen meinen Weg gekreuzt. Aber die Richtige war nicht dabei. Meistens ist es doch so, man begegnet sich, verliebt sich, kennt den anderen aber im Grunde gar nicht. Irgendwann

stellt man fest, dass man nicht dieselben Vorstellungen hat, und trennt sich wieder. Traurig, aber wahr. Reicht dir das als Auskunft?«

Ich war kaum in der Lage zu antworten, weil ich zu sehr damit beschäftigt war, Pauls Worte auf mich wirken zu lassen. Hatte er Angst vor echter Nähe? War ich nur eine von vielen, die »seinen Lebensweg kreuzten«? Für diese Rolle war ich mir zu schade, das musste ich ihm so schnell wie möglich klarmachen.

»Im Gegensatz zu dir würde ich mein Liebesleben als überschaubar bezeichnen«, begann ich. »Ich hatte bislang zwei ernsthaftere Beziehungen. Mit Bernd war ich sogar verheiratet. Die Scheidung läuft …«

»Das tut mir leid. Was ist denn passiert?«

Ich erzählte Paul die Kurzversion und sagte, dass wir uns im Laufe unserer langen Beziehung auseinandergelebt hatten und nun beide neu beginnen wollten.

»Wenn man um die vierzig ist, sollte man sich gut überlegen, wie man die zweite Lebenshälfte verbringen möchte. Später hat man vielleicht weder den Mut noch die Kraft, von vorne anzufangen«, erklärte ich.

Paul nickte und streichelte meine Hand.

»Zu einer Trennung nach so vielen Jahren gehört schon einiges. Die meisten haben aber solche Angst vor dem Alleinsein, dass sie lieber faule Kompromisse eingehen oder sich in Affären flüchten.«

Ich dachte an Christians Seitensprung. Er hätte Leona sagen sollen, was ihm fehlte, anstatt mit dieser Kristina Ohlsen anzubändeln, ohne seiner Ehe noch eine Chance zu geben.

»Und kannst du inzwischen damit leben, oder hast du noch sehr daran zu knabbern?«

Gute Frage. Angesichts des großen Trennungsschmerzes

hatte ich mich doch erstaunlich schnell in Paul verliebt.
»Natürlich denke ich noch viel an Bernd und empfinde die Scheidung als persönliches Scheitern. Schließlich heiratet man ja nicht, weil man gerade nichts Besseres vorhat. Zumindest ich nicht. Aber mit ein bisschen Abstand muss ich sagen, dass es richtig war, wie die Dinge sich entwickelt haben, und dass wir so glücklicher sind.«
»Deshalb warst du also so offen mir gegenüber?«, fragte Paul, und ich war froh, ihn endlich wieder lächeln zu sehen.
»Na ja, was heißt offen? Du hast mich eben mit deinem Charme geködert und mir obendrein auch noch das Leben gerettet. Das verpflichtet natürlich«, grinste ich und streichelte meinerseits Pauls Hand. »Aber ich möchte, dass du eines weißt: Ich will zwar nicht wieder heiraten und wünsche mir auch keine Großfamilie, aber als Spielzeug für zwischendurch eigne ich mich nicht. Natürlich können wir beide zum jetzigen Zeitpunkt nicht wissen, ob unsere Beziehung von Dauer ist. Aber wenn du nur auf eine kurze Liaison aus bist, musst du dir eine andere suchen.«
Puh, das war geschafft!
Paul blickte nachdenklich aus dem Fenster.
»In Ordnung, ich habe die Botschaft verstanden. Aber wie du schon sagst, man kann nie wissen, was die Zukunft bringt. In puncto Damenwelt bin ich in letzter Zeit vorsichtiger geworden. Schließlich lag es nie in meiner Absicht, jemanden zu verletzen. Ich kann nur sagen, dass ich mich mit dir sehr wohl fühle und das Gefühl habe, dass wir zueinanderpassen. Jetzt kommt es nur darauf an, was wir daraus machen.«
Mit dieser Aussage konnte ich etwas anfangen und war froh über Pauls Ehrlichkeit.
»Was hältst du von einem kleinen Ausflug? Die Sonne

scheint, es wäre schade, das nicht auszunutzen. Hast du Lust, mit mir einen Spaziergang zur Nordspitze zu machen? Ich finde es dort am schönsten und würde gerne auch mal hin, ohne ständig ans Fotografieren denken zu müssen.«
Kurze Zeit später liefen wir über einen breiten Sandstrand, um uns herum nichts als Stille und Meer.
»Wann musst du denn wieder zurück?«, fragte ich, als ich am Horizont ein Schiff sah, winzig wie ein Spielzeug.
»Willst du mich schon loswerden? Ich bin doch gerade erst angekommen. Wenn es dich nicht stört, würde ich gern bis Dienstag bleiben. Es sei denn, du hast andere Pläne.«
Außer Arbeit hatte ich nichts vor. Ich war zwar lose mit Janneke verabredet, aber sie hatte sicher Verständnis, wenn ich unser Treffen noch ein wenig verschob.
»Tja, dann werde ich dich wohl noch eine Weile aushalten müssen«, schmunzelte ich und gab ihm einen Kuss.

Als wir am späten Nachmittag ins Watthuis zurückkehrten, fand ich zu meiner Überraschung eine Nachricht von Marga Ingwersen auf dem Anrufbeantworter vor. Ab Montag würde ein Räumungsverkauf im Antiquariat stattfinden, und sie fragte, ob ich Lust hatte, sie dort auf einen Tee zu treffen.
»Das klingt interessant«, sagte Paul, der meinen immer noch schmerzenden Nacken massierte. »Ich habe bei meinem letzten Besuch dort einige tolle Kunst- und Fotobände gesehen. Vielleicht kann ich bei der Gelegenheit das eine oder andere Schnäppchen machen, vorausgesetzt, du hast nichts dagegen, wenn ich dich begleite.«
Ich rief Marga Hansen zurück und kündigte unseren Besuch für Montag siebzehn Uhr an.
»Ich habe Hunger, soll ich uns was kochen?«, fragte Paul und inspizierte den Kühlschrank. Inzwischen bewegte er

sich ganz selbstverständlich im Watthuis, was mich insgeheim freute.
»Wenn du es schaffst, aus den paar Zutaten etwas zu zaubern, ist dir meine grenzenlose Bewunderung sicher«, witzelte ich. Nach seinem Überraschungsbesuch war ich nicht mehr dazugekommen, einzukaufen.
Meine Worte schienen Paul anzuspornen, denn schon eine halbe Stunde später stand ein köstliches Kartoffel-Gemüsegratin auf dem Tisch.
»Wollten Bernd und du eigentlich nie Kinder?«, fragte Paul unvermittelt, während ich genüsslich vor mich hin kaute. Ich hielt abrupt inne. Vor Schreck wäre mir beinahe das Essen von der Gabel gefallen.
»Es hat sich nicht ergeben«, antwortete ich vage.
»Bist du froh darüber?«
»Natürlich ist es leichter, sich zu trennen, wenn keine Kinder im Spiel sind«, antwortete ich und dachte an Leona. »Da die Dinge aber sind, wie sie sind, habe ich mir nie wirklich Gedanken darüber gemacht. Mit zweiundvierzig ist das Kinderthema sowieso ziemlich vom Tisch. Wie gesagt, von mir brauchst du nichts zu befürchten.«
»Nur weil ich damals mit Dorothea keine Familie gründen wollte, heißt das noch lange nicht, dass ich generell keine Kinder mag oder haben möchte. Im Gegenteil, heute kann ich mehr mit ihnen anfangen als mit so manchem Erwachsenen. Kinder sind wenigstens ehrlich und haben ein Gespür für die magischen Momente im Leben. Eine Fähigkeit, die den meisten Erwachsenen im Laufe ihres Lebens abhandenkommt.«
Mir wurde von Minute zu Minute mulmiger. Kinder waren offenbar wirklich wichtig für Paul.
»Irgendwie siehst du nicht so aus, als würde dir das Thema behagen, stimmt's?« Ich nickte stumm.

»Okay, dann lass uns über dein Buch sprechen. Hat sich deine Lektorin schon geäußert?«
Ich war dankbar für Pauls Feinfühligkeit und erzählte ihm, wie gut dem Verlag mein Text gefiel.

Kapitel 18

Kannst du dir das denn alles leisten?«, fragte ich mit einem scherzhaften Blick auf Pauls Ausbeute, als wir Montagnachmittag wie verabredet zu Marga Ingwersen gegangen waren, um dort am Räumungsverkauf teilzunehmen.
Der Besuch im Antiquariat hatte einen wahren Kaufrausch in ihm ausgelöst, denn Linnart Ingwersens Sortiment barg echte Schätze an Foto- und Kunstbänden. Auch ich erwarb ein paar alte Romane, antike Postkarten und Bildbände mit Modefotografien aus den Zwanzigern. Marga Ingwersen und ein Junge im Teenageralter schenkten Tee aus und reichten selbstgebackene Plätzchen. Der Ausverkauf wirkte wie ein zwangloses Fest im Kreis von Nachbarn, Freunden und Familie. Wären da nicht die dunklen Schatten unter Marga Ingwersens Augen gewesen, hätte man nicht ahnen können, welch schwere Last auf ihren Schultern ruhte. Ihre Haltung war wirklich bemerkenswert.
»Hatte keiner aus Ihrer Familie Interesse daran, das Antiquariat zu übernehmen?«, fragte ich, als ich für einen kurzen Moment mit ihr alleine war. Die Mundwinkel der alten Frau zuckten kurz, und ich bereute meine Frage augenblicklich.
»Ach, wissen Sie, Liebes …«, hob sie an, und ich war froh, dass sie mir meine Direktheit nicht übelnahm, »… um sich mit diesen Dingen zu beschäftigen, muss man sich wirklich gut mit der Materie auskennen und Muße haben. Heutzutage bestellen die Kunden das meiste übers Internet, gerade antiquarische Bücher. Leider hat mein Mann das immer abgelehnt, so dass wir es verpasst haben, rechtzeitig auf

diesen Zug aufzuspringen. Von den wenigen Touristen, die hier ab und zu etwas kaufen, kann keiner leben. Also habe ich das Angebot angenommen, das Ladenlokal zu verpachten.«

»Und was wird jetzt aus Wohlfeile Bücher?«, fragte ich neugierig.

»Ein Teeladen, der außerdem ein Sortiment an Naturkosmetik und ausgewählten Bio-Spezialitäten führt. Das passt ganz gut in diese Straße. Außerdem freue ich mich über die Mieteinnahmen, heutzutage sieht es für einen Pensionär nicht gerade rosig aus.«

Ich war froh zu hören, dass sich nicht irgendein Filialist vom Festland hier breitmachte.

»Und was machen Sie mit den Büchern, die Sie nicht verkaufen können?«, erkundigte ich mich, denn Paul und ich waren die Einzigen, die so richtig zugeschlagen hatten. Alle anderen hatten die Gelegenheit eher genutzt, um mit Bekannten zu plaudern.

»Ein Teil geht an befreundete Antiquare, der Rest wird für wohltätige Zwecke gespendet. Gefängnisbibliotheken und Krankenhäuser freuen sich eigentlich immer über gute Bücher. Sorgen macht mir eher der Bestand, den Linnart im Keller gebunkert hat, ohne ihn zu katalogisieren. Er hat vor drei Monaten einen Fundus aus Lübeck aufgekauft und kam mit dem Sichten des Materials nur sehr schleppend voran.«

In meinem Kopf rotierte es. Ein Buchbestand aus Lübeck, der Stadt, in der Charlotte ihre Jugend verbracht hatte? Ohne weiter nachzudenken, bot ich der alten Dame meine Hilfe an.

»Da hast du dir ganz schön was aufgehalst«, sagte Paul, als wir anschließend essen gingen. Heute hatte ich keine

Lust, den Abend im Watthuis zu verbringen, ich brauchte einen Tapetenwechsel. Also nahmen wir die Gelegenheit wahr, das Ual Öömrang Wiartshüs zu testen, das über die Insel hinaus für seine Fisch- und Krabbenspezialitäten bekannt war. Wir setzten uns an einen der einladenden Tische, die mit silbernen Platztellern, frisch gestärkten Stoffservietten und einem Blumenbouquet geschmückt waren. Die Holzdecke des Reetdachhäuschens war weiß gestrichen und verlieh dem Raum zusammen mit seinen blau bemalten Dachbalken und den alten Kacheln einen gemütlichen friesischen Charme.

»Na? Lust auf Aal? Die räuchern hier selbst«, sagte Paul mit spitzbübischer Mine, während wir die Speisekarte studierten. Ich schüttelte mich.

»Igitt, eher sterbe ich! Wenn du so etwas isst, küsse ich dich nie wieder.«

Paul lächelte und zog mich über den Tisch zu sich heran.

»Dann gib mir noch einen letzten Kuss, denn ich gedenke, den Aal jetzt gleich zu bestellen!«

Mein Herz schlug jedes Mal wieder bis zum Hals, wenn unsere Lippen sich berührten. Ich war wirklich unglaublich in diesen Mann verliebt. Das Wochenende und der heutige Tag waren wie im Flug vergangen, morgen würde Paul wieder nach Berlin zurückkehren. Die Stimmung zwischen uns war ungetrübt, und ich ahnte schon jetzt, wie sehr er mir fehlen würde.

Als die Kellnerin kam, um unsere Bestellung aufzunehmen, piepste mein Handy, das ich vergessen hatte auszuschalten.

> Habe mit Peer Schluss gemacht und könnte ein wenig Ablenkung und Trost gebrauchen. Hast du Zeit?
> Gruß, Janneke

Ich wusste nicht, ob ich mich darüber freuen sollte, dass Janneke dem doppelten Spiel ihres Lovers ein Ende bereitet hatte oder ob sie eher zu bedauern war. Denn natürlich wollte ich nicht, dass sie litt.

»Ich geh kurz raus, um Janneke anzurufen«, teilte ich Paul mit und stellte mich in den Türrahmen, der auf den Vordergarten des Hotelrestaurants hinausging. Hier blühten immer noch ein paar Rosen, und ich konnte mir gut vorstellen, wie idyllisch dieses Plätzchen im Sommer war.

»Ich bin's, Anna«, sagte ich, als Janneke nach dem ersten Läuten ans Telefon ging. Sie musste auf meinen Anruf gewartet haben. »Was hältst du von einem späten Frühstück bei mir? Heute Abend kann ich leider nicht, weil Paul noch hier ist, aber ab morgen stehe ich voll und ganz zu deiner Verfügung.«

Also verabredeten wir uns für elf Uhr am Dienstag, und ich wünschte ihr trotz der Umstände einen schönen Abend. Es schien, als sei ich momentan die Einzige, die in Liebesdingen eine glückliche Hand hatte. Erst Leona mit ihren Sorgen, und nun auch noch Janneke …

»Und? Alles klar?«, wollte Paul wissen, als ich mich wieder zu ihm an den Tisch setzte. Obwohl ich nicht lange telefoniert hatte, war das Essen bereits serviert worden: Seeteufel in Chablissauce für Paul, Risotto mit Waldpilzen und Jacobsmuscheln für mich.

»Doch kein Aal?«, fragte ich verwundert.

Paul grinste.

»Das Risiko, von dir abgewiesen zu werden, war mir doch zu hoch. Ich wollte nur sehen, wie du reagierst.«

»Sehr witzig«, antwortete ich, nicht ganz bei der Sache. Dann erzählte ich von Janneke, Peer und der geplanten Fusion des Hotels und der Konditorei.

»Klingt zunächst ziemlich altmodisch, aber vermutlich

kommt so was in den heutigen Zeiten häufiger vor, als man denkt. Ich hoffe, du kannst Janneke ein wenig trösten.«

»Vielleicht sollte ich lieber auf Kummerkastentante umsatteln, als im Leben von toten Schriftstellerinnen herumzuwühlen«, sagte ich, während meine Gedanken auf Hochtouren liefen. Janneke hatte erzählt, dass sie zwei Wochen Urlaub hatte und sie zusammen mit Peer verbringen wollte. Daraus würde nun nichts werden.

»Meine erste Amtshandlung könnte darin bestehen, Janneke zu überreden, mir bei der Sichtung des Antiquariatskellers zu helfen. Dann hat sie was zu tun, und Frau Ingwersen und ich stehen mit der vielen Arbeit nicht allein da.«

»Gute Idee«, stimmte Paul zu und fütterte mich mit einer Gabel Seeteufel. »Schließlich brauchst du deine Zeit zum Schreiben, nachdem ich dich die letzten drei Tage mit Beschlag belegt habe. Ich bin wirklich gespannt, was ihr alles ausgraben werdet. Wer weiß? Vielleicht machst du ja einen bahnbrechenden Fund?«

* * *

Dienstagmorgen riss uns der Wecker brutal aus den Träumen, und ehe ich es mich versah, war Paul auch schon im Aufbruch begriffen. Nach einem hastigen Kaffee packte er seine Sachen und protestierte energisch dagegen, sich von mir zur Fähre begleiten zu lassen.

»Schlaf noch ein Stündchen, Janneke kommt doch erst um elf«, sagte er so beharrlich, dass ich mich schließlich überzeugen ließ. Denn ich kam aus dem Gähnen kaum heraus und sehnte mich nach dem warmen Bett. Eine letzte, intensive Umarmung, und Paul war weg. Ich seufzte. Wie lange würde es dauern, bis ich ihn wiedersah?

Mit einem Anflug von Wehmut kroch ich zurück in die Dau-

nen. Das Bettzeug roch noch immer nach uns. Ich steckte meine Nase tief ins Kissen, schob meine Hand darunter und ertastete ein Stück Papier. Erstaunt setzte ich mich auf und sah, dass Paul mir eine Nachricht hinterlassen hatte.
»Ist es zu früh, wenn ich sage, dass ich dich liebe?«, stand auf dem Blatt, das offenbar aus einem Kalender stammte. Seine Schrift war groß, rund und gleichmäßig. Ein Graphologe hätte ihm bestimmt eine ausgeglichene Persönlichkeit bescheinigt.
Schlagartig war ich hellwach. Trotz aller Verliebtheit traf mich das Wort *Liebe* mit voller Wucht. Darauf war ich nicht vorbereitet gewesen. Doch ich hatte keine Zeit, weiter in mich zu horchen, denn ich musste zum Bäcker, um Brötchen und Croissants für mein Frühstück mit Janneke zu holen.
Punkt elf Uhr klingelte es an der Tür, und vor mir stand Janneke, blass und verweint. Ich nahm sie spontan in den Arm und führte sie zum Tisch, wo eine Kanne Vanilletee auf dem Stövchen dampfte. Ich schenkte ihr eine Tasse ein und wartete, ob sie Lust hatte zu reden. Doch Janneke wollte erst einmal etwas in den Magen bekommen, und ich war erstaunt über ihren Appetit. Als Bernd ausgezogen war, hatte ich wochenlang nichts als Karotten und Müsliriegel gegessen, alles andere war mir zu viel gewesen.
»Hast du Lust, mir beim Aufräumen des Kellers vom Ingwersen-Antiquariat zu helfen?«, eröffnete ich schließlich das Gespräch.
Jannekes riesige himmelblaue Augen blickten mich erstaunt an. »Was hast du denn damit zu tun?«, fragte sie, und ich erzählte ihr kurz von meiner Unterhaltung mit Marga Ingwersen.
»Aha!«, Janneke überlegte einen Moment. »Okay, warum eigentlich nicht? Könnte ganz lustig sein.«

Ich sagte, dass Frau Ingwersen und ich uns am Mittwoch um acht Uhr bei Wohlfeile Bücher treffen wollten.

»Wir können mit dem Rad hinfahren«, schlug ich vor, weil ich dachte, dass Janneke ein wenig Bewegung und frische Luft nicht schaden würde.

»Cool«, war alles, was sie dazu sagte.

»Was hattet Peer und du denn ursprünglich geplant?«, pirschte ich mich allmählich an das heikle Thema heran, in der Hoffnung, Janneke endlich zum Reden zu bringen. Ihr Gesicht verdunkelte sich augenblicklich.

»Wir wollten nach La Gomera fliegen, Sonne tanken, darüber reden, wie es mit uns weitergehen sollte. Es gab ein tolles Last-Minute-Angebot, das wunderbar gepasst hätte.«

»Wann wäre euer Flug gegangen?«

Janneke sah auf die Uhr.

»In einer Stunde. Jetzt fliegt Peer wohl ohne mich. Oder mit Carolin, was ich ihm auch zutrauen würde.«

»Und wieso hast du mit ihm Schluss gemacht? Ist irgendwas passiert? Neulich hast du doch noch ganz optimistisch gewirkt.«

»Tja, da wusste ich auch noch nicht, dass die beiden an Weihnachten heiraten werden. Am vierundzwanzigsten Dezember in der Kirche neben der Krippe mit der Heiligen Familie. Ist das nicht romantisch?« Ihre Worte klangen bitter.

»Die beiden heiraten wirklich? Ach du Schande! Das tut mir sehr, sehr leid für dich. Aber weshalb wollte Peer dann überhaupt noch mit dir in den Urlaub fliegen?«

Janneke knibbelte an ihren Fingernägeln, wie so häufig, wenn sie nervös war.

»Ich vermute mal, dass das so etwas wie der Abschied von mir sein sollte. Oder ein Versuch, mich einzulullen und davon zu überzeugen, dass sich für uns beide trotz Heirat nichts ändert.«

»Du meinst, Peer hat darauf spekuliert, dass er beides haben kann, dich und die geschäftliche Verbindung mit Carolins Familienunternehmen? Wenn das so ist, hast du dich wirklich richtig entschieden. Jetzt noch mit ihm in den Urlaub zu fliegen wäre ja wohl das Allerletzte!«

Janneke seufzte.

»Aber weißt du was? So traurig das Ganze auch ist, irgendwie bin ich erleichtert. Jetzt weiß ich wenigstens, woran ich bin, und kann mich darauf einstellen, dass mein Leben ab sofort ohne Peer weitergeht. Vorher habe ich mir immer noch Hoffnungen gemacht und alle meine Pläne auf ihn ausgerichtet. Damit ist jetzt Schluss, und das ist gut so. Sollen die beiden doch die Hochzeitsreise vorziehen, zusammen auf den Kanaren turteln und sich gegenseitig Kokosnüsse an den Kopf werfen, das ist mir völlig egal!«

Trotz Jannekes traurigem Gesichtsausdruck musste ich lachen. »Das ist genau die richtige Einstellung«, lobte ich, »komm, wir trinken einen Schluck Sekt auf deine neu gewonnene Freiheit, aber nur einen symbolischen, ich muss nämlich noch ein paar Seiten schreiben.«

Kapitel 19

Am darauffolgenden Morgen erwachte ich beschwingt und voller Tatendrang. Wieder und wieder überflog ich Pauls Liebesbotschaft. Doch die großen Gefühle mussten erst einmal warten, fürs Erste galt es, den Fundus in Linnart Ingwersens Keller zu sichten.

Als Janneke und ich unsere Räder vor dem Antiquariat abstellten, trafen wir auf vier kräftige Männer in blauen Overalls, die riesige Kartons aus dem Laden schleppten und in einen Transporter luden. Hinter ihnen tauchte Maximilian Degenhardt auf.

»Oh, hallo. Das ist ja eine Überraschung«, begrüßte ich ihn verwundert. Dann fiel mir ein, dass er erzählt hatte, dass Teile seines Eigentums bei Herrn Ingwersen gelagert waren.

»Eine Menge Zeug …«, sagte ich, weil mir nichts Besseres einfiel, und sah mich nach Janneke um, die gerade mit einem der starken Kerle flirtete. Gut so, das würde sie ein wenig aufmuntern.

»Ja, das kann man wohl sagen«, antwortete Herr Degenhardt knapp und stieg ohne ein weiteres Wort auf den Beifahrersitz des Lkws. Der Mann war wirklich fürchterlich launenhaft, doch ich beschloss, mir von seiner Divenhaftigkeit nicht die Laune verderben zu lassen, sondern stattdessen mit Marga Ingwersen darüber zu beratschlagen, wie wir unser Unterfangen am besten angingen.

Im Keller erwarteten uns zahllose ungeöffnete Kartons, mit Folien abgedeckte Bücherstapel, ein langer Tapeziertisch und leere Regale. Der Raum war schön ausgeleuchtet, gelüftet und offenbar bestens isoliert, denn es roch weder muffig noch moderig. Was auch immer Maximilian Degenhardt hier gelagert haben mochte, es war bestimmt gut aufgehoben gewesen.

»Na, dann wollen wir mal«, sagte Janneke und tat so, als würde sie sich in die Hände spucken. »Ich schlage vor, Anna sortiert die Bücher, die schon ausgepackt sind. Ich öffne die anderen Kartons und entsorge die Verpackung, und du, Marga, könntest uns ein wenig Musik und einen Tee machen.«

Erstaunt über Jannekes Organisationsfreudigkeit übernahmen Frau Ingwersen und ich widerspruchslos die uns zugeteilten Aufgaben.

Ein paar Minuten später erfüllte klassische Musik den Raum, und wir tranken heißen Chai-Tee mit Honig.

Ich ordnete den Buchbestand und bildete auf dem langen Holztisch mehrere Stapel, in der Hoffnung, dass das Gewicht der vielen tausend Seiten nicht zu schwer wog. Das Lübecker Antiquariat war sehr breit sortiert gewesen und hatte mehr Wert auf populäre Literatur gelegt als auf echte Raritäten. Ich wühlte in den Kartons und dachte währenddessen immer wieder an Paul. Ob er wohl enttäuscht gewesen war, dass ich bei unserem Telefonat gestern Abend nicht auf seine Liebeserklärung reagiert hatte? Eigentlich hatte ich etwas sagen wollen, aber je länger unser Gespräch dauerte, desto schwerer war es mir gefallen, den passenden Einstieg zu finden.

»Nicht träumen, arbeiten!«, forderte Janneke energisch und stupste mich an. »Hier kommt Nachschub. Vielleicht ist etwas dabei, das du suchst.«

»Was suche ich denn?«

»Na, wie ich dich kenne, träumst du davon, verschollene Textdokumente von Charlotte Mommsen aufzuspüren und

einen literarischen Schatz zu heben, habe ich recht? Sonst würdest du dir den ganzen Stress doch gar nicht machen.«
Ich fühlte mich ertappt. Gut, dass Marga Ingwersen gerade nicht im Raum war. Wir hatten sie nach Hause geschickt, bei all den Büchermassen war in dem engen Keller kein Platz für drei Personen.
Plötzlich sah ich etwas, das meine Aufmerksamkeit erregte: Zwischen den ausgepackten Büchern fand ich den Titel *Ein Tropfen* aus dem Jahr 1882 von der Lübecker Schriftstellerin Ida Boy-Ed, eine Autorin, die auch Charlotte gern gelesen hatte. Mir entfuhr ein ehrfürchtiges »Wow«, so dass Janneke neugierig den Kopf hob.
»Ist das etwa …?«, fragte sie mit blitzenden Augen, doch ich schüttelte den Kopf.
»Nein, aber fast genauso wertvoll wie ein Buch von Charlotte.« Mit klopfendem Herzen griff ich tiefer in den Karton und förderte fünf weitere Erstausgaben zutage. Ida Boy-Ed hatte bis zu ihrem Tod über siebzig Romane publiziert.
»So, dann ist jetzt wohl dieses süße Baby hier gefragt«, sagte Janneke und griff in ihre riesige Umhängetasche, die sie immer bei sich trug.
»Ein Laptop? Was hast du vor?«, fragte ich verwundert, während Janneke einen äußerst modischen PC in Pink startete.
»Nun ist Professionalität gefragt. Ab sofort notieren und speichern wir alles ab, was dir wertvoll erscheint, so dass wir die Dateien später für Marga ins Netz stellen können.«
Die Idee gefiel mir, und so machte ich mich daran, Janneke die Titel zu diktieren, die es wert waren, katalogisiert zu werden. Wer hätte gedacht, dass dieses Mädchen so strukturiert war?
Wir arbeiteten bis in den frühen Abend hinein, lediglich kurz unterbrochen von einer Mittagspause, in der uns Frau Ingwersen einen deftigen Wirsingeintopf auftischte. Um

neunzehn Uhr waren alle Kartons geöffnet, das meiste sortiert, das Wichtigste katalogisiert. Zu meinem großen Bedauern war ich nicht auf die erhoffte Spur von Charlotte gestoßen. Dennoch war ich glücklich, als Marga Ingwersen mir die Titel von Ida Boy-Ed schenkte, obwohl ich natürlich bereit gewesen wäre, sie ihr abzukaufen.
Janneke und ich verabredeten uns für kommenden Freitag, an dem wir den Rest erledigen wollten. Den morgigen Tag benötigte ich, um ein Kapitel der Biographie zu vervollständigen und an meine Lektorin zu schicken, die von den Anfängen des Buches begeistert gewesen war.

An diesem Abend sank ich erschöpft aufs Sofa, erfüllt von der interessanten Arbeit und den netten Stunden mit Janneke und Marga Ingwersen. Es würde mir nicht leichtfallen, Amrum zu verlassen, so wohl fühlte ich mich mittlerweile hier.
»Soso, du gedenkst also, eine Insulanerin zu werden«, scherzte Paul am anderen Ende der Leitung, als ich ihm erzählte, wie viel Spaß ich heute gehabt hatte und wie sehr mir die Menschen hier ans Herz gewachsen waren.
»Ob man hier auf Dauer glücklich sein kann?«, fragte ich mehr mich selbst als ihn. Bislang hatte ich noch nicht ernsthaft über diese Möglichkeit nachgedacht. Ich wusste nur, dass mich momentan rein gar nichts nach Hamburg zurückzog, außer natürlich meine Schwester und die Kinder.
»Das kann dir Maximilian Degenhardt bestimmt am besten beantworten«, entgegnete Paul, »schließlich ist er kein Einheimischer. Keine Ahnung, wie verschlossen die Amrumer Fremden gegenüber sind, wenn sie nicht als Touristen auf die Insel kommen. An sich sind die Nordfriesen ja ein eher sprödes Völkchen.«
Das stimmte zum Teil, aber gerade das gefiel mir.

»Aber wenn du schon Umzugspläne hegst: Wie wäre es mit Berlin?«

Berlin? Mein Herzschlag setzte eine Sekunde aus.

»Du sagst ja gar nichts. Bin ich dir zu stürmisch? Hast du dich deshalb noch nicht zu meinem kleinen Liebesbrief geäußert?«

Was sollte ich jetzt antworten? Paul legte wirklich ein atemberaubendes Tempo vor.

»Die Idee mit Berlin kommt so plötzlich«, stammelte ich verlegen. »Genauso plötzlich wie deine Liebeserklärung, obwohl ich mich darüber gefreut habe.«

»Freude klingt für mich ein bisschen anders. Okay, vielleicht war ich ein wenig zu voreilig. Anna, ich will dich zu überhaupt nichts drängen. Ich dachte nur, du wünschst dir ein wenig Verbindlichkeit. Warst nicht du diejenige, die gesagt hat, dass sie sich nicht als Appetithäppchen für zwischendurch eignet?«

Ich lächelte. Paul hatte wirklich eine wunderbare Art, das Leben zu nehmen. Ich dachte an sein sympathisches, attraktives Gesicht, an seine Lachfalten und sehnte mich plötzlich furchtbar nach ihm.

»Ich zähle die Stunden, bis wir uns wiedersehen. Reicht dir das für den Anfang als Antwort?«

»Ja, Liebes, das reicht mir. Es tut gut zu wissen, dass ich dir fehle. Du fehlst mir nämlich auch. Ich bin heute in Berlin wie Falschgeld herumgelaufen und habe immerzu gedacht, wie gern ich das alles mit dir zusammen erleben würde. Lass nicht so viel Zeit vergehen bis zum nächsten Wiedersehen!«

»Versprochen. Ich beeile mich mit dem Schreiben, und sobald sich eine Möglichkeit ergibt, komme ich zu dir.«

Nachdem ich das Telefonat beendet hatte, wanderten meine Gedanken zu Leona. Ich musste sie morgen unbedingt anrufen, um zu nachzufragen, wie es ihr und den Kindern ging.

Bei der Gelegenheit konnte ich ihr auch erzählen, dass ich Maximilian Degenhardt getroffen hatte und mich fragte, was wohl in den großen Kisten versteckt war, die er bei Linnart Ingwersen gelagert gehabt hatte. Was immer es war, wieso hatte er all die Jahre darauf verzichten können? Und wohin hatte er seine Schätze jetzt transportieren lassen? Vielleicht kannte Leona die Antwort. Immerhin hatten die beiden schon ziemlich viel Zeit miteinander verbracht.

Wie aufs Stichwort klingelte das Telefon.

»Ich hoffe, du hast noch nicht geschlafen«, erklang die Stimme meiner Schwester, erstaunlich wach und gut gelaunt.

»Zehn Uhr abends ist sogar mir Murmeltier zu früh«, antwortete ich, froh, dass sie in guter Verfassung war.

»Wie geht es dir? Was machen die Kinder? Hast du was von Christian gehört?«

»So viele Fragen auf einmal«, lachte Leona. »Was interessiert dich denn am meisten?«

»Natürlich dein Befinden!«

»Momentan geht es mir ganz gut. Rat mal, wer sich bei mir gemeldet und mich zu einem Konzert in der Laeiszhalle eingeladen hat?«

Ich dachte nach. Sollte Christian zur Vernunft gekommen sein und sich mit ihr versöhnen wollen?

»Okay, ich sag's dir: Maximilian!«

Nun war ich allerdings wirklich erstaunt. Eigentlich hatte ich gehofft, dass diese seltsame Verbindung mit der Abreise meiner Schwester beendet gewesen war. Und nun das.

»Äh ja, schön. Das nenne ich tatsächlich eine Überraschung! Und was hört ihr euch an?«

»Du wirst es nicht glauben, Tabea Zimmermann ist in Hamburg und spielt Streichquartette von Bartók und Mendelssohn. Ist das nicht toll? Maximilian kommt Freitagabend in einer Woche, das Konzert ist am Samstag.«

Ich schwieg einen Moment. Tabea Zimmermann war eine international bekannte Bratschistin. Maximilian Degenhardts Einladung zeugte von musikalischem Sachverstand und Einfühlungsvermögen. Sicher hatte Leona ihm erzählt, dass sie selbst lange Zeit Viola gespielt hatte.

»Du sagst ja gar nichts. Hat es dir die Sprache verschlagen, oder überlegst du, wo Maximilian schlafen wird? Keine Sorge, er wohnt im Atlantic Hotel. Wir gehen Freitagabend essen und Samstag vor dem Konzert ins Museum.«

»Tja, dann wünsche ich euch beiden viel Spaß. Schön zu hören, dass es dir gutgeht, und ich freue mich, dass dir Herr Degenhardt ein so wunderbares Geschenk bereitet. Das ist bestimmt eine willkommene Abwechslung für dich.«

»Genau! Und die Kinder können es kaum erwarten, endlich wieder bei ihrer Oma zu sein. Du wirst es nicht glauben, aber Mutter ist seit einiger Zeit wirklich wie ausgewechselt.«

Ich konnte nicht umhin zu denken, dass es eine Zeit in meinem Leben gegeben hatte, in der es von existenzieller Bedeutung für mich gewesen wäre, Marlene an meiner Seite zu wissen und auf ihre Unterstützung zählen zu können. Leonas Satz bohrte sich wie ein kleiner Giftpfeil in mein Herz – dabei war es wirklich an der Zeit, loszulassen und zu akzeptieren, dass man die Vergangenheit nicht ändern konnte.

»Du bist so still, hab ich was Falsches gesagt? Ich wollte dir etwas Schönes erzählen und dich nicht traurig machen.«

»Schon gut, kein Problem. An sich komme ich ganz gut klar. Aber hin und wieder fällt es mir eben schwer, die Vergangenheit ruhen zu lassen, insbesondere wenn ich an

Mutter denke. Aber umso mehr freut es mich, dass sie jetzt für deine drei Süßen da ist. Gerade in Zeiten wie diesen ist es besonders wichtig, dass die Familie zusammenhält.«

»Vielleicht will sie damit ihr Unrecht wiedergutmachen und endlich Frieden finden«, sagte Leona leise. »Bestimmt bereut sie ihr Handeln, und du weißt doch, mit den Enkeln hat man es meistens leichter als mit den eigenen Kindern.«

»Wahrscheinlich. Wir alle brauchen wohl hin und wieder eine zweite Chance.«

Kapitel 20

Januar 1901

Ich bin so glücklich, dass ich schreien könnte! Soeben wurde mir ein Brief von Simon ausgehändigt, in dem er mir seine tiefste Anerkennung und Bewunderung für meine Texte ausspricht. Er fragt, ob er eine weitere Abschrift der beiden Geschichten an den Mitherausgeber des Simplicissimus weiterreichen dürfe. Welch unermesslicher Stolz, welche Freude erfüllen mein Herz! Zunächst traute ich meinen Sinnen kaum und las die Zeilen wieder und wieder. Ich zeigte sie meiner lieben Mama, und am Ende haben wir gemeinsam geweint und gelacht. »Es scheint, als schlummere eine besondere Gabe in dir«, sagte sie, und daraufhin musste ich noch mehr weinen. Doch nun sollte ich besser aufhören, eine Heulsuse zu sein und stattdessen an Simon schreiben. Wie kann ich mich für seine Güte angemessen erkenntlich zeigen? Trotz aller Freude plagt mich das beklommene Gefühl, ob dieser Freund Simons Ansichten auch teilen wird. Oder wird er in mir nur ein törichtes, junges Ding sehen, das zu Schwärmerei und Phantasterei neigt?

Ich seufzte, als ich Charlottes letzten Satz las. Der ewige Selbstzweifel, der so viele Künstler plagte, hatte auch an ihrer zarten Seele genagt. War ihr zu diesem Zeitpunkt schon klar, dass diese Ängste sie nie verlassen würden? Und wenn sie es gewusst hätte, wäre sie einen anderen Weg gegangen? Vielleicht konnte mir Marga Ingwersen mehr darüber erzählen, wenn ich sie heute zum Tee traf.

»Schön, dass Sie da sind, meine Liebe«, begrüßte mich Frau Ingwersen, als ich am späten Nachmittag bei ihr eintraf, nachdem ich fleißig geschrieben und das Ergebnis an den Verlag gemailt hatte.
Marga Ingwersen wohnte in einem schlichten Backsteinbau nahe der Strandpromenade. Das Haus war alles andere als charmant oder architektonisch gelungen, aber das waren die wenigsten Gebäude in Wittdün.
Umso mehr überraschte mich das Innere der Wohnung, weil die Räume viel großzügiger geschnitten waren, als ich erwartet hatte. Ich konnte nicht gut schätzen, doch ich vermutete, dass die Wohnfläche an die einhundertfünfzig Quadratmeter betrug.
»Ein bisschen groß für eine alleinlebende alte Dame, nicht wahr?«, meinte sie schmunzelnd und geleitete mich ins Wohnzimmer, in dem sie den Couchtisch für uns gedeckt hatte.
»Und ein bisschen viel Kuchen für zwei Personen«, entgegnete ich lächelnd, mit Blick auf einen riesigen Teller voller Nussecken, Zitronenrollen und Marmorkuchen.
»Ich wusste nicht, was Sie mögen, also habe ich einfach ein wenig mehr gebacken. Momentan habe ich nicht viel vor, und das Backen macht mir Freude. Linnart aß am liebsten Zitronenrolle. Hier, probieren Sie!«
Und schon versank ich in der riesigen Couch, deren Sprungfedern bereits ziemlich ausgeleiert waren. Brauner Cordsamt, typisch siebziger Jahre, genau wie das Haus. Auf dem Schoß hatte ich eine geblümte Papierserviette und einen Porzellanteller mit hauchdünnem Goldrand.
»Verständlich, dass er das geliebt hat, es schmeckt köstlich«, schwärmte ich nach dem ersten Bissen. Der Biskuitteig war so locker und luftig wie ein Soufflé, die Füllung schmeckte süßlich aromatisch.

Marga Ingwersen blickte traurig drein.
»Hoffentlich gibt es im Himmel auch Zitronenrolle.«
Ich schluckte und sah aus dem Fenster. Draußen neigte sich der Herbsttag dem Ende zu, und der Wind trieb zartrosa schimmernde Wolkenfetzen übers Meer.
»Heißt es nicht, dass die Engel Kuchen backen, wenn der Abendhimmel sich rötet? Bestimmt ist einer von ihnen gerade dabei, Ihrem Mann eine Freude zu machen!« Obwohl ich die Stimmung hatte auflockern wollen, erreichte ich das genaue Gegenteil. Frau Ingwersen brach in Tränen aus.
»Er fehlt mir so sehr, das können Sie sich gar nicht vorstellen. Wir waren über sechzig Jahre verheiratet. Und das Schlimmste ist, dass ich mich noch nicht einmal von ihm verabschieden konnte.«
Ich nahm die alte Dame in den Arm und hielt sie fest. Ihr schmaler, knochiger Körper fühlte sich seltsam fremd an, aber ihre Gefühle waren mir nur allzu vertraut.
»Es ging alles so schnell, so plötzlich. Am Nachmittag habe ich kurz mit ihm telefoniert, und da klang er noch ganz munter. Er war gerade dabei, die Lieferung aus Lübeck auszupacken, und sagte, dass er etwas ganz Besonderes entdeckt habe.«
Ich wurde hellhörig.
»Drei Stunden später wartete ich vergeblich mit dem Abendessen auf ihn.«
Sie hatte sich von mir gelöst und war aufgestanden.
»Tut mir leid, ich wollte Sie nicht mit meinem Kummer belästigen. Es kam einfach so über mich, bitte verzeihen Sie!«
»Sie müssen sich nicht entschuldigen. Ich an Ihrer Stelle wäre vermutlich gar nicht in der Lage, Besuch zu empfangen und am normalen Leben teilzunehmen. Ich finde Sie sehr, sehr tapfer. Jeder Mensch sollte seinen Gefühlen freien Lauf lassen, wenn ihm so etwas Trauriges zustößt.«

Den letzten Satz sagte ich mehr zu mir selbst als zu ihr.
Mir war es damals nicht vergönnt gewesen, angemessen zu trauern.
»Ihnen muss auch großer Kummer widerfahren sein, das sehe ich in Ihren Augen«, sagte meine Gastgeberin, und nun war ich diejenige, die mit den Tränen kämpfte.
Ich wusste nicht, weshalb, aber irgendetwas in dem gütigen Blick der alten Dame brachte mich dazu, mein Herz zu öffnen. Und so kam es, dass ich an einem ganz normalen Donnerstagnachmittag das große Geheimnis offenbarte, das ich seit meinem sechzehnten Lebensjahr mit mir herumtrug.
Ich erzählte, wie unglücklich ich als Teenager gewesen war, weil meine Eltern – insbesondere meine Mutter – sich kaum um Leona und mich gekümmert hatten. Kindermädchen gaben sich die Klinke in die Hand, zwischen meinen Eltern herrschte entweder eisiges Schweigen, oder sie stritten lauthals, ohne auf uns Kinder Rücksicht zu nehmen. Ich erzählte, wie ich mich aus Einsamkeit immer öfter bei Freunden herumtrieb, anstatt mich um die Schule zu kümmern. Ich ging heimlich auf Partys, rauchte, trank und tat eigentlich alles, was man in diesem Alter nicht tun sollte. Dazu gehörte auch, dass ich aus Übermut mit Julian, dem coolen Anführer unserer Clique, ins Bett ging.
Marga Ingwersen lauschte meiner Geschichte, ohne mich zu unterbrechen. Mittlerweile war es ziemlich dunkel im Raum, was mir das Sprechen erleichterte. Meine Stimme klang in der ungewohnten Umgebung so fremd, als erzählte ich von einem Menschen, der überhaupt nichts mit mir zu tun hatte.
»Sind Sie schwanger geworden?«, fragte sie und legte mitfühlend die Hand auf mein Knie. Ihre Berührung hatte etwas Warmes, Mütterliches, wie ich es von Marlene niemals erfahren hatte.

Ich nickte stumm.
»Haben Sie das Kind abtreiben lassen? Ist es das, was Sie so traurig macht?«
»Nein, das hätte ich niemals übers Herz gebracht. Ein Wesen zu töten, das in meinem Bauch heranwächst, nein, das wäre niemals in Frage gekommen!«
»Was ist dann passiert? Haben Sie sich Ihren Eltern anvertraut?«
»Ja, zwangsläufig. Irgendwann fiel selbst meiner Mutter auf, dass ich zugenommen hatte. Da war ich allerdings schon am Ende des vierten Monats. Meine Eltern tobten und schrien. Am meisten ärgerte sie, dass sich zu diesem Zeitpunkt nichts mehr an der Schwangerschaft ändern ließ. Wenn es nach ihnen gegangen wäre, hätte ich einen diskreten Termin beim Arzt vereinbart, und danach wären alle wieder zur Tagesordnung übergegangen.«
»Wie traurig, dass sich Ihre Eltern nicht über den Familienzuwachs gefreut haben. Es gibt viele Mädchen, die in diesem Alter Kinder bekommen und sich wunderbar in ihrer Mutterrolle einfinden. Ich selbst war achtzehn, als mein Ältester geboren wurde. Doch ich will nicht immer von mir sprechen. Was ist dann mit Ihnen passiert?«
»Auf das massive Drängen meiner Eltern hin, die mir jegliche Unterstützung verweigerten, entschloss ich mich schließlich, meine Tochter nach der Geburt zur Adoption freizugeben.«
Plötzlich herrschte Stille im Raum. Ich konnte förmlich spüren, wie die Gedanken in Frau Ingwersens Kopf durcheinanderwirbelten. Würde sie mich jetzt verurteilen?
»Was ist aus ihr geworden, wissen Sie das?«
Ich schüttelte den Kopf.
»Leider nein. Ich hatte die Kleine Lina genannt.«
»Und nun leiden Sie unter Ihrer Entscheidung und wür-

den sie gern rückgängig machen? Sie hatten vermutlich auch nicht viel Zeit, um von Lina Abschied zu nehmen.«
Nun war der Damm endgültig gebrochen, und ich begann, hemmungslos zu weinen.
»Hier, meine Liebe, nehmen Sie das«, sagte sie und drückte mir ein großes Stofftaschentuch in die Hand, das nach 4711 duftete. Ein Duft aus meiner Kindheit …
Ich putzte mir die Nase und versuchte, mich zu beruhigen.
»Schreiben Sie Charlottes Biographie, weil ihre Geschichte Sie an Ihre eigene erinnert?«
Mir wurde schwindelig, so tief trafen mich ihre Worte. Berührte mich Charlottes Geschichte deshalb so sehr, weil ich in Lynn meine kleine Lina sah?
»Vielleicht …«, schniefte ich und begann zu zittern.
Dass ich immer noch so starke Emotionen hatte, damit hatte ich nicht gerechnet. Doch es war wirklich erleichternd, endlich einmal offen über meinen Kummer zu sprechen. Außer meiner Familie und Bernd wusste niemand von der Geschichte. Meine Eltern hatten mich bis zur Niederkunft in ein Internat gegeben. Die Sorge darüber, was die Nachbarn zu meiner *Schande* sagen würden, war weitaus größer gewesen als die Sorge um das Seelenheil der eigenen Tochter.
»Empfinden Sie es als Befreiung, dieses Buch zu schreiben, oder ist es eher eine Belastung für Sie?«, fragte die alte Dame mitfühlend. Ich dachte einen Moment nach.
»Das Positive überwiegt eindeutig. Gerade weil ich weiß, dass die kleine Lynn nach dem Tod ihrer Mutter von Marrett Mommsen liebevoll umsorgt wurde und später in Berlin ein glückliches Leben geführt hatte. Außerdem entwickle ich im Laufe meiner Arbeit ein immer besseres Gefühl für Charlotte, ich habe ihre Entwicklung quasi von Anfang an verfolgt. Das rückt vieles ins rechte Licht.«

»Ich wollte Ihnen noch etwas zeigen«, sagte Marga Ingwersen und erhob sich vom Sofa. Sie verschwand im Nebenzimmer, und ich hörte, wie sie mit Papier raschelte. Als sie zurückkam, überreichte sie mir ein altes, vergilbtes Foto mit leichten Rissen und Knicken. »Wissen Sie, wer das ist?«
Ich stutzte einen Moment und studierte die Aufnahme. Sie zeigte eine herbe Schönheit mit tieftraurigen, dunklen Augen und langem, lockigem Haar, das zu einem Zopf gebunden war. Einige widerspenstige Strähnen hingen ihr ins Gesicht.
»Ist das etwa Charlotte?«, fragte ich aufgeregt. Es gab nur wenige Aufnahmen von ihr, und die meisten stammten aus ihrer Jugendzeit. Dieses Foto zeigte eine Frau, die aussah wie Mitte vierzig, doch Charlotte war erst zweiunddreißig gewesen, als sie starb.
»Ja, das ist sie«, antwortete Frau Ingwersen und nickte. »Ich würde Ihnen das Foto gern geben, damit Sie es in Ihrem Buch abdrucken können.«
Ich freute mich sehr über dieses unerwartete Geschenk. Für mich war es weitaus mehr als nur irgendein Foto. Es dokumentierte, dass Charlotte Mommsen aus tragischen Gründen wirklich nicht in der Lage gewesen war, anders zu handeln. Ich blickte in das verzweifelte Gesicht einer Frau, die keinen Sinn mehr in ihrem Leben gesehen und offenbar keine andere Wahl gehabt hatte, als diesen grausamen Weg zu gehen.

Kapitel 21

Der Freitag präsentierte sich äußerst düster und ungemütlich, der Oktober neigte sich unaufhaltsam seinem Ende zu. Die sonnigen, milden Tage schienen endgültig gezählt, und die Wolken hatten das Regiment am Himmel übernommen. Heute wollte ich zusammen mit Janneke die Arbeit im Antiquariat beenden und war wieder früh aufgestanden.
Aufgewühlt von meinem Gespräch mit Marga Ingwersen hatte ich die halbe Nacht am Computer zugebracht und wie im Rausch geschrieben. Charlottes Fotografie war der Schlüssel zu einem Teil ihrer Seele, der mir bislang verschlossen geblieben war, das wurde mir während des Tippens klar. Ihre tieftraurigen Augen milderten meine zuweilen etwas kritische Einstellung, und ich spürte, dass heute der richtige Zeitpunkt war, um endlich das zu tun, was ich bislang nicht über mich gebracht hatte.

Nachdem Janneke und ich Frau Ingwersen stolz unser Werk präsentiert hatten, brachte der Bus mich am Nachmittag von Wittdün nach Nebel, wo ich nahe der alten Mühle ausstieg.
Von dort war es nicht weit zu Charlottes letzter Ruhestätte, dem Friedhof der Heimatlosen. Mit schnellen, entschlossenen Schritten legte ich den Weg zurück.
Die Grabstätte lag gut versteckt hinter einem efeuumrankten, weiß lackierten Zaun. Den Eingang markierte ein weißer, aus Holz geschnitzter Torbogen, auf dem in altdeutscher Schrift die Worte *Es ist noch eine Ruhe vorhanden*

geschrieben waren. Über ihnen thronte in der Mitte ein hölzernes Kreuz.

Behutsam öffnete ich das Gatter und trat durch den Torbogen. Das Gräberfeld war 1905 nach Sylter Vorbild eingerichtet worden, weil der Platz auf dem alten Friedhof bei der St.-Clemens-Kirche zu knapp geworden war. Seitdem waren hier die vielen namenlosen Strandleichen beerdigt worden, die das Meer Jahr für Jahr an die Küste Amrums gespült hatte.

Ich zählte insgesamt zweiunddreißig Gräber, das erste war vom 23.9.1906, das letzte vom 4.6.1969. Die Grabstätten waren schlicht und einfach gehalten, bewachsen mit Efeu, dem typischen Friedhofs-Tannengrün und an den Seiten flankiert von bereits verblühtem Flieder und dornigen Kartoffelrosen. Zwischen knorrigen Haselnussbäumen und Kiefern standen zwei Bänke, ebenfalls weiß gestrichen.

Einer Informationstafel entnahm ich, dass jedes in der Erde steckende Holzkreuz für zwei Tote stand. Ich stutzte, als ich zu einem Grab mit zwei Kreuzen kam. Offenbar waren hier vier Leute am selben Tag ums Leben gekommen.

Während ich die schmalen Wege abschritt, um nach der Jahreszahl 1915, Charlottes Todesdatum, zu suchen, ließ ich mich von der Atmosphäre dieses beinahe magischen Ortes gefangen nehmen. Es roch nach feuchter Erde, gleichzeitig lag die salzige Würze der Nordseewellen in der Luft. Ab und zu wurde die Stille von dem Zwitschern eines Vogels unterbrochen, der sich offenbar noch nicht Richtung Süden aufmachen wollte. Und dann sah ich es: Charlottes Grab. Natürlich stand ihr Name nicht auf dem Kreuz, aber es war das einzige, auf dem das Todesdatum eingraviert war.

»Guten Tag, Charlotte, da bin ich endlich«, flüsterte ich, froh, allein zu sein. »Es hat lange gedauert, aber besser spät

als nie.« Mein Blick glitt über den dicht gewachsenen Efeu, der sich wie eine mollig grüne Daunendecke über das Grab legte.
»Schön ist es hier, ich hoffe, du genießt es, endlich deine Ruhe zu haben und deine Sorgen los zu sein.«
Ich genoss die besinnliche Ruhe des Friedhofs und erzählte Charlotte leise wispernd von meinen Tagen auf *ihrer* Insel. Ich war so in meine Schilderung vertieft, dass ich gar nicht merkte, wie jemand durch den Hintereingang des Friedhofs trat und sich wortlos neben mich stellte.
Ich erschrak, als ich Maximilian Degenhardt erkannte.
»Finden Sie es nicht merkwürdig, wie häufig wir uns in der letzten Zeit begegnen?«, fragte ich, um die peinliche Stille zu überbrücken. Wie lange hatte er schon dort gestanden? Was hatte er gehört?
Er antwortete nicht, sondern legte nur einen Finger auf die Lippen. So standen wir eine ganze Weile wortlos Seite an Seite, bis es zu regnen begann.
»Wir sollten gehen«, sagte ich und holte den Knirps aus meiner Handtasche, den ich immer bei mir trug, da ich wusste, wie launisch das Wetter auf den nordfriesischen Inseln sein konnte.
»Sie sind ja für alle Eventualitäten gewappnet«, bemerkte Herr Degenhardt.
»Genau! Und Sie haben jetzt die einmalige Chance, von meiner Weitsicht zu profitieren und trocken zu Ihrem Wagen zu kommen«, antwortete ich und drehte den Schirm so, dass wir beide darunter Platz fanden.
»Das klappt aber nur, wenn ich mich bei Ihnen unterhaken darf. Sonst wird meine andere Hälfte pitschnass, und das wollen Sie doch nicht, oder?«, kokettierte er, und für einen Moment verstand ich, was Leona an ihm mochte.
So gingen wir Arm in Arm die Straße entlang.

»Ich bin übrigens nicht mit dem Auto da, sonst würde ich Sie natürlich nach Hause fahren«, erklärte Maximilian Degenhardt, dem mein suchender Blick nicht entgangen war.
»Das macht überhaupt nichts, ich fahre gern Bus.«
»Also, ich weiß ja nicht, wie es Ihnen geht, aber ich habe Lust auf einen Kaffee. Würden Sie mich in den Dorfkrug begleiten? Ist nicht weit von hier.«
Ich dachte an das charmante Café mit den vielen Teespezialitäten und dem Bernsteinschmuck.
»Gute Idee. Dann hat der Regen noch ein bisschen Zeit, sich zu verziehen.«
»Und Sie müssen nicht wieder frieren«, schmunzelte er, und ich konnte nicht anders, als ihn anzulächeln.
Kurz darauf saßen wir in dem warmen Café. Maximilian Degenhardt hatte eine Tasse dampfend heißen Cappuccino vor sich, und ich gönnte mir einen Pharisäer, um mich aufzuwärmen. »Schmeckt köstlich! Wollen Sie nicht probieren?«, schwärmte ich, während Herr Degenhardt in seinem Milchschaum rührte.
»Nein danke, ich trinke keinen Alkohol mehr«, antwortete er zu meiner Verwunderung. Ich überlegte kurz. Hatten Leona und ich ihn nach dem Konzert nicht am Sektstand getroffen? Und war er nicht bestens darüber informiert gewesen, wo es gute Martinis gab? Aber wenn ich genauer darüber nachdachte, hatte ich ihn tatsächlich noch nie Alkohol trinken sehen.
»Gibt es einen Grund für Ihre Abstinenz?«, fragte ich, vielleicht ein wenig zu indiskret.
»Abgesehen davon, dass es in meinem Alter zweifelsohne gesünder ist, nicht über die Stränge zu schlagen, gab es eine Zeit in meinem Leben, in der ich zu viel getrunken, zu viel gefeiert und zu viel geraucht habe. Mit katastrophalen

Folgen. Aus diesem Grund ziehe ich es heute vor, die Kontrolle über mein Tun zu behalten.«
Wie spannend! Ich hatte Mühe, mich zurückzuhalten und nicht weiter nachzubohren.
»Dann sind Sie also ein disziplinierter Mensch!«
»Wenn Sie so wollen ... ohne ein gewisses Maß an Disziplin säße ich heute nicht hier, das ist wohl war!«
Meine Phantasie trieb die wildesten Blüten. Hatte ihn sein ausschweifender Lebensstil krank gemacht, und hatten ihm Ärzte deshalb geraten, gesünder zu leben? Hatte er in betrunkenem Zustand am Steuer gesessen und einen Unfall verursacht? Oder ...
»Na? Grübeln Sie darüber nach, welch düsteres Geheimnis ich mit mir herumschleppe?«, fragte er, und die Ironie in seiner Stimme war nicht zu überhören.
»Nein. Ich denke gerade darüber nach, weshalb Sie ausgerechnet zur selben Zeit wie ich am Grab von Charlotte waren«, sagte ich mit knallrotem Kopf, was nicht unbedingt zu meiner Glaubwürdigkeit beitrug.
»Vermutlich aus demselben Grund wie Sie! Heute ist ihr Todestag.«
Mein Gott, ich dumme Gans! Da schrieb ich seit Wochen an der Biographie, wühlte mich durch alle Details und vergaß darüber, dass heute der sechsundzwanzigste Oktober war, der Tag, an dem sie ihrem Leben ein Ende gesetzt hatte.
»Darf ich fragen, ob es Zufall ist, dass Sie in Charlotte Mommsens Haus leben? Oder ist das auch wieder eine jener seltsamen Koinzidenzen, mit denen wir beide scheinbar häufiger zu tun haben?«
Maximilian Degenhardt ließ sich Zeit mit seiner Antwort und bestellte einen weiteren Cappuccino.
»Koinzidenzen ...«, sagte er schließlich nachdenklich.

»Ein schönes Wort, das habe ich schon lange nicht mehr gehört. Aber um Ihre Frage zu beantworten, nein, hier handelt es sich keineswegs um einen Zufall. Auf meine alten Tage hätte ich in kein anderes Haus einziehen wollen.«

»Sagten Sie nicht, dass Sie seit 1975 auf Amrum leben? War es da nicht etwas zu früh für Ihre alten Tage?!«

»Da haben Sie nun auch wieder recht«, er lachte.

Ein sympathisches Lachen.

»Ich fühle mich dieser Dame ein wenig … wie soll ich es am besten formulieren? Verwandt trifft die Sache wohl am besten.«

»Sie meinen seelenverwandt?

»Ja, auch.«

»Inwiefern? Schlummert in Ihnen auch eine Künstlerseele, oder fühlen Sie sich von Charlottes dunkler Seite angezogen?«

»Vielleicht eine Mischung aus beidem, keine Ahnung. Vordergründig hat mich am Nieblumhuis gereizt, dass es so weit abseits liegt und ich dort meine Ruhe habe. Soweit ich weiß, ist es das einzige Haus mit einer so privilegierten Lage.«

Privilegiert. Wie man's nimmt, so fernab vom Inselleben.

»Wie haben Sie eigentlich erfahren, dass man dort wohnen kann? Wer hat Ihnen die Kate verkauft?«

»Ein gewisser Frederick Thomsen, sagt Ihnen der Name etwas?«

Ich musste nicht lange überlegen. Frederick Thomsen war der Literaturwissenschaftler, der dafür gesorgt hatte, dass Charlottes Roman 1920 posthum veröffentlicht worden war.

»Natürlich! Und wie haben Sie das Haus vorgefunden? Wer hat vor Ihnen dort gewohnt?«

»Das Haus stand lange Zeit leer, bis ich mein Interesse angemeldet habe. Für die Familie Mommsen war es nur noch ein Ort der Trauer. Nachdem Marrett Mommsen die kleine Gedenktafel im Garten aufgestellt hatte, betrat sie die Kate nie wieder. Aber sie beauftragte Frederick damit, sie zu verkaufen, falls er jemanden fand, der respektvoll mit dem Haus umgehen würde. Fragen Sie mich jetzt aber bitte nicht, weshalb seine Wahl ausgerechnet auf mich gefallen ist. Außer mir gab es im Laufe der Jahre einige Interessenten, die jedoch alle abgelehnt wurden.«
Ich hatte wirklich Mühe, meine Neugier im Zaum zu halten. Doch es wäre unklug gewesen, den Bogen zu überspannen, das spürte ich. Also plauderten wir noch ein Weilchen über das Leben auf der Insel, und ich beschloss, Marga Ingwersen bei passender Gelegenheit zu fragen, ob der verstorbene Frederick Thomsen vielleicht Verwandte hatte, die ich kontaktieren konnte.

Es war früher Abend, als ich ins Watthuis zurückkehrte. Dort fand ich eine Nachricht von Paul auf dem Anrufbeantworter vor:
»Dein Handy war ausgeschaltet, deshalb bleibt mir nichts anderes übrig, als dir auf Band zu sprechen. Ich muss spontan für einen erkrankten Kollegen einspringen und fliege noch heute Abend nach Marseille. Von dort nehme ich einen Mietwagen Richtung Gordes, wo ich zusammen mit Dorothea und einem Produktionsteam Modeaufnahmen auf einem Château machen soll. Der Auftrag wird so gut bezahlt, dass ich die Arbeit anschließend für eine ganze Zeit ruhen lassen und zu dir kommen kann, wenn du magst. Ich melde mich, sobald ich im Hotel angekommen bin. Viele Küsse!«
Hatte ich das richtig verstanden? War Paul zusammen mit

dieser Dorothea auf dem Weg nach Südfrankreich? Die beiden zusammen in einem provenzalischen Schloss?

Ich blickte auf die Uhr. Es war kurz vor sieben, Paul hatte um 17.15 Uhr angerufen. Nun musste ich mich wohl noch ein paar Stunden gedulden, um zu erfahren, was es mit diesem ominösen Auftrag auf sich hatte.

Kapitel 22

Mach dir keine Sorgen, das ist vollkommen unnötig«, sagte Leona, als ich sie Samstagmorgen anrief, um von Pauls Südfrankreichreise zu erzählen. Ich musste unbedingt mit jemandem sprechen, bevor ich platzte. Nach meinem gestrigen Telefonat mit Paul hatte ich schlecht geschlafen und fühlte mich heute wie gerädert.

»Du bist doch sonst nie eifersüchtig, warum jetzt auf einmal? Nach allem, was ich über Paul weiß, scheint er es wirklich ernst mit dir zu meinen. Weshalb sollte er aus heiterem Himmel etwas mit der Frau anfangen, von der er sich schon vor langer Zeit getrennt hat?«

Ich konnte Leona natürlich nur zustimmen. Der erwachsene, rationale Teil in mir wusste, dass ich Unsinn redete, doch ein kleiner Teufel auf meiner Schulter flüsterte mir zu:

»Pass auf dein Herz auf!«

»Und was tut er dort genau?«, wollte Leona wissen.

»Die Fotostrecke besteht aus zwei Teilen: Die Modeaufnahmen finden innerhalb des Châteaus statt und sollen ein bisschen ›spooky‹ werden. Diesen Part übernimmt Dorothea, Interieurfotografie ist ihr Spezialgebiet. Paul wird die Außenaufnahmen machen, also bröckelnde Schlossmauern im Oktobernebel, die Parkanlage in der Abenddämmerung und was weiß ich noch alles. So jedenfalls hat er es mir erklärt.«

»Süße, das klingt doch alles vollkommen logisch und harmlos! Freu dich lieber, dass Paul als Erstes an dich gedacht hat, als ihm der Auftrag angeboten wurde. Er will die Chan-

ce nutzen, mit dir zusammen zu sein, gerade jetzt, wo du durch dein Buch örtlich an Amrum gebunden bist.«
Leonas Argumente klangen wie immer einleuchtend, und ich kam mir ein wenig albern vor. *Sah ich Gespenster?*
»Wenn du mich fragst, solltest du mehr unter Leute gehen, als dich immer nur mit deinem morbiden Buchthema zu beschäftigen. Kein Wunder, dass du da auf dumme Gedanken kommst!«
Ich entgegnete, dass ich meine Zeit keineswegs nur vor dem Computer verbrachte, sondern mindestens genauso oft mit Janneke, Marga Ingwersen und sogar Maximilian Degenhardt zusammen war.
»Ich entwickle mich allmählich zu einer waschechten Insulanerin, die alles und jeden kennt und ihre Nachmittage beim Teeklatsch verbringt, anstatt zu schreiben. Übrigens muss ich dir recht geben: Maximilian Degenhardt ist wirklich sympathischer, als ich dachte.«
»Hab ich doch gesagt, aber du wolltest mir ja nicht glauben. Apropos, als hätte Christian gespürt, dass sich ein Mann für mich interessiert, rief er gestern Abend an und fragte, ob wir nicht zusammen im Abtei essen wollen.«
Ich freute mich für meine Schwester. Das Abtei war der ideale Platz für ein intimes, romantisches Rendezvous, vorausgesetzt, man verfügte über die notwendigen finanziellen Mittel. Dort hatte Christian Leona seinerzeit den Heiratsantrag gemacht.
»Na, wenn das nicht schwer symbolischen Charakter hat, weiß ich auch nicht«, sagte ich und lachte. »Und wie reagierst du, wenn er dich auf Knien anfleht, wieder nach Hause kommen zu dürfen?«, fragte ich neugierig. Ich hatte keine Ahnung, was ich an ihrer Stelle tun würde.
Leona lachte.
»Nun mach mal halblang! Ich will erst einmal hören, was er

zu sagen hat. Dann überlege ich in aller Ruhe, was ich davon halte, und lasse ihn eine Weile schmoren. Das wird ihm guttun, dann kriegt er mal mit, wie sich das anfühlt. Und ehrlich gesagt weiß ich gar nicht, ob ich ihn zurückhaben will. Christian ist ein ausgemachter Egoist, das wird mir von Tag zu Tag klarer. Weißt du eigentlich, wie viel freie Zeit ich habe, seitdem ich mich nicht andauernd mit seinen Befindlichkeiten beschäftigen muss?«

Ich konnte es mir lebhaft vorstellen. Mein Schwager war ein anspruchsvoller, fordernder Partner, aber ich hatte immer gedacht, dass Leona das nicht störte.

»Plötzlich komme ich wieder dazu, mich zu fragen, was *ich* eigentlich will. Wie ich den Tag verbringen möchte, wie meine Pläne aussehen. Ich habe auch wieder angefangen, Bratsche zu spielen, und werde ab kommender Woche Unterricht nehmen. Montag ist meine erste Stunde.«

»Wie schön«, antwortete ich erfreut. Ich war stolz auf meine kleine Schwester, die sich wieder einmal als starke Frau erwies. Und ich war mir gar nicht mehr so sicher, ob ich ihr eine Aussöhnung mit Christian wünschen sollte. »Dann habt einen schönen Abend! Ruf mich an, falls es etwas Neues gibt.«

Nachdem ich den Hörer aufgelegt hatte, fühlte ich mich schon viel besser. Erneut hatte ich mich völlig umsonst von den Gespenstern der Nacht erschrecken lassen. Paul würde am Freitagabend kommen. Deshalb war es jetzt umso wichtiger, effizient zu arbeiten, um so viel Zeit wie möglich mit ihm verbringen zu können.

Beschwingt fuhr ich den Computer hoch, erledigte die Korrekturen, die meine Lektorin vorgeschlagen hatte, und schrieb bis in den Abend hinein, wobei ich lediglich ein paarmal eine kurze Pause machte.

Mittlerweile war ich im Jahr 1902 angelangt. Charlotte hatte ihr Lehrerinnenseminar mit Auszeichnung bestanden und arbeitete in Hamburg bei der Reederfamilie Jansen. Dort unterrichtete sie deren Töchter Clara und Louise und bewohnte ein kleines Dienstbotenzimmer unter dem Dach eines Kapitänshauses in Övelgönne am Elbstrand.

An den langen Abenden schrieb sie sich die Finger wund, angespornt vom Erfolg kleinerer Veröffentlichungen. Der *Simplicissimus* hatte sie begeistert in den Kreis seiner Autoren aufgenommen. Doch ihr eigentliches Ziel war es, einen Roman zu schreiben – ein großes Unterfangen, vor allem wenn man Charlottes knappe freie Zeit berücksichtigte.

Die Jansens nahmen sie nicht nur als Lehrerin in Anspruch, sondern auch als Gouvernante, wenn sie ihren zahlreichen gesellschaftlichen Verpflichtungen nachkamen.

Doch Charlotte war in dieser Zeit sehr glücklich: Sie liebte die beiden ihr anvertrauten Mädchen, sieben und zehn Jahre alt, und genoss die örtliche Nähe zu Simon Broder und dessen Freunden. Sobald ihre Zeit es erlaubte, stahl sie sich aus dem Haus der Jansens davon und traf sich mit Simon Broder in dessen Atelier im Stadtteil Ottensen. Gemeinsam besuchten sie Künstlerfeste und Cafés, in denen viel geraucht, getrunken, debattiert und fabuliert wurde. Im Gegensatz zu vielen anderen Frauen, die in diesen Kreisen eher als Schmuckstück fungierten, vertrat die mittlerweile neunzehnjährige Charlotte immer selbstbewusster ihre Ansichten. Natürlich musste sie stets genau dann nach Hause, wenn die Gespräche interessanter, kontroverser und lebhafter wurden, weil Cognac oder Wodka die Gemüter erhitzten. Aber Charlotte war noch minderjährig und angehalten, auf den guten Ruf der Jansens zu achten.

An einem kalten Winternachmittag, den sie in Simon Broders Atelier verbrachte, wurde sie schließlich offiziell zu seiner Geliebten.

Dezember 1902

Nun ist es passiert, die Liebe hat mich getroffen, mit einer Wucht, wie ich es niemals für möglich gehalten hätte.

Ich sitze hier in meiner Kammer und schreibe, während ich noch den Duft meines wundervollen Geliebten auf meiner Haut riechen kann. Wie gern wäre ich jetzt bei ihm! Und wie sehr sehne ich den Tag herbei, an dem ich mündig werde und tun und lassen kann, was mir beliebt, ohne irgendjemandem außer mir selbst Rechenschaft schuldig zu sein. Diese Konventionen, diese spießbürgerliche Moral, sie zehren an mir. Es gibt Tage, an denen ich mich eingesperrt fühle wie einst Nora in ihrem Puppenheim. Doch ich will nicht scheitern, nicht enden wie sie. Ich will leben, lieben, glücklich sein! Die Welt aus den Angeln heben, bei meinem geliebten Simon sein, reisen und mich frei fühlen wie ein Vöglein. Ein freies Leben führen, für die Kunst, mein Schreiben und für die Liebe. Ach, könnte ich doch nur eine Gesellschaft nach meinen Vorstellungen formen! Ich würde alle Wesen auf Gottes Erden gleichstellen, ihnen allen die gleichen Möglichkeiten gewähren. Die Frauen müssten ihr Dasein nicht am heimischen Herd fristen, ihre Kinderschar großziehen und ihren Gatten dienlich sein, egal wie schlecht diese sie behandelten. Sie hätten nicht zu ihnen aufzuschauen, als seien sie göttergleiche Wesen, nur weil ihnen das Glück beschieden ist, ein Mann zu sein. Wie bin ich froh, dass Simon, dieser kluge und warmherzige Künstler, meine Ansichten teilt und mich unterstützt in allem, was ich tue.

An dieser Stelle hielt ich inne und betrachtete ein Foto von Charlotte, das sie als Neunzehnjährige zeigte. Die Aufnahme stammte von Jacob Winter, einem Freund von Simon Broder und außerdem Fotograf. Nichts an dem jungen, strahlenden Geschöpf erinnerte an die früh gealterte, vergrämte Frau auf dem Bild, das ich von Marga Ingwersen bekommen hatte. Traurig dachte ich an Charlottes Worte aus einem ihrer frühen Tagebücher:

Wenn die Liebe einen so hohen Preis erfordert, möchte ich sie nie erfahren.

Seufzend speicherte ich das neue Kapitel und fuhr den Computer herunter. Ich dachte an Leona und Janneke und daran, dass für beide ein neuer Lebensabschnitt begann. Inzwischen war es halb neun, meine Schwester und Christian waren vermutlich gerade bei der Vorspeise. Ich war sehr gespannt auf den Ausgang dieses Abendessens.

Dann wanderten meine Gedanken zu Paul.

Was er wohl gerade tat? Saß das ganze Team nach getaner Arbeit beim Essen, oder hatten er und Dorothea sich abgesetzt, um über alte Zeiten zu sprechen? Ich versuchte, die Bilder aus meinem Kopf zu verscheuchen, und beschloss, noch ein wenig spazieren zu gehen.

Es war beinahe Vollmond, über der Insel lag ein goldener Schimmer. Obwohl der Wind ziemlich stark wehte, schlug ich den Weg zum Deich ein. Ich wollte sehen, wie sich der Mond in den Wellen spiegelte. Mit hochgezogenen Schultern stand ich am Ufer und sah in der Ferne einen Leuchtturm blinken. In ihren Tagebüchern hatte Charlotte immer wieder geschrieben, wie sehr ihr die Nordsee fehlte, auch wenn sie sich in Hamburg wohl gefühlt hatte.

Da wohne ich nun so nah an einem Flusse, der ins Meer führt, und fühle mich doch so weit von der See entfernt, als hätte ich ihre Existenz nur geträumt«, hatte sie notiert, als sie ihren Ausblick aus dem Fenster ihrer Dachkammer auf die Elbe beschrieb.

Ich dachte an Hamburg, an mein früheres Leben mit Bernd, und mich erfasste Wehmut, weil sich die Dinge immer wieder änderten. Es hatte eine Zeit gegeben, in der ich fest davon überzeugt war, an der Seite meines Ehemannes alt zu werden. Auch Leona hatte geglaubt, nichts und niemand könne jemals zwischen Christian, sie und die Kinder treten. Charlotte wiederum hatte der Glaube Kraft gegeben, dass sie ihr Glück finden würde, wenn sie nur schreiben konnte. Wie wohl meine Zukunft aussah? Würde Paul ein Teil von ihr sein, und wenn ja – wie würden wir uns arrangieren? Konnte ich mir vorstellen, in Berlin zu wohnen? Oder würde er bereit sein, nach Hamburg zu ziehen? Und wäre es auf Amrum nicht viel schöner?

Ich seufzte tief und starrte auf das dunkle, vor mir liegende Wasser. Manchmal wünschte ich mir einen Ausschaltknopf, der das ganze Wirrwarr in meinem Kopf zum Stillstand brachte. Wie schaffte es Paul nur, immer so ausgeglichen, ruhig und gelassen zu sein? Wahrscheinlich war die ewige Grübelei tatsächlich eine typisch weibliche Angewohnheit, und als Mann lebte es sich weitaus angenehmer.

Als mein Handy piepste, stellte ich fest, dass ich trotz der Kälte über eine Stunde auf dem Deich gestanden und aufs Meer geschaut hatte. Die SMS stammte von Leona:

> Konnte dich auf dem Festnetz nicht erreichen. Habe Neuigkeiten. Melde dich, wenn du wieder zurück bist.

Ich eilte zurück ins Watthuis und stürzte zum Telefon, ohne Mantel, Mütze und Schal auszuziehen. Ich platzte vor Neugier und hoffte auf gute Nachrichten.

»Christian will die Scheidung!«, sagte Leona übergangslos, als ich sie endlich an den Apparat bekam. Ich musste mich setzen.

Scheidung? Ich war fassungslos.

»Und um dir das zu sagen, lädt er dich extra ins Abtei ein?« Ich fand Christians Verhalten dermaßen unsensibel, dass ich große Lust hatte, ihn mir persönlich vorzuknöpfen.

Leona lachte bitter.
»Offenbar fand er das ganz passend. Unsere Beziehung hat dort begonnen, also kann sie auch dort enden. Männerlogik!«
»Und wie geht es dir jetzt?«, fragte ich atemlos. »Wie hast du reagiert?«
»Ich habe ihn zahlen lassen, mir dann ein Taxi bestellt und gesagt, dass er von meinem Anwalt hören wird. Und ihn gebeten, es zusammen mit mir den Kindern zu erklären. Damit möchte ich wirklich nicht alleine dastehen.«
»Unglaublich, wie cool du bist«, sagte ich beeindruckt. Ich hatte den Satz noch nicht beendet, als Leona herzzerreißend zu schluchzen begann.

Kapitel 23

April 1912

Welche Qual und Lust zugleich! Das Schreiben fordert täglich seinen Tribut. Ich messe mich an den Schriften derer, die ich bewundere und verehre, und nicht selten verzage ich.
Frederick und Simon beschwören mich inständig, mich nicht immerfort zu vergleichen, sondern darauf zu schauen, welcher Weg der meine ist. Ich weiß, sie wollen mein Bestes, doch es gelingt mir nicht immer, auf sie zu hören.
Abends sitze ich oftmals über meinen Seiten, lese und lese und zerreiße wenig später entmutigt das, was ich zuvor geschaffen habe. Nicht selten hat Simon meine Arbeiten gerettet, sie sogar aus der Glut hervorgeholt, wenn ich sie voller Zorn in den Kamin geworfen hatte.
Dann wieder gibt es Tage, an denen ich mich luftig und leicht fühle und meine Feder über die Seiten gleitet, als würde sie von Zauberhand geführt. Als diktierte mir jemand die Worte, die Sätze – eine geheime Macht, die von mir Besitz ergreift …

Freitagnachmittag. Mittlerweile hatten wir schon November. Seit Pauls Aufenthalt in Südfrankreich hatte ich nichts anderes getan, als zu arbeiten, mit meiner Schwester zu telefonieren und einmal mit Janneke zu Abend zu essen. Auf diese Weise war ich mit der Biographie gut vorangekommen, was nicht nur meine Lektorin, sondern auch mich selbst zuversichtlich stimmte.
Die Hamburger Jahre, wie Charlotte sie selbst nannte, waren kein besonders ergiebiges Kapitel, da Charlotte ihr Tagebuch und ihre Korrespondenzen zurückgestellt hatte,

um sich voll und ganz auf ihren Roman zu konzentrieren. Inzwischen stand *Freigehege* als Titel fest. Charlotte beschrieb die Utopie eines Frauenlebens um die Jahrhundertwende, in der alle gesellschaftlichen Schranken aufgehoben waren.

Außerdem hatte Charlotte sich entschieden, ihr Werk unter dem Namen Nora Roquette zu veröffentlichen, doch zuvor galt es noch, einen Verlag zu finden.

Hin und wieder schrieb sie über Begegnungen, die sie besonders beeindruckt hatten, oder notierte kleine Ereignisse aus dem Umfeld ihrer Familie. Ihre Besuche auf Amrum und Föhr wurden immer spärlicher, dafür reiste ihre Mutter häufiger nach Hamburg. Erstaunlicherweise mochte Marrett Mommsen den ungestümen, charmanten Simon Broder, der sich mit ebensolcher Besessenheit seiner Malerei widmete wie Charlotte dem Schreiben. Doch es bekümmerte die Mutter, dass er keinerlei Anstalten machte, um die Hand ihrer Tochter anzuhalten und seinen bohemehaften Lebensstil aufzugeben, um eine Familie zu gründen.

Doch Simon Broder war genauso ein Freigeist wie seine Geliebte. Er malte nur, was ihm gefiel, und ließ hin und wieder sogar die Bestellung eines Porträts platzen, weil er mit dem Auftraggeber aneinandergeriet.

»Ich male die Menschen eben, wie ich sie sehe, und nicht, wie sie gesehen werden wollen«, lautete sein Leitspruch, und so geschah es nicht selten, dass er einen Vorschuss zurückzahlen musste.

Charlotte selbst schien dies nicht weiter zu kümmern, hatte sie doch ein regelmäßiges Einkommen im Haushalt der Jansens, auch wenn es vergleichsweise bescheiden ausfiel. Clara und Louise bedurften ihrer Dienste zwar kaum noch, aber mittlerweile war Hans, der jüngste Spross der Reedersfamilie, alt genug, um ebenfalls unterrichtet zu werden.

Die ambitionierte und ehrgeizige Charlotte hatte also weiß Gott anderes zu tun, als darauf zu warten, einen Heiratsantrag zu bekommen.
Würde ich selbst jemals wieder einen solchen Schritt wagen?, fragte ich mich. Könnte ich mit demselben Optimismus erneut den Bund fürs Leben schließen?
Ein flüchtiger Blick auf die Uhr sagte mir, dass es an der Zeit war, den Computer auszuschalten. Ich musste noch einkaufen, bevor Paul nachher mit der letzten Fähre kam.

Als ich voller Vorfreude auf das Wiedersehen mit einer Tüte köstlicher Delikatessen ins Watthuis zurückkam, klingelte das Telefon.
Ich beschloss, den Anrufbeantworter anspringen zu lassen, weil ich ein wenig knapp in der Zeit war. Ich wollte noch in Ruhe baden, Haare waschen und mich in Schale werfen.
»Anna? Bist du da? Bitte nimm ab, es ist dringend!«
Pauls Stimme klang erregt und drohte zu kippen. Ich stürzte zum Telefon und riss es aus der Ladestation.
»Wo bist du?«, fragte ich sorgenvoll.
»Ich bin noch in Marseille. Anna, es ist etwas Schreckliches passiert.«
Mein Herz begann, hart gegen meine Brust zu schlagen.
»Ist alles in Ordnung mit dir? Kann ich irgendetwas tun?«
»Dorothea ist tot!«
Für einen Moment glaubte ich, mich verhört zu haben.
»Sie hatte einen Unfall auf dem Weg zum Flughafen. Ich muss hierbleiben, um die Formalitäten zu regeln und mich mit Nellys Vater in Verbindung setzen.«
»Oh mein Gott«, sagte ich fassungslos. Mehr brachte ich nicht heraus.
»Dorothea war mit dem Produktionsleiter und dessen Assistentin unterwegs zum Flughafen. Die drei sind schon

zwei Stunden früher losgefahren, um noch einen Abstecher nach Lourmarin zu machen. Auf der Landstraße sind sie hinter einer Kurve mit einem Traktor kollidiert. Dorothea und der Fahrer waren auf der Stelle tot, die Assistentin wurde mit schweren Verletzungen per Helikopter nach Marseille ins Krankenhaus geflogen. Ich werde gleich zu ihr gelassen.«

Ich wusste nicht, was ich sagen sollte. Doch alles, was zählte, war, dass es Paul gutging. Nicht auszudenken, wenn er in dem Unfallwagen gesessen hätte!

Dann dachte ich an Dorotheas Tochter.

»Wo ist Nelly jetzt? Kann ich dir irgendetwas abnehmen? Soll ich mit den Behörden sprechen?«

»Danke, das ist lieb, aber ich fürchte, das muss ich selbst tun. Nelly ist momentan bei ihrer besten Freundin Sarah und kann dort bestimmt auch noch bleiben, bis ich ihren Vater erreicht habe. Ich hoffe nur, dass Rainer momentan in Deutschland ist, er ist Auslandskorrespondent.«

Ich versuchte, mich zu beruhigen und tief durchzuatmen. Wenn ich jetzt auch noch die Nerven verlor, war keinem von uns geholfen.

»Hast du seine Handynummer?«

Paul schwieg zunächst.

»Mist, natürlich nicht.«

»Hat Sarahs Mutter sie vielleicht? Kannst du mir sagen, für welchen Sender dieser Rainer arbeitet? Dann recherchiere ich die Nummer, während du die Assistentin besuchst.«

»Danke, das wäre wirklich nett von dir. Ich weiß momentan kaum, was ich zuerst tun soll. Ich gehe jetzt zu Kathrin und melde mich dann wieder bei dir, okay? Rainer arbeitet unter anderem für die ARD, das ist leider alles, was ich weiß.«

»Ich bin gut im Recherchieren, mach dir keine Sorgen. Wofür bin ich schließlich Journalistin! Und – Paul?«

»Ja?«
»Ich liebe dich!«
Hatte ich das jetzt wirklich gesagt? So viele Tage hatte ich es nicht über mich gebracht, meinen Gefühlen Ausdruck zu verleihen, und nun suchte ich mir ausgerechnet diesen Zeitpunkt aus? Für einen Moment war es still in der Leitung.
»Wirklich? Ich weiß gar nicht, was ich sagen soll. Ich danke dir sehr!«
Zehn Minuten später trank ich zur Beruhigung eine Tasse Melissentee und saß wieder vor meinem Rechner. Rainer Volkerts war mit wenigen Google-Klicks ausfindig zu machen. Nach weiteren zehn Minuten war ich im Besitz seiner Telefonnummern. Zum Glück war nicht ich diejenige, die Dorotheas Angehörige verständigen musste. Dorothea … Nun hatte ich sie gar nicht kennenlernen können. Ich wusste weder, wie sie aussah, noch, wie alt sie war.
Geworden war, dachte ich mit einem riesigen Kloß im Hals. Ich fühlte mich schuldig. Noch vor wenigen Tagen war ich so fürchterlich eifersüchtig auf diese Frau gewesen, und nun war sie tot. Und ihre kleine Tochter ab sofort Halbwaise. Würde Rainer Volkerts die Zeit finden, sich um die kleine Nelly zu kümmern? Was für ein Verhältnis hatte er überhaupt zu ihr? War er einer von denen, die lediglich die anfallenden Alimente zahlten, oder jemand, der aktiv Anteil am Leben seiner Tochter nahm?
Es dauerte zwei Stunden, bis Paul sich wieder meldete.
»Und?«, fragte ich atemlos. »Wie geht es Kathrin?«
»Gott sei Dank ganz gut. Sie wird aller Voraussicht nach noch eine Woche im Krankenhaus bleiben müssen, aber sie ist außer Lebensgefahr. Sie hatte das Glück, hinten zu sitzen.«
»Das freut mich«, antwortete ich und gab Paul sowohl die Festnetz- als auch die Mobilnummer von Rainer Volkerts.

»Ich hoffe, du erreichst ihn. Weißt du eigentlich schon, wie lange du in Marseille bleiben wirst?«

»Nachdem Kathrin über dem Berg ist und ihre Eltern auf dem Weg hierher sind, werde ich morgen früh die erste Maschine nach Berlin nehmen. Ob und wann ich dich besuchen kann, muss ich allerdings davon abhängig machen, was mit Nelly ist. Schließlich habe ich als Patenonkel die Verpflichtung, für sie da zu sein, und obendrein die traurige Aufgabe, ihr zu sagen, dass ihre Mutter tot ist.«

Nachdem wir uns verabschiedet hatten, saß ich eine Weile benommen auf der Couch. Erst jetzt, wo ich nichts mehr tun konnte, spürte ich meine Anspannung, merkte, wie sehr mich die schreckliche Nachricht mitgenommen hatte. Ich brauchte dringend jemanden, mit dem ich reden konnte. Dummerweise traf Leona sich in Hamburg gerade zum Abendessen mit Maximilian Degenhardt, bevor sie beide am Samstag in das Konzert gehen wollten. Also wählte ich Jannekes Nummer.

Kurz darauf stand sie, bewaffnet mit einer Flasche Rotwein, vor meiner Tür.

»Lieb von dir«, bedankte ich mich und holte zwei Gläser aus dem Vitrinenschrank. »Hast du Hunger?«

Janneke nickte, und so zauberte ich uns ein Potpourri aus den Leckereien, die ursprünglich für Pauls Besuch gedacht gewesen waren.

»Du hast ja den halben Klabautermann leer gekauft«, lächelte Janneke, und ihre Zahnlücke blitzte. Ich war froh, einen so bodenständigen Menschen an meiner Seite zu haben.

»Aber nun erzähl mal der Reihe nach. Vorhin am Telefon habe ich kaum etwas verstanden.«

Während ich die Ereignisse des heutigen Tages mit bebender Stimme zusammenfasste, hielt ich mein Glas fest umklammert. In meinen Ohren klang das alles immer noch nach einer Geschichte aus dem Fernsehen oder der Boulevardpresse, aber nicht nach etwas, das plötzlich mein eigenes Leben betraf.

»Die arme Kleine«, sagte Janneke tonlos. »Wie furchtbar! Und wie schrecklich für Paul, es ihr sagen zu müssen. Weißt du, ob er mit Dorothea vereinbart hat, im Falle ihres Todes die Vormundschaft für Nelly zu übernehmen?«

Mein Herzschlag setzte für einen Moment aus. Über diese Möglichkeit hatte ich noch gar nicht nachgedacht.

»Ich dachte, so etwas gibt es heutzutage gar nicht mehr …«, begann ich vage, »… sind Paten nicht in erster Linie dafür da, Kinder in ihrer religiösen Entwicklung zu begleiten und ihnen ab und zu ein Scheinchen zuzustecken?«

»Nicht unbedingt. In manchen Fällen erklärt sich der Pate bereit, die Fürsorgepflicht der Eltern zu übernehmen. Dies wird dann allerdings testamentarisch verfügt.«

Ich schluckte. Konnte dies bei Paul der Fall sein?

»Und woher weißt du das?«

»Weil meine Eltern eine solche Verfügung für mich getroffen haben. Ängstlich, wie sie sind, haben sie Bertha Vogler zu meinem nächsten Vormund auserkoren. Doch das ist ja zum Glück hinfällig, schließlich bin ich erwachsen und aus dem Gröbsten raus.« Janneke lächelte.

»Aber das könnte ja bedeuten …«, stotterte ich, »… dass Paul eventuell in Zukunft für Nelly sorgen wird?«

»Was ist denn mit ihrem Vater?«, fragte Janneke, und ich erklärte, dass Rainer Volkerts Auslandskorrespondent war.

»Auf alle Fälle kein Job, der dafür geeignet wäre, ein kleines Mädchen großzuziehen, das vermutlich noch nicht einmal in die Schule geht. Aber sprich erst einmal mit Paul, bevor du dir weiter Gedanken machst!«

Als ich um ein Uhr morgens schließlich todmüde im Bett

lag, hatte ich in einem weiteren Telefonat von Paul erfahren, dass er sich aller Wahrscheinlichkeit nach tatsächlich um Nelly kümmern würde. Auch Dorothea war eine ängstliche oder vielmehr umsichtige Mutter gewesen und hatte testamentarisch verfügt, dass ihre Tochter nach ihrem Tod von dem Mann erzogen werden würde, der ihr am nächsten stand: Und das war Paul.

Kapitel 24

Samstagmorgen erwachte ich schweißgebadet. Ich hatte geträumt, neben Paul in einem offenen Jeep zu sitzen und über eine Steilkante in den Abgrund zu stürzen. Kurz bevor ich in die Tiefe gerissen wurde, sah ich ein kleines blondes Mädchen am Abgrund stehen und winken. Das Mädchen hatte Tränen in den Augen.

Energisch schlug ich die Daunendecke beiseite, stieg aus dem Bett und öffnete das Fenster. Salzige Meeresluft durchflutete meine Lungen, und allmählich fand ich in die Realität zurück.

Draußen schien die Sonne so strahlend wie schon lange nicht mehr. Spontan beschloss ich, mir den heutigen Tag freizunehmen und wandern zu gehen. Ursprünglich hatte ich ja sowieso geplant, meine Zeit mit Paul zu verbringen.

Wind, Wellen, Meer – vielleicht würde ich in der Natur eine Antwort auf die Frage finden, die sich immer wieder in mein Bewusstsein drängte: Warum? Warum musste eine junge Frau sterben und dadurch ein kleines Mädchen zur Halbwaise werden? Was hatten Menschen getan, dass ihnen so ein furchtbares Unglück widerfuhr?

Wütend stapfte ich über den hellen Kniepsand, der mich im Schein der Sonne blendete. Dummerweise hatte ich nicht daran gedacht, meine Sonnenbrille mitzunehmen.

Unter meinen Füßen knackten Muscheln, tote Krebse und hin und wieder eine Glasscheibe. Außer mir war weit und breit kein Mensch zu sehen. Es schien, als sei ich ganz allein auf der Welt.

Ich dachte an Paul und daran, dass er Nelly um halb vier

abholen würde. Er hatte mit Sarahs Mutter besprochen, dass er ihr zunächst noch nichts von Dorotheas Unfall sagte, sondern lediglich so tat, als wolle er die Kleine zu einem spontanen Ausflug abholen. Wie schwer ihm das alles fallen musste, konnte ich nur erahnen.

Am Himmel zogen Möwen laut kreischend ihre Kreise und stießen immer wieder ins Wasser, um ihre Beute zu packen. Ab und zu näherte sich mir ein Vogel, vermutlich um gefüttert zu werden. Doch meine Gedanken waren weit weg bei Nelly. Ich musste immer wieder daran denken, dass sie in Zukunft bei Paul leben würde. Vergangene Nacht hatte ich erfahren, dass Rainer Volkerts kaum nach seiner Tochter fragte oder sie besuchte. Zum Glück war Nelly noch zu klein, um das Desinteresse ihres Vaters wirklich zu bemerken oder als schmerzhaft zu empfinden.

»War die Schwangerschaft ein Unfall?«, hatte ich gefragt, weil ich wusste, wie sehr Dorothea sich eine Familie gewünscht hatte. Pauls zögerlicher Antwort entnahm ich, dass sie ihre Chance, Mutter zu werden, genutzt hatte, und zwar ohne Rainer Volkerts' Zustimmung abzuwarten. Dieser hatte sich wenig begeistert gezeigt und deutlich gemacht, dass er allenfalls zu regelmäßigen Zahlungen bereit war. Alles andere müsse Dorothea alleine bewältigen.

Damit war meiner Ansicht nach schon jetzt klar, dass Paul seiner Fürsorgepflicht als Patenonkel nachkommen würde. Doch auch er hatte einen Beruf, der ihn häufig aus Berlin wegführte. Wie wollte er das schaffen?

Wer würde sich darum kümmern, Nelly einzuschulen, ihr bei den Hausaufgaben zu helfen, ihre Tränen zu trocknen, ihr abends vorzulesen? Bei dem Gedanken daran, welch großer Kummer ihr bevorstand, begann ich zu weinen, und mir wurde schwindelig. All die traurigen Geschehnisse, mit denen ich in meinem Leben konfrontiert gewesen war, wirbelten durch meinen Kopf: meine Entscheidung, Lina zur Adoption freizugeben, die kleine Lynn, die nach Charlottes Tod allein in der Welt stand, Nelly, Leonas Kinder, die mit der Scheidung ihrer Eltern klarkommen mussten.

Ich setzte mich in den Sand und versuchte, gleichmäßig zu atmen und mich daran zu erinnern, wie ich früher meine Panikattacken in den Griff bekommen hatte. Ich atmete mehrmals tief in den Bauch hinein, hielt die Luft an und stieß sie durch den offenen Mund wieder aus. Nach einer Weile verlangsamte sich mein Puls, und der Druck auf meiner Brust ließ nach.

Denk an etwas Schönes!, redete ich mir gut zu und stand auf. Trotz des sonnigen Wetters war der Sand kalt und klamm, ich wollte keine Blasenentzündung riskieren.

Meine Augen suchten den Horizont ab, um mich zu orientieren, denn ich war eine ganze Weile ziellos umhergegangen, ohne darauf zu achten, wo ich mich befand.

Ich war erleichtert, als ich die kleine Tannengruppe entdeckte, die das Nieblumhuis umgab. Wäre Maximilian Degenhardt nicht in Hamburg gewesen, hätte ich ihn gefragt, ob ich eine Tasse Tee bei ihm trinken durfte. So oder so – irgendetwas zog mich zu der Kate, in der Charlotte einst gewohnt hatte.

Zum zweiten Mal, seit ich auf Amrum war, öffnete ich die knarrende Pforte, betrachtete die Gedenktafel und las die Inschrift: *Gott sei ihrer armen Seele gnädig!*

Während ich unschlüssig von einem Fuß auf den anderen trat, hörte ich plötzlich ein Maunzen. Ich sah mich verwundert um, denn soweit ich wusste, hatte Herr Degenhardt keine Katze. Wieder ertönte der klägliche Laut, und zwar aus der hinteren Ecke des Gartens, in der der Schuppen stand. Ich rief: »Tssstssstsss!«, wie ich als Kind nach meiner Katze Mimi gerufen hatte, ehe Leona eine Allergie entwickelt hatte und ich Mimi weggeben musste. »Tsssstssstssss. Kätzchen, komm zu mir«, rief ich lockend und hatte Erfolg. Eine winzige, rot-weiß getigerte Katze kroch aus dem Gebüsch, tapste auf mich zu und rieb ihren Kopf an meinem Knöchel.

»Du bist ja hübsch«, sagte ich zärtlich, während das Tier wohlig schnurrte. Sein Fell war flaumweich, und ich verliebte mich auf der Stelle. »Wie heißt du denn und wem gehörst du?«

Dann knackte es in einem der Bäume, ein großer Vogel erhob sich und flatterte in den Himmel. Das Kätzchen erschrak und stob Richtung Schuppen davon. Eine Minute später war es wie vom Erdboden verschluckt.

»Kätzchen, wo bist du?«, rief ich erneut und ging in Richtung Holztür. Ob Maximilian Degenhardt dort eine Klappe angebracht hatte? Zu meiner Verwunderung stellte ich fest, dass die Tür einen kleinen Spalt offen stand. Vielleicht gehörte die Katze doch Herrn Degenhardt? Vorsichtig öffnete ich die schwere Holztür, um sie nicht noch mehr zu erschrecken. Drinnen war es stockfinster, und ich konnte kaum etwas erkennen. Keine Spur von der Sonne, die gerade schräg hinter den Tannenwipfeln verschwand. Meine Augen versuchten, sich an das Dunkel zu gewöhnen, und immer noch rief ich mit schmeichelnder Stimme nach der kleinen Katze.

Mein Fuß stieß hart gegen einen sperrigen Gegenstand, der in Blisterfolie verpackt war, und ich fuhr zusammen. Hier musste doch irgendwo ein Lichtschalter sein! Langsam tastete ich die Wand ab und wurde schließlich fündig. Als eine Neonröhre nach der anderen aufflackerte, traute ich meinen Augen kaum: Der Schuppen war voll mit großen, flachen Paketen, alle in derselben Folie verpackt, mit braunem Paketband verklebt und mit Nummern versehen.

Für mich bestand kein Zweifel: Das mussten die Gegenstände sein, die Maximilian Degenhardt im Keller des Antiquariats aufbewahrt hatte. Der Raum duftete nach Farbe, der Boden war frisch betoniert. Offenbar hatte mein Vermieter den Schuppen noch herrichten lassen, bevor seine geheimnisvollen Besitztümer angeliefert worden waren.
Mein Herz pochte wieder wie wild, und die Neugier brachte mich beinahe um.
Was war in diesen Paketen? Ob ich eines öffnen sollte?
Der Zufall kam mir zur Hilfe. Auf einem Tisch an der gegenüberliegenden Wand lag ein Teppichmesser, das das Kätzchen mit seinen Pfoten traktierte und beinahe zu Boden befördert hätte.
»Hey, meine Süße, Vorsicht«, sagte ich mahnend und nahm das Messer an mich.
Dann begann ich eines der Pakete zu bearbeiten, das etwas weiter hinten im Raum stand. Hier würde Maximilian Degenhardt es zumindest nicht sofort entdecken.
Ich schlitzte die Folie vorsichtig an der Seite auf und arbeitete mich schwer atmend Zentimeter für Zentimeter vor.
Nach einer halben Ewigkeit hatte ich es endlich geschafft, einen Teil des Paketinhalts freizulegen. Wie ich aufgrund der ausladenden, rechteckigen Form vermutet hatte, befand sich ein Bild darin. Ein Ölgemälde in satten, leuchtenden Farben.
Sammelte Herr Degenhardt Kunst? Und wenn ja, weshalb hängte er die Bilder nicht auf, anstatt sie fest verschnürt in einem Schuppen aufzubewahren? Abgesehen davon, dass sie hier nie jemand zu Gesicht bekam, konnte ich mir nicht vorstellen, dass eine Versicherung diesen Ort guthieß. Der Raum war zwar trocken, aber für potenzielle Diebe keine besonders große Hürde.
In diesem Moment keimte in mir ein schier ungeheuerli-

cher Verdacht: War Maximilian Degenhardt vielleicht ein Kunstdieb, oder bewahrte er Hehlerware für Kunstdiebe auf? Das konnte eine Erklärung dafür sein, weshalb er trotz seiner eher ärmlichen Lebensweise und den bescheidenen Mieteinnahmen immer flüssig zu sein schien. Schließlich nächtigte er gerade im Atlantic, einem der teuersten Hotels Hamburgs. Je länger ich darüber nachdachte, desto plausibler erschien mir die Erklärung. Ja, das passte alles zusammen: Herr Degenhardt gab vor, hier auf Amrum das Leben eines Eremiten zu führen. Sein Name tauchte nirgends auf, auch nicht als Eigentümer des Watthuis'. Erst neulich, als sich das Techtelmechtel mit Leona anbahnte, hatte ich seinen Namen gegoogelt und keinen einzigen Eintrag gefunden. Und das in dieser global vernetzten Zeit!

Ich bekam Gänsehaut beim Gedanken daran, dass meine Schwester gerade arglos mit ihm in einem Museum herumspazierte und später noch ins Konzert gehen wollte. Ich musste sie unbedingt von meinem Verdacht unterrichten.

Während ich versuchte, das Paket wieder möglichst unauffällig zu verpacken, spielte die kleine Katze mit den Schnürsenkeln meiner Wanderschuhe und schnurrte zufrieden. Ich hätte sie am liebsten in meine Jackentasche gepackt und mit ins Watthuis genommen, allein schon, um sie zu füttern. Doch wenig später entdeckte ich auf der schmalen Holzveranda des Nieblumhuis' eine Schale Wasser und einen Fressnapf, der noch gut gefüllt war.

»Schade, jetzt habe ich definitiv keinen Grund mehr, dich zu entführen«, sagte ich traurig. Dem Kätzchen schien die Trennung ebenso schwerzufallen. Es tappte mir quer durch den Garten hinterher und blieb erst stehen, als ich die Pforte schloss. Es maunzte noch einmal vernehmlich und blickte mir nach, während ich mich mit energischen Schritten auf den Rückweg machte.

Vielleicht konnte ich mir eine Katze aus dem Tierheim holen, wenn ich wieder in Hamburg war. Bernd war wie meine Schwester allergisch gewesen und mochte sowieso lieber Hunde. Aber darauf brauchte ich ja keine Rücksicht mehr zu nehmen. Ein gutes Gefühl!
Ob Paul wohl Katzen mochte?

Kapitel 25

»Klar, komm vorbei! Ich bin daheim«, sagte Janneke, als ich sie per Handy anrief, um einen Abstecher zu ihrer Wohnung in die Strandstraße zu machen. Ich brauchte mal wieder jemanden zum Reden.

Als ich an ihrer Tür läutete, fiel mir auf, dass ich noch nie bei ihr zu Hause gewesen war. Bislang hatten wir uns immer bei mir getroffen oder waren in ein Café gegangen.

»Willkommen in meiner kleinen Butze«, begrüßte sie mich fröhlich. Neugierig sah ich mich um. Die Wohnung, oder vielmehr das Zimmer, war wirklich überschaubar. Maximal fünfundzwanzig Quadratmeter.

»Immerhin habe ich eine Herdplatte«, sagte Janneke augenzwinkernd, als sie mir den kleinen, abgetrennten Raum zeigte, in dem sich auch ein Kühlschrank und eine Spüle befanden.

»Seit wann wohnst du hier?«, fragte ich, interessiert zu erfahren, wie lange man sich so stark einschränken konnte.

»Seit etwa vier, fünf Jahren. Am Anfang hat es mir nichts ausgemacht, weil ich stolz darauf war, mein eigenes Reich zu haben, aber so allmählich denke ich daran, umzuziehen. Schließlich hält mich nach der Trennung von Peer nicht mehr viel auf Amrum, außer meiner Familie natürlich. Obwohl ich die auch nicht jeden Tag sehe.«

»Du willst die Insel verlassen?«

»Ich habe noch keinen konkreten Plan, aber ich liebäugle mit ein paar Ideen. Die letzten Tage habe ich viel im Internet recherchiert und mir Gedanken darüber gemacht, wie ich mich verändern könnte.«

Auf dem kleinen Tisch neben unseren Teebechern stand Jannekes schicker, pinkfarbener Laptop.

»Momentan schwanke ich zwischen einem Modedesign-Studium und einer Ausbildung als Archivarin.«

Ich war erstaunt, konnte mir jedoch beides gut vorstellen. Janneke war kreativ und außerdem gut im Organisieren. Eine seltene Kombination.

»Die Arbeit bei Frau Ingwersen hat mir so großen Spaß gemacht, dass ich in diese Richtung recherchiert habe. In Zukunft heißt es also entweder Mode in Berlin oder Staatsarchiv in München! Aber was hast du vorhin am Telefon angedeutet? Wie kommst du darauf, Maximilian so etwas Ungeheuerliches vorzuwerfen?«

Ich schilderte ihr in den buchstäblich leuchtendsten Farben, was ich im Schuppen des Nieblumhuis' entdeckt hatte.

»Mann, Mann, Anna. Glaubst du das wirklich? Hast du nicht genug mit deinem Buch und Paul zu tun? Jetzt spionierst du auch noch dem armen Maximilian hinterher. Wovor läufst du weg?«

Ich schluckte schwer. Wahrscheinlich stimmte das, was Janneke sagte, und ich stürzte mich auf diesen vermeintlichen Nebenschauplatz, um nicht darüber nachdenken zu müssen, dass Pauls neue Vaterrolle unsere Beziehung womöglich schneller beendete, als sie begonnen hatte.

Janneke hörte geduldig zu, als ich ihr wortreich beschrieb, wie Pauls Leben in Zukunft aussehen würde, ich erzählte ihr von meiner Befürchtung, dass es darin vielleicht keinen Platz mehr für mich geben würde.

»Malst du nicht den Teufel an die Wand? Noch ist überhaupt nichts passiert, was deine Theorie untermauern würde. Vielleicht will Nellys Vater sich doch um seine Tochter kümmern. Oder diese Dorothea hat eine Mutter oder eine

Schwester, von deren Existenz du noch gar nichts weißt. Außerdem, bei allem Verständnis für deine Situation, steht nicht momentan das Wohl dieses Kindes an erster Stelle, und solltest du Paul nicht nach besten Kräften unterstützen?«

Wieder musste ich schlucken. Janneke verstand es wirklich, ihren Finger genau in meine Wunden zu legen. Natürlich waren meine Ängste ziemlich egoistisch. Aber schließlich hatte ich schon eine schmerzhafte Trennung hinter mir, ein zweites Mal konnte ich darauf verzichten.

»Hast du mal darüber nachgedacht, dass es auch schön sein könnte, sich gemeinsam mit Paul um die Kleine zu kümmern? Immerhin liebt ihr euch und wollt zusammenbleiben, oder nicht?«

Janneke hatte leicht reden. Hatte ich mein eigenes Fleisch und Blut weggegeben, um nun das Kind einer anderen Frau großzuziehen? War das nicht eine ganz und gar verkehrte Welt? Um nicht in eine neue Diskussion verwickelt zu werden, schwieg ich. Ich war noch nicht bereit, Janneke das Geheimnis von der Adoption zu offenbaren.

»Aber was Maximilian betrifft, der Mann gibt zwar gern den Geheimnisvollen, aber das ist zum großen Teil nur Show. Womit er sein Geld verdient, weiß ich zwar nicht, doch das geht uns auch nichts an, genauso wenig übrigens wie die Sachen, die er in seinem Schuppen aufbewahrt. Du würdest es auch nicht witzig finden, wenn jemand in deinen Texten herumschnüffelt. Also lass den armen Mann lieber in Ruhe.«

Ich nickte. Janneke hatte recht. Wieder wunderte ich mich, wie erwachsen sie war, auch wenn ihr Äußeres und ihre flapsige Art das gar nicht vermuten ließen.

»In Ordnung, versprochen«, antwortete ich. »Und du versprichst mir, dass du mich wegen deiner Berufs- und Umzugspläne auf dem Laufenden hältst. Ich finde ja, du hast ein Händchen für Mode!«

»Gern. Kann ich bei euch wohnen, wenn ich in Berlin studiere?« Janneke lachte, als sie meinen Gesichtsausdruck sah. »Nun guck nicht wie ein Auto! Das war nur ein Scherz! Verstehst du denn gar keinen Spaß mehr?«

Jannekes Worte hallten noch in meinen Ohren nach, als ich abends wieder im Watthuis ankam. Die Stunden mit ihr waren wie im Flug vergangen, und dank ihrer optimistischen Art hatte ich meine Sorgen für kurze Zeit vergessen können.

Doch trotz ihrer Ermahnung ließ mich mein neu erwachter kriminalistischer Spürsinn nicht in Ruhe. Natürlich war meine Vermutung mehr als abstrus. Amrum eignete sich nun wirklich nicht als Herzstück eines internationalen Kunstschmugglerrings.

Oder doch? Ich überlegte. Was gab es sonst noch für Möglichkeiten? Waren die Bilder am Ende eine Fälschung?

War Maximilian Degenhardt vielleicht ein geschickter Plagiator und belieferte Händler, die seine Bilder mit Hilfe von getürkten Expertisen an Sammler verkauften?

Zu dumm, dass ich kaum etwas von dem verpackten Gemälde hatte sehen können. Stilistisch hatte es mich auf den ersten Blick an die Arbeiten der Gruppe 56 erinnert, einer Vereinigung von Künstlern, die sich nach dem Ende der Pop-Art-Ära dem Pluralismus verschrieben hatten. Demnach wäre das Bild entweder in den sechziger Jahren entstanden, oder Maximilian Degenhardt hatte die Stilrichtung geschickt imitiert. Ich dachte daran, dass im Nieblumhuis kein einziges Bild hing, ungewöhnlich für einen Menschen, der sich so gut mit Musik und Literatur auskannte.

Ich verwarf meine Theorie wieder. Es sah eher danach aus,

als hätte Herr Degenhardt selbst nicht viel mit den Werken zu tun. Vielleicht bewahrte er sie nur für jemanden auf. Doch für wen? Wie gern hätte ich jetzt mit Paul gesprochen und ihm von meiner Entdeckung erzählt. Doch das Letzte, was er jetzt gebrauchen konnte, waren Räuberpistolen. Im Moment sollte er sich lieber ganz auf Nelly konzentrieren.
Um mich abzulenken, beschloss ich, noch ein wenig zu arbeiten. Das Schreiben war mir in den vergangenen Tagen so gut von der Hand gegangen, dass es schade gewesen wäre, nun eine Pause einzulegen. Also fuhr ich meinen Computer hoch und checkte zunächst meine E-Mails.
Ich fand eine Nachricht meiner Lektorin vor, in der sie fragte, ob ich mir vorstellen könnte, weitere Biographien für den Verlag zu schreiben. Momentan war sie auf der Suche nach jemandem, der eine Anthologie über zeitgenössische Musikerinnen herausgeben und selbst einige Beiträge dazu verfassen könnte.
Der Vorschlag gefiel mir. In den letzten Wochen hatte ich mehrmals darüber nachgedacht, mich neben meiner Arbeit als Journalistin verstärkt dem Schreiben von Büchern zuzuwenden. Da ich keinen allzu großen Spaß an Sitzungen hatte, in denen sich eitle Redakteure produzierten und versuchten, sich gegenseitig auszustechen, erschien mir die Aussicht verlockend, als freie Buchautorin zu arbeiten.
Ich könnte auf Amrum bleiben, schoss es mir durch den Kopf. Ich würde nur gelegentlich nach Hamburg fahren, um meine Lektorin zu treffen, und natürlich, um Leona und die Kinder zu besuchen.
Mit dem Geld, das mir durch den Verkauf der Ferienwohnung an der Ostsee zustand, konnte ich vielleicht sogar eine Anzahlung auf ein Häuschen leisten.
Neugierig recherchierte ich auf den Seiten der einschlägigen Maklerportale, wie teuer die Amrumer Immobilien

waren. Auf den ersten Blick sah es aus, als sei die Idee gar nicht so utopisch. Doch vielleicht sollte ich für den Anfang erst einmal etwas mieten, um zu prüfen, ob ich mich hier längerfristig wohl fühlen würde. Zumal Janneke, die mir sehr ans Herz gewachsen war, gerade daran dachte, Amrum zu verlassen.

Du vergisst Paul, sagte eine innere Stimme. Hast du ihn denn innerlich schon so abgeschrieben, dass du ein Leben ohne ihn planst?

Für ihn als Fotografen war Amrum auf Dauer keine Option. Im Gegensatz zu Sylt, das auch mit dem Flugzeug erreichbar war, waren wir hier weitab vom Schuss. Allein die Fahrtzeit mit der Fähre dauerte viel zu lang für jemanden, der beruflich so viel unterwegs war. Es gab sogar Tage, besonders im Herbst und Winter, an denen der Fährverkehr ganz eingestellt wurde, wenn die Witterungsverhältnisse dies erforderten. Nein, für Paul war Amrum als Wohnsitz leider denkbar ungeeignet.

Kapitel 26

»Na, wie war euer Konzert?«, fragte ich, als Leona Sonntagabend anrief, um mir von ihrem Wochenende mit Maximilian zu berichten.

Ich hatte den ganzen Tag an meinem Buch gearbeitet und war nur einmal kurz ins Hüttmannseck gegangen, um einen Kaffee zu trinken. Ich schmunzelte, als ich die Touristen beobachtete, die mit ihren dicken Wanderstiefeln nach einem langen Spaziergang am Strand in das Hotelcafé strömten, um sich dort aufzuwärmen. Ja, ich fühlte mich wirklich schon wie eine Einheimische.

»Es war wunderschön«, schwärmte Leona und klang so vergnügt wie schon lange nicht mehr. »Keine Ahnung, weshalb die Bratsche landläufig als das langweiligste aller Streichinstrumente gilt. Ich halte das für ausgemachten Quatsch, verzapft von Musikbanausen, die es nicht besser wissen.«

»Oder von eitlen Musikredakteuren, die sich in der Rolle des herablassenden Kritikers gefallen«, entgegnete ich. Ich selbst hörte die tief gestimmte Bratsche auch sehr gern. Außerdem hatte ich ein Faible für Komponisten, die ihre Stücke für die Viola geschrieben hatten, auch wenn diese allesamt eher melancholisch ausfielen.

»Hat es Maximilian denn auch gefallen?«, wollte ich wissen.

»Ja, er war schwer beeindruckt. Wir haben stundenlang über Musik gefachsimpelt. Wirklich erstaunlich, was er alles weiß. Man könnte meinen, er habe irgendwas in dieser Richtung studiert.«

Ich wurde hellhörig. Vielleicht konnte Leona mir endlich Näheres über Herrn Degenhardt erzählen.

»Weißt du eigentlich, womit er vor seiner Amrumer Zeit sein Geld verdient hat?«, fragte ich beiläufig.

»Tut mir leid, Schwesterchen, aber das kann ich dir nicht sagen. Maximilian ist äußerst verschwiegen, wenn es um seine Vergangenheit geht. Ich weiß nur, dass er sich in Berlin in Künstlerkreisen aufgehalten hat. Aber er blockt jede Frage ab, und ich akzeptiere das. Eines würde mich allerdings brennend interessieren: Angeblich erinnere ich ihn an eine Frau aus Berlin, die ihm offenbar viel bedeutet hat. Ich wüsste zu gern, wer das war!«

»Seine Frau vielleicht? War er mal verheiratet?«

»Ich habe wirklich keine Ahnung. Ehrlich, Anna, ich würde es dir sagen, wenn ich es wüsste. Ich weiß doch, wie neugierig du bist. Aber bevor du aus allen Nähten platzt, nein, ich habe nichts mit Maximilian gehabt und werde auch niemals etwas mit ihm anfangen!«

Ich war erleichtert, dies zu hören.

»Wir genießen es, zusammen zu sein, zu reden, zu lachen. Wir profitieren beide davon, und dafür bin ich dankbar. Und wie steht es bei dir? Kommst du mit deinem Buch voran?«

Ich erzählte von dem Angebot meiner Lektorin und dass ich mit dem Gedanken liebäugelte, nach Amrum umzuziehen.

»Das ist jetzt nicht dein Ernst?«, protestierte Leona und klang ehrlich empört. »Was willst du denn auf einer Insel, die so weitab vom Schuss ist? Hast du vor, dich noch mehr einzuigeln? Was sagt Paul denn zu dieser Schnapsidee?«

Nun kam ich nicht mehr umhin, Leona die traurige Geschichte von Dorotheas Unfall zu erzählen.

»Oh mein Gott …«, wisperte sie, nachdem sie ihre Sprache wiedergefunden hatte. »Die arme Frau. Das arme Kind. Wer kümmert sich denn jetzt um sie?«

Ich erklärte Leona, dass Paul zu Nellys Vormund bestimmt worden war. Wir spekulierten noch eine Weile über die möglichen Folgen, kamen aber zu keinem schlüssigen Ergebnis. Ich würde abwarten müssen, wie sich die Dinge entwickelten.

»Apropos, wann hast du vor, den Kindern zu sagen, dass ihr euch scheiden lasst?«, fragte ich vorsichtig.

»Morgen Abend. Christian kommt zum Essen vorbei. Ich koche Lasagne, und er hat die Aufgabe, ihnen schonend beizubringen, dass er jetzt eine andere liebt und wieder heiraten will. Und dass sie bald ein Halbgeschwisterchen bekommen.«

Ich glaubte, mich verhört zu haben.

»Kristina Ohlsen ist schwanger?! Davon hast du mir noch gar nichts gesagt!«

»Ich weiß es selbst erst seit einigen Stunden. Christian hat es mir erzählt, als wir darüber sprachen, wie wir morgen am besten vorgehen. Er plädiert für die ehrliche, schonungslose Variante.«

»Leona, das muss ja furchtbar für dich sein. Es tut mir so leid, dass ausgerechnet dir so etwas passiert. Also ehrlich, musste Christian seine neue Flamme denn gleich schwängern? Er hätte doch vorher wenigstens fünf Sekunden darüber nachdenken können, was eigentlich zwischen euch schiefgelaufen ist!«

»Tja, ich fürchte, ich bin nicht die erste Frau, der so etwas passiert. Das hört man doch andauernd. Männer in der Midlife-Crisis, die sich beweisen müssen, was sie noch alles draufhaben. Frauen um die vierzig, die sich schnell noch jemanden schnappen, um sich ihren Kinderwunsch zu erfüllen, bevor es endgültig zu spät ist. Und mal ehrlich, wie viele Männer kennst du, die sich nach einer Trennung eine echte Auszeit nehmen, um darüber nachzudenken, was falsch gelaufen ist, hm?«

Leona hatte recht.
»Ich weiß wirklich nicht, was ich dazu noch sagen soll. Es tut mir so leid, dass ich dich jetzt nicht in den Arm nehmen kann. Soll ich nach Hamburg kommen? Würde es dir helfen, wenn ich morgen Abend dabei wäre?«
»Danke, das ist wirklich nett, aber das schaffe ich schon alleine. Bleib du mal, wo du bist. Wer weiß, vielleicht braucht dich Paul bald in Berlin. Außerdem musst du an deinen Abgabetermin denken, der ist auch wichtig! Ich bin gar nicht so verzweifelt, wie man meinen könnte, eher wütend. Wütend darüber, dass ich all die Jahre nicht kapieren wollte, wie egoistisch Christian ist. Seine heißgeliebte Kristina hat keine Ahnung, was da auf sie zukommt. Bald wird sie zwei Kinder haben, ihr eigenes und Christian. Und darum beneide ich sie ehrlich gesagt nicht.«
Ich musste wider Willen lachen. Meine Schwester brachte die Situation wunderbar auf den Punkt.
»Ich will jetzt einfach nur den morgigen Abend hinter mich bringen, mir die Kinder schnappen und für den Rest der Woche mit ihnen wegfahren. Ich habe schon mit den Lehrern gesprochen, und angesichts der besonderen Situation und ihrer relativ guten Zensuren habe ich eine Sondergenehmigung bekommen, obwohl ja gerade erst Herbstferien waren.«
»Wo wollt ihr denn hin? Momentan ist es doch überall trist, öde und kalt.«
»Aber nicht auf Fuerteventura! Dort haben sie momentan fünfundzwanzig Grad! Ich kann es kaum erwarten, meinen Bikini anzuziehen und in die Wellen zu hüpfen. Und was glaubst du erst, wie die Kinder sich freuen werden.«
Als ich den Hörer aufgelegt hatte, ging ich nachdenklich im Wohnzimmer auf und ab. Meine Schwester hatte die Situation offenbar bestens im Griff. Ich war froh, dass sie

nicht in Depressionen versank, sondern das Leben mit beiden Händen anpackte. Weshalb nur fehlte mir diese Gabe? Warum hatte ich immer so viel Angst vor der Zukunft?
An meiner Stelle wäre Leona bestimmt in den nächsten Zug gestiegen und hätte sich mit Paul um Nelly gekümmert. Sollte ich vielleicht genau das tun? Andererseits kannte mich das Mädchen nicht, und ich wollte sie nicht noch mehr verstören. Eine neue Bezugsperson reichte ihr wahrscheinlich fürs Erste.
Ich beschloss, ein entspannendes Bad zu nehmen. Doch als ich den Hahn aufdrehte, kam nur rostiges, kaltes Geblubber aus der Leitung, bis die Wasserzufuhr irgendwann endgültig versiegte.
Gut, dass ich noch nicht in der Wanne sitze und mir gerade die Haare shampooniert habe, dachte ich, als ich Martha Hansens Nummer wählte.
»Sie haben aber auch wirklich Pech mit dem Watthuis«, entschuldigte sie sich und versprach, sofort mit ihrem Mann vorbeizukommen.
Und so stand das Ehepaar kurz darauf vor meiner Tür, mit Rotwein und selbstgemachtem Käsegebäck im Arm.
»Als kleine Entschuldigung für die erneute Unannehmlichkeit«, erklärte Martha Hansen.
Während Heiner Hansen erst im Badezimmer und dann im Keller ans Werk ging, setzten wir uns auf die Couch und entkorkten die Flasche. Ich war froh über den unerwarteten Besuch.
»Besitzt Herr Degenhardt eigentlich noch andere Häuser auf der Insel, oder ist das Watthuis sein einziges?«, fragte ich, nachdem wir einander zugeprostet hatten.
Frau Hansen zögerte einen Moment. »Er besitzt insgesamt fünf. Das Watthuis hat er erst vor einem Jahr gekauft. Alle anderen Objekte gehören ihm schon länger.«

»Und wo stehen die anderen Häuser? Alle hier in Norddorf?«
»Nein, eines ist in Wittdün, zwei in Nebel, eines in Süddorf und eines hier in Norddorf.«
Ich war beeindruckt. Demnach war Maximilian Degenhardt so etwas wie ein Immobilien-Tycoon.
»Oh …«, sagte ich. »Dann haben Sie mit den Vermietungen ganz schön was zu tun!«
»Ja, das kann man wohl sagen«, lachte sie. »Aber nicht jeder hat das Pech, dass während seines Aufenthaltes die Heizung, das Telefon und dann auch noch das Wasser ausfällt. Das ist schon ein ziemlicher Zufall!«
»Dann bezieht Herr Degenhardt seine Einnahmen also überwiegend aus der Vermietung von Ferienhäusern«, pirschte ich mich vorsichtig an mein neues Lieblingsthema heran.
»Auf alle Fälle ist er nicht in Kunstdiebstahl verwickelt«, scherzte Martha Hansen, und ich wurde verlegen. Janneke hatte offensichtlich geplaudert.
»Kein Wunder, dass Sie schreiben. Sie haben anscheinend jede Menge Phantasie. Vielleicht könnten Sie ja ins Spannungsfach wechseln, ich liebe Krimis und Thriller. Je gruseliger und blutiger, desto besser!«
In diesem Moment betrat ihr Mann das Wohnzimmer.
»Sie müssten mal unsere Bücherregale sehen!«, meinte er zustimmend und lachte. »Die quellen über von dem ganzen Mist. Also, wenn Sie mich fragen, ich halte nichts davon. Gibt es nicht schon genug Mord und Totschlag auf der Welt? Muss man dann auch noch abends im Bett einen Krimi lesen? Komm, Martha, min Deern. Lass uns gehen! Frau Bergman ist bestimmt froh, wenn sie uns los ist. Und das Wasser läuft auch wieder.«
»Wollen Sie denn nicht noch einen Moment bleiben

und ein Glas Wein mit mir trinken?«, fragte ich eilig. Doch mein Protest nützte nichts. Herr Hansen wollte nach Hause.

So war ich ein paar Minuten später wieder allein mit meinen Gedanken.

Ich ging nach oben ins Arbeitszimmer, fuhr den Computer hoch und gab bei Google die Suchbegriffe »Amrum«, »Ferienhaus« und »Martha Hansen« ein, und schon hatte ich einen wunderbaren Überblick über Herrn Degenhardts Immobilienbesitz, auch wenn sein Name nirgends auftauchte. Die Feriendomizile waren allesamt geschmackvoll eingerichtet, geräumig und wunderschön gelegen.

Besonders eines hatte es mir angetan: das Haus Kletterrose in Nebel. Es hatte, genau wie das Watthuis, einen Blick auf das Wattenmeer und war auf sechs bis acht Personen ausgerichtet.

Da ich noch nicht müde war, beschloss ich spontan, mich auf das Fahrrad zu schwingen und dorthin zu radeln. Der Rotwein wärmte, und die Neugier trieb mich an.

Bald darauf stand ich vor der Kletterrose, die ich bei der schwachen Beleuchtung der Inselwege nur mit Mühe gefunden hatte. Da die Vorhänge im Erdgeschoss noch geöffnet waren, konnte ich einen Blick in das Innere werfen und sah eine Familie, die sich um einen großen Esstisch versammelt hatte und irgendein Spiel spielte. Ich lehnte mein Rad an eine Mülltonne, die am Wegrand stand, und schlich mich an das Haus heran. Hoffentlich sah mich keiner.

Der idyllische Anblick schmerzte mich. Genau davon hatte ich immer geträumt. Eine intakte Großfamilie, die nach einem gemeinsamen Abendessen zusammensaß, bevor die Kleinsten ins Bett mussten. Ohne dass ich etwas dagegen tun konnte, begann ich zu weinen und musste mich beherrschen, nicht lautstark aufzuschluchzen. Irgendwo auf dieser Welt saß auch meine Tochter beim Abendessen. Sie war mittlerweile siebenundzwanzig Jahre alt und hatte vielleicht inzwischen selbst Familie. Doch so wie die Dinge momentan lagen, würde ich wohl nie erfahren, wie es Lina ging und ob sie glücklich war.

Kapitel 27

Februar 1913

Heute ist der schönste Tag meines Lebens, denn ich habe eine wundervolle Nachricht erhalten.

Vor zwei Wochen habe ich meinen Roman an Frederick Thomsen, einen renommierten Literaturwissenschaftler, übergeben, der seit längerem meine Texte für den Simplicissimus verfolgt. Professor Thomsen lehrt an der Humboldt-Universität in Berlin, und ich bin froh, meinen Roman in den Händen eines so klugen und gebildeten Mannes zu wissen. Natürlich habe ich die vergangenen Tage in hellem Aufruhr verbracht und in großer Sorge darum, wie sein Urteil wohl ausfallen wird. Ich konnte nächtelang nicht schlafen, bin im Geiste wieder und wieder meinen Text durchgegangen und wünschte, ich hätte die eine oder andere Passage geändert.

Doch nun scheint es, als sei all mein Zweifeln und Bangen unbegründet, denn Professor Thomsen ist voll des Lobes ob meiner Arbeit. Er ist so begeistert, dass er sich alsbald daranmachen will, einen Verleger für mein Werk zu finden.

Er schreibt in seinem Brief, dass er mir natürlich nichts versprechen könne, doch ich bin auch so derart glücklich über sein Lob, dass ich den ganzen Tag nur tanzen und lachen möchte.

Simon freut sich mit mir und will heute Abend zu meinen Ehren eine kleine Soiree geben. Wer weiß, vielleicht gelingt es Frederick Thomsen ja, meinen Roman so gut unterzubringen, dass ich meine Anstellung bei den Jansens kündigen kann. Clara und Louise sind bald aus dem Haus, und auch Hans wird nicht mehr allzu lange meiner Fürsorge bedürfen.

Es ist also nur eine Frage der Zeit, bis ich mich bei einer anderen Familie nach einer Anstellung umsehen muss. Doch wie wundervoll wäre es erst, mich ganz und gar dem Schreiben widmen zu dürfen. Es gibt nichts auf der Welt, das ich mir sehnlicher wünsche!

Ich musste schmunzeln angesichts so heller Begeisterung. Mein Blick glitt zum Bücherregal, in dem ich die Neuauflage von *Freigehege* aufbewahrte. Insgeheim war ich immer noch ein wenig enttäuscht, in Herrn Ingwersens Fundus keine Erstausgabe gefunden zu haben. Andererseits war es auch ein wenig naiv gewesen zu glauben, ich müsse nur in ein paar alten Büchern stöbern, um fündig zu werden. Und immerhin konnte ich jetzt fünf Erstausgaben von Ida Boy-Ed mein Eigen nennen! Während ich gedankenverloren aus dem Fenster blickte und überlegte, wie ich meine Schreibpause füllen konnte, klingelte das Telefon.
»Anna, wie schön, endlich wieder deine Stimme zu hören«, sagte Paul, als ich abhob.
»Bin ich froh, dass du dich endlich meldest«, entgegnete ich nervös. »Wie geht es dir? Wie geht es Nelly?« Wie gern wäre ich jetzt bei ihm gewesen.
»Sie schläft noch. Ich habe die kurze Pause genutzt, um mich bei dir zu melden, damit du dir keine Sorgen machst … und weil du mir fehlst!«
»Du fehlst mir auch«, antwortete ich, während sich meine Kehle zuschnürte. Diese zwei Wochen ohne ihn kamen mir vor wie eine Ewigkeit.
»Hast du es ihr mittlerweile gesagt?«
»Ja, gestern Abend. Zusammen mit Rainer, der seine nächsten Termine verschoben hat, um für Nelly da zu sein.«
»Und wie hat sie es aufgenommen?«
»Ich denke, sie hat überhaupt nicht realisiert, was wir ihr

da erzählten. So ein kleines Mädchen hat keine Vorstellung vom Tod, auch wenn sie bei der Beerdigung ihrer Großmutter dabei war. Aber damals war sie drei und erst recht zu klein, um zu verstehen, was vor sich ging. Momentan denkt sie, dass ihre Mutter bei der Oma ist. Es wird eine Weile dauern, bis sie begreift, dass Dorothea nicht mehr zurückkommt.«

»Und wie bist du jetzt mit Rainer verblieben? Wird er sich um Nelly kümmern?«

»Er sagt, er will es versuchen. Er hat eine neue Freundin, die wohl recht kinderlieb ist. Allerdings finde ich die Lösung nicht so ideal, weil Nelly diese Frau überhaupt nicht kennt und auch Rainer ihr alles andere als vertraut ist. Meines Erachtens wäre es das Beste, sie erst einmal bei mir zu lassen. Aber Rainer und ich werden jetzt nichts überstürzen, sondern abwarten, wie die Dinge sich entwickeln. Vielleicht bringe ich die Kleine morgen schon in die Kita. Bestimmt tut ihr das Zusammensein mit Sarah und den anderen Freundinnen gut. Allerdings hat sie vorhin ziemlich viel gehustet. Ich hoffe, sie wird jetzt nicht auch noch krank.«

»Das hoffe ich auch. Für euch beide.«

»Und du? Wie ist es dir auf Amrum ergangen?«

Ich erzählte von meiner Arbeit und meinem Treffen mit Janneke. Dass ich Maximilian Degenhardt hinterherspioniert hatte, erwähnte ich nicht, auch wenn Paul sich unter anderen Umständen bestimmt sehr darüber amüsiert hätte.

»Kannst du nicht bald nach Berlin kommen?«, fragte er.

»Das würde ich gern, aber würde meine Anwesenheit Nelly nicht erst recht durcheinanderbringen?«

Paul schwieg einen Moment.

»Ich glaube, dass es auf alle Fälle sehr wichtig für sie ist, liebevolle Menschen um sich zu haben. Und ich könnte deine

Unterstützung wirklich gut gebrauchen. Aber nur, wenn sich die Reise mit deiner Arbeit vereinbaren lässt.«
Ich überlegte. An sich lag ich gut in der Zeit, und schließlich konnte ich meinen Laptop mitnehmen.
»Das müsste gehen. Wann soll ich denn kommen?«
»Kannst du dich herbeamen oder zumindest fliegen? Wenn es nach mir ginge, sofort.«
Eine Welle der Zärtlichkeit durchflutete mich.
»Ich werde mal sehen, was sich machen lässt, vielleicht kann man mit Fähren und ICEs ja auch fliegen. Ist Mittwoch früh genug? Dann hast du noch einen Tag mit Nelly allein, und ich kann hier ein paar Dinge erledigen.«

* * *

»Da bist du ja endlich!«, rief Paul und schwenkte mich herum, nachdem ich aus dem Zug gestiegen war.
»Hey, lass das, mir wird ganz schwindelig«, protestierte ich lachend, während die umstehenden Fahrgäste uns amüsiert beobachteten.
»Jedenfalls hast du kein Gramm zugenommen, du bist leicht wie eine Feder«, entgegnete Paul und setzte mich ab. »Komm, lass dich anschauen. Ich weiß gar nicht mehr, wie du aussiehst.«
Nachdem er mein Gesicht in beide Hände genommen und mir eine Weile tief in die Augen gesehen hatte, küssten wir uns. Ich hatte das Gefühl, endlich angekommen zu sein. Nicht nur in Berlin.
»Wo ist Nelly?«, fragte ich, als ich in den Citroën stieg. »Mit Rainer und seiner Freundin Hanne im Zoo. Sie müssten aber bald wiederkommen. Nelly hustet noch immer, deshalb war ich nicht besonders begeistert von der Idee. Aber die beiden wollten unbedingt mit Nelly losziehen.«

»Warst du schon mit ihr beim Arzt?«, fragte ich, während Paul seinen alten Wagen durch den Berliner Verkehr steuerte.

»Nein, noch nicht. Nelly hat ein chronisches Problem mit den Bronchien, schon seit sie ganz klein ist. Ich denke, dass diese starke Reaktion unmittelbar mit dem Verlust von Dorothea zusammenhängt.«

Ich nickte und betrachtete die überfüllten Straßen und Bürgersteige, die an meinem Fenster vorüberzogen. Mütter mit Kinderwagen, bellende Hunde, ein Pulk von Jugendlichen, Männer mit Aktentaschen und Anzügen – Berlin war wirklich eine quirlige Stadt. Und wie beschaulich Amrum im Vergleich! Paul schien meine Gedanken zu lesen.

»Na? Sehnst du dich schon wieder zurück in deine nordfriesische Zweitheimat?«

»Nein«, lachte ich, »so schnell geht das nun auch wieder nicht. Außerdem kommt mir der Tapetenwechsel gerade recht!« Dass ich überlegte, mich nach Immobilien umzusehen, verschwieg ich. »Was denkst du, wie soll ich mich Nelly gegenüber verhalten, wenn sie nachher kommt?«

»Ganz natürlich. So wie du dich einem fremdem Kind gegenüber verhalten würdest. Oder willst du mir sagen, dass du keine Kinder magst und sie am liebsten gebraten isst?«

»Genau! Ich bin die böse Hexe aus dem Märchen. Deshalb lieben meine Nichten und mein Neffe mich auch so sehr. Ich knabbere nämlich immer an ihren mageren Knöchelchen, um zu testen, wann sie endlich so dick sind, dass ich sie verspeisen kann.«

»Na, dann ist ja alles bestens«, schmunzelte Paul und fuhr in die Garage.

Als er die Tür zu seiner Wohnung aufschloss, sah ich auf den ersten Blick, dass nun ein Kind in dieser Wohnung wohnte. An der Garderobe im Flur hing eine rosa Winter-

jacke, auf dem Boden standen Fellstiefelchen und ein kleiner Rucksack mit einem Lillifee-Aufdruck.
»Und wo hast du Nelly untergebracht?«, fragte ich neugierig, während Paul mir den Mantel abnahm.
»Im Schlafzimmer. Da die beiden Arbeitszimmer ineinander übergehen, wäre das nicht besonders praktisch gewesen. Außerdem liebt Nelly diesen Raum, weil er einen Balkon hat und morgens die Sonne hereinscheint.«
»Und wo werden wir …?«, begann ich zögerlich. Über so praktische Details wie Raumaufteilung hatte ich mir noch gar keine Gedanken gemacht.
»Hier, auf der Couch. Sieht zwar auf den ersten Blick nicht besonders bequem aus, aber du wirst sehen – in meinen Armen ist es das reinste Himmelbett! Komm her, wir können gleich mal probeliegen, wenn du magst …«
Gerade als wir unter leidenschaftlichen Küssen aufs Sofa sanken, klingelte es an der Tür.
»Das ist entweder ein Kurier oder Nelly«, sagte Paul bedauernd, gab mir noch einen Kuss und stand auf, um den Summer zu betätigen.

Eine Minute später blickte ich in die hellblauen Augen eines blonden Mädchens, das ich schon zu kennen glaubte. Und zwar aus meinen Träumen …
»Hallo, Nelly, ich bin Anna«, stellte ich mich vor und gab der Kleinen die Hand.
»Ich bin Hanne, und das ist Rainer«, ergriff eine rothaarige Frau Anfang zwanzig das Wort und strahlte mich erwartungsvoll an. Nellys Vater war schätzungsweise um die fünfzig, sah zugegebenermaßen interessant und attraktiv aus und war genau der Typ Mann, dem die Frauen scharenweise hinterherliefen. Hanne hing an seinem Arm, als wollte sie sich dort bis in alle Ewigkeit festketten.

Die kleine Nelly dürfte ihr dabei gerade rechtkommen, dachte ich, als Hanne sich zu ihr herabbeugte.
»Möchte mein Mäuschen etwas trinken?«, fragte sie in einer Babysprache, bei der es mich instinktiv schauderte. Nelly schüttelte den Kopf und stürmte wortlos Richtung Schlafzimmer. Paul folgte ihr und ließ mich mit Hanne und Rainer im Flur zurück.
»Darf ich euch vielleicht etwas zu trinken anbieten?«, fragte ich ein wenig befangen, weil ich mir in der Rolle der Gastgeberin seltsam vorkam. Schließlich war ich nur ein paar Tage zu Besuch gewesen, und auch das war schon eine Weile her.
»Ja, ich hätte gern eine Bionade, wenn Paul so etwas hat«, flötete Hanne und spitzte ihren roten Schmollmund.
»Nehm ich auch«, fügte Rainer hinzu und tätschelte seiner Freundin den Po.
Alles klar, die beiden machen hier voll auf Traumpaar, dachte ich, leicht angewidert von Rainers machomäßiger Geste. Ich ging in die Küche und inspizierte den Kühlschrank. Tatsächlich, Paul hatte nahezu alle Sorten der Bio-Limonade da.
»Kräuter, Litschi oder Orange-Ingwer?«, rief ich in den Flur.
»Orange-Ingwer«, tönte es im Duett zurück.
Ich stellte die Flaschen und zwei Gläser auf ein Holztablett und brachte sie ins Wohnzimmer, wo Rainer und Hanne es sich gemütlich gemacht hatten.
Mal sehen, ob sie den Test bestehen, dachte ich und grinste hämisch, als Rainer den Inhalt der Flaschen auf die Gläser verteilte.
Ha! Reingefallen! Wirkliche Bionade-Kenner tranken aus der Flasche.
Dann ging ich zum Schlafzimmer und klopfte leise an die

Tür. »Hat jemand Lust auf heiße Schokolade?«, fragte ich, als ich meinen Kopf durch den Türspalt steckte. Nelly saß auf dem Bett, ließ die Beine baumeln und hielt eine Giraffe an ihre Brust gedrückt. Paul saß neben ihr und streichelte ihr liebevoll übers Haar. Als Nelly mich sah, stand sie auf und ging auf mich zu.

»Schau, die hat Mama mir aus Afrika mitgebracht. Sie heißt Gina«, sagte sie und gab mir das Kuscheltier.

Kapitel 28

Mein Gott, sie ist wirklich süß«, flüsterte ich, als Paul und ich spätabends endlich auf dem Sofa lagen. Ich war erschöpft. Das frühe Aufstehen, die Anreise, der gequälte Smalltalk mit Rainer und seiner Freundin, die nicht gerade ein intellektuelles Glanzlicht war, hatten mich ermüdet.

»Du kannst Nelly unmöglich diesem selbstverliebten Typen in der Midlife-Crisis und seiner Freundin überlassen, die kaum bis drei zählen kann und selbst noch ein halbes Kind ist«, sagte ich und betrachtete die opulente Stuckdecke der Altbauwohnung, die durch den Lichtkegel eines vorbeifahrenden Autos angestrahlt wurde.

»Hey, du kannst ja eine richtige Giftspritze sein«, entgegnete Paul amüsiert und begann mich zu kitzeln. »Entwickelst du Nelly gegenüber etwa Muttergefühle?«

Ich setzte mich auf.

»Muttergefühle? Das ist vielleicht ein wenig übertrieben, aber du wirst mir sicher zustimmen, dass die beiden nicht gerade das sind, was man Traumeltern nennen würde. Rainer weiß nicht, dass seine Tochter chronische Bronchitis hat, keine Nudeln mag und welche Gute-Nacht-Geschichte sie gerade am liebsten hört. Und Hanne spricht mit ihr, als sei sie zwei Jahre alt, obwohl Nelly weitaus mehr Grips im Kopf hat als sie.«

»Aha, und woher willst du das alles wissen? Du kennst Nelly doch erst seit ein paar Stunden.«

»Das mit der Bronchitis weiß ich von dir, dass Nelly keine Pasta mag, schließe ich daraus, dass sie beim Abendessen vehement auf Kartoffeln bestanden hat. Und dass sie Bilderbücher von Pettersson und Findus mag, hat sie mir selbst gesagt.«

»Ich bin beeindruckt«, sagte Paul, offenbar ehrlich verblüfft. »Du kannst wirklich gut mit Kindern! Nelly hatte sofort einen Draht zu dir, das sah man gleich. Dir die Giraffe zu geben war ein echter Sympathiebeweis. Ansonsten ist sie eigentlich eher schüchtern.«

Das war Balsam für meine Seele!

»Umso weniger verstehe ich, dass du selbst keine Kinder hast. Wieso weichst du mir eigentlich immer aus, wenn ich darüber sprechen will?«

So müde ich auch war, ich spürte deutlich, dass eine Chance wie diese so schnell nicht wiederkehren würde. Es war an der Zeit, Paul die Wahrheit zu sagen.

Und so erzählte ich von meiner Tochter Lina, die ich zur Adoption freigegeben hatte.

Als ich fertig war, schwieg Paul eine Weile. Ich wurde unsicher. Dachte er jetzt schlecht von mir?

Würde das etwas zwischen uns ändern?

Als ich mich schon für meine Ehrlichkeit verfluchte, legte Paul den Arm um mich und hielt mich fest.

»Ich kann nur ahnen, wie schwer dir diese Entscheidung gefallen ist, und ich muss dir ein Kompliment machen: In deiner Situation wäre es sehr viel einfacher gewesen, abzutreiben und einfach so zu tun, als sei nichts passiert.«

Mit dieser Reaktion hatte ich nicht gerechnet. Ich war so erleichtert, dass ich anfing zu weinen. Paul wiegte mich in seinen Armen wie ein kleines Kind.

»Wein ruhig, wenn es dir hilft. Wahrscheinlich hast du in deinem Leben viel zu wenig geweint, das muss jetzt alles raus.«

In dem Moment, als ich mir laut schniefend die Nase putzte, tauchte ein Schatten an der Tür auf, und ein helles Stimmchen sagte:

»Ich hab Angst, ich will meine Mami!« Nellys Worte zerrissen mir schier das Herz.
»Komm her, meine Süße«, sagte ich und schlug die Bettdecke beiseite. »Jetzt wird es zwar ein bisschen eng, aber zu dritt hat man einfach weniger Angst.«
Sekunden später schmiegten sich Nellys eiskalte Füßchen an meine nackten Waden. Dann knackte es verdächtig, und plötzlich lagen wir alle mit einem mächtigen Rums auf dem Boden.
»Oh«, sagte Nelly erschrocken und drückte ihre Giraffe an sich. »Es tut mir leid, ich wollte nichts kaputt machen.«
»Quatsch, du hast gar nichts kaputt gemacht, wir Großen sind einfach zu schwer für dieses morsche alte Ding. Schau mal, wie dick ich bin«. Nelly und ich kicherten. Paul stand im Halbdunkel im Arbeitszimmer, hatte das T-Shirt hochgezogen und pumpte so viel Luft in seinen Bauch, als sei er im neunten Monat schwanger.
»Hier, fühl mal!«, forderte er Nelly auf, die daraufhin zaghaft ihre kleine Hand auf seinen Bauch drückte. Mit einem lauten Pfff stieß Paul die Luft aus, und Nelly musste laut loslachen.
Paul wiederholte seinen Trick noch ein paarmal, und ich sammelte unterdessen Kissen und Decken zusammen und trug sie in Nellys Zimmer.
»Tja, Schätzchen, ich fürchte, du bekommst heute Nacht Besuch von uns«, sagte ich und geleitete die Kleine Richtung Bett. »Ich hoffe, du hast nichts dagegen.«
»Nö«, lautete Nellys knappe Antwort. Zufrieden rollte sie sich auf ihrer Matratze zusammen und war wenige Augenblicke später tief und fest eingeschlafen. Beneidenswert!
»Das tut unserem Liebesleben unglaublich gut«, sagte Paul zwinkernd und drückte mir einen Gutenachtkuss auf die Nase. »Heute haben wir wohl unsere Chance verpasst,

fürchte ich. Leider …« Ich konnte nicht mehr antworten, denn nun war auch ich endlich drauf und dran, in einen erschöpften Schlaf zu sinken.

* * *

Am nächsten Morgen erwachte ich wie gerädert. Nelly hatte immer wieder gehustet, und ich hatte kaum ein Auge zugetan. Paul und ich hatten uns abgewechselt, Nelly heiße Milch mit Honig zu machen oder sie einfach nur im Arm zu halten. Wenn sie dann endlich wieder eingeschlafen war, schien sie von Alpträumen geplagt zu werden.

»Tut mir leid, dass die Nacht so anstrengend war«, sagte Paul und brachte mir einen Kaffee ans Bett, während Nelly im Bad war. Ich nahm die Tasse dankbar entgegen und gab ihm einen Kuss.

»Mach dir keine Gedanken, alles halb so wild«, antwortete ich. Ich dachte an die Frau, die Lina all die Jahre versorgt hatte, obwohl das eigentlich meine Aufgabe gewesen wäre.

»Wir sollten sicherheitshalber mit ihr zum Arzt gehen, oder was meinst du? Heute ist Donnerstag, bald ist Wochenende. Wir dürfen nichts riskieren.«

Paul nickte.

»Ich werde nachsehen, ob ich in Dorotheas Adressbuch die Telefonnummer von Nellys Kinderarzt finde«, entgegnete er und ging ins Arbeitszimmer. Kurz darauf stand er wieder vor mir, ein dunkelbraunes Filofax in der Hand. »So wie's aussieht, heißt ihr Arzt Dr. Tom Petter. Gut, dass Dorothea so ordentlich ist … oder vielmehr war.« Pauls Augen begannen, verdächtig zu glitzern. Ich krabbelte aus dem Bett und nahm ihn in den Arm. Bei aller Sorge um Nelly hatte ich ganz vergessen, dass er selbst auch trauerte. Dorothea und

er hatten einander sehr nahegestanden, und das nicht nur, weil sie einmal ein Paar gewesen waren.
»Wieso hast du eigentlich ihre Tasche?«, wollte ich wissen und streichelte Pauls Arm.
»Die Polizei hat mir ihre Sachen gegeben, weil ich als Einziger infrage kam. Da Dorotheas Mutter verstorben ist und ihr Vater in Kalifornien lebt, ist es nun an mir, mich um alle Formalitäten zu kümmern.«
Also vermutlich auch um die Beerdigung, dachte ich bedrückt.
»Kann ihr Vater denn nicht hierherkommen?«, fragte ich verwundert.
»Nein, leider nicht. Er ist ziemlich krank und würde diesen langen Flug nicht überstehen. Aber das ist kein Problem. Dorothea hatte einen großen Freundeskreis, da werde ich schon Unterstützung finden.«
»Wann gibt es Frühstück? Ich habe Hunger! Wo seid ihr?«, ertönte Nellys Stimme vom Flur. Sie klang ängstlich.
»Na, sofort, was denkst du denn?«, rief Paul und eilte aus dem Zimmer. »Ich habe auch großen Hunger. Und mein Bauch muss ja noch weiterwachsen, nicht wahr?« Nelly kicherte.
Wie nah bei Kindern die Extreme beieinanderlagen. In einer Sekunde todtraurig, in der nächsten schon wieder quietschvergnügt.
»Was haltet ihr von Pfannkuchen? Oder sollen wir lieber Waffeln backen?«, erkundigte sich Paul und sah uns fragend an. Mir lief das Wasser im Mund zusammen.
»Also, wenn ihr mich fragt, ich wäre für Pfannkuchen. Hast du Nutella?«
»Aber natürlich! Was wäre ein Haushalt ohne Nutella? Leg dich noch mal einen Moment hin, Anna. Nelly und ich backen Pfannkuchen und bringen sie dir dann ans Bett.«

Während die beiden in der Küche verschwanden und herumwerkelten, ging ich ins Arbeitszimmer. Ich wollte mir ein Buch aussuchen, in dem ich blättern konnte, bis das Frühstück fertig war. Erneut glitt mein Blick über die vielen Kunst- und Fotobände, zu denen noch die Titel dazugekommen waren, die Paul im Antiquariat auf Amrum gekauft hatte. Erstaunt griff ich nach einem Band, der mir damals entgangen war: Es waren Bilder von David M. Richter. Wunderbar!, dachte ich und machte es mir im warmen Bett gemütlich, während aus der Küche fröhliches Gelächter erklang.

Ich schwelgte in den satten Farben, den formschönen Motiven und war hingerissen von der Brillanz dieses Künstlers. Ich musste mir unbedingt bald den Druck meiner heißgeliebten »Dame in Rot« besorgen beziehungsweise aus Hamburg schicken lassen. Er hatte all die Jahre meine Arbeit begleitet und fehlte mir allmählich.

Auf der vorletzten Seite des Buches stutzte ich. Die Farbkomposition und das Sujet erinnerten mich vage an etwas, das ich schon einmal irgendwo gesehen hatte. Doch woran?

Ich versuchte angestrengt, mir in Erinnerung zu rufen, wo und wann ich das Motiv in letzter Zeit gesehen haben könnte.

Die Lösung lag mir förmlich auf der Zunge, doch im gleichen Moment betraten Nelly und Paul das Zimmer. Vorsichtig balancierten sie ein Tablett voller köstlich duftender Pfannkuchen, Marmelade und Apfelmus. Ich hatte gar nicht gemerkt, wie hungrig ich inzwischen war.

Während des Frühstücks veranstalteten Paul und Nelly ein Wettessen und lieferten sich im Anschluss eine ausgelassene Kissenschlacht.

Mitten im größten Trubel fiel es mir plötzlich wie Schuppen

von den Augen: Jetzt wusste ich wieder, wo ich das Bild von David Richter gesehen hatte. Bei Maximilian Degenhardt!

Am späten Nachmittag saßen wir im Wartezimmer des Kinderarztes, um uns herum schniefende, hustende Patienten und weinende Babys. Ich hatte Mühe, mich auf den bevorstehenden Termin zu konzentrieren, weil ich in Gedanken immer noch bei David Richters Gemälde war. Hatte ich in dem Schuppen ein Original gesehen oder eine Reproduktion? Oder war ich am Ende Opfer meiner überbordenden Vorstellungskraft?

Nelly strahlte, als Tom Petter die Tür öffnete und sie in sein Sprechzimmer bat.

»Vielleicht liest sie deshalb so gern Bücher von Pettersson und Findus, weil der alte Mann sie an ihren Arzt erinnert?«, wisperte ich Paul zu, als wir den Untersuchungsraum betraten. Aufmerksam verfolgte ich, wie der betagte Arzt seine kleine Patientin liebevoll auf den Stuhl setzte, ihr ein Kuscheltier in die Hand drückte und währenddessen behutsam ihren Rachen untersuchte.

Nachdem er ihre Brust abgeklopft und einen Abstrich gemacht hatte, schrieb er mit krakeliger Schrift ein Rezept auf seinen Block.

»Hier wächst sich gerade eine ordentliche Bronchitis aus, die wir im Keim ersticken sollten. Nelly muss ausreichend schlafen, viel trinken und braucht Liebe und Aufmerksamkeit. Frau Bergman, würden Sie bitte schon mit ihr nach vorne an die Rezeption gehen? Ihr Mann kommt dann gleich nach.«

Ich schob die hustende Nelly an den Tresen, wo sie von der Sprechstundenhilfe einen Lolly geschenkt bekam.

»Und, was sagt der Arzt?«, fragte ich, als Paul herauskam. Nelly war noch auf der Toilette.

»Er ist ein wenig besorgt. Nellys Atembeschwerden halten sich sehr hartnäckig. Deshalb plädiert er für eine Kur an der Nordsee. Dort gibt es viele ausgezeichnete Kliniken, die auf Atemwegserkrankungen von Kindern spezialisiert sind. Er hatte schon mit Dorothea darüber gesprochen, die anscheinend bereits einen Antrag auf Kur gestellt hat. Vielleicht kann mir die Krankenkasse ja Auskunft erteilen.«

»Aber du willst Nelly in dieser Phase doch nicht in ein Krankenhaus schicken, wo sie ganz allein ist? Normalerweise machen die Kleinen so eine Kur zusammen mit einem Elternteil«, entgegnete ich.

»Nein, natürlich nicht«, sagte Paul mit gerunzelter Stirn. »Aber hast du irgendeine Idee, was wir sonst tun sollen? Rainer wird sich wohl kaum so lange freinehmen können.«

»Ja, ich habe eine Idee. In Norddorf ist doch die AOK-Nordseeklinik. Warum können wir Nelly nicht dort unterbringen? Die Klinik liegt an der Strandstraße, nur ein paar Meter vom Meer und zehn Minuten mit dem Fahrrad vom Watthuis entfernt. Nelly könnte tagsüber ihre Arzttermine wahrnehmen, und ich kümmere mich die restliche Zeit um sie.«

»Das würdest du wirklich tun?«, fragte Paul, und seine Augen strahlten. »Aber das ist unheimlich viel Verantwortung. Du kennst Nelly kaum und musst dein Buch fertigstellen.«

»Vielleicht kannst du mir ja helfen?, schlug ich vor. »So oder so, wir werden auf alle Fälle eine Lösung finden.«

Kapitel 29

Zwei Wochen später stand ich am Hafen und wartete darauf, dass die Fähre anlegte. Mein Herz schlug vor Aufregung bis zum Hals. In wenigen Minuten würde ich Paul und Nelly in Empfang nehmen.
In den vergangenen Tagen hatte Paul einen wahren Organisationsmarathon hingelegt. Er hatte sich mit Rainer darauf geeinigt, das offizielle Sorgerecht für Nelly zu übernehmen. Nach Rücksprache mit dem Jugendamt und nach Erhalt der notariellen Beglaubigung hatte er sich sowohl um die Beerdigung als auch um die Auflösung von Dorotheas Wohnung gekümmert. Mit der Krankenkasse wurde vereinbart, dass Nelly zum ersten Dezember mit der Kur beginnen konnte. Auch die Kita war bereits informiert, dass sie vier Wochen auf Amrum bleiben würde.
Ich selbst hatte nichts weiter tun können, als fleißig zu schreiben und Nellys Zimmer im Watthuis einzurichten, nachdem ich Martha Hansen davon unterrichtet hatte, dass ich länger als geplant bleiben würde. Zum Glück war das kein Problem, denn im Winter kamen nur wenige Touristen auf die Insel. Die hilfsbereite Frau Hansen hatte zusammen mit ihrem Mann ein Kinderbett ins Gästezimmer geschafft und das große Bett abtransportiert.
Zusammen mit Janneke hatte ich ein Poster von Lillifee und von Pettersson und Findus sowie einige andere Extras erstanden, von denen ich hoffte, dass die Kleine Spaß daran hatte.
Paul konnte mich gerade noch davon abhalten, die Wände des Zimmers neu zu streichen.

»Sie wird hier nicht ewig wohnen«, protestierte er, freute sich jedoch darüber, dass mir Nellys Wohlergehen genauso am Herzen lag wie ihm.

Nun war es endlich so weit. Die Fähre legte an, und Pauls BMW rollte als Erster über die Landebrücke. Ich winkte, um auf mich aufmerksam zu machen.

Als die beiden ausstiegen, versteckte sich Nelly zunächst scheu hinter Pauls Mantel, wurde aber schnell wieder zutraulich, als sie mich erkannte.

»Es ist so schön, dich zu sehen«, flüsterte Paul in mein Ohr, als ich ihn umarmte. »Weißt du, wie sehr ich mich auf diesen Tag gefreut habe?«

Ich nahm auf dem Beifahrersitz Platz und erzählte Nelly von Amrum, während wir gemächlich die Landstraße entlangfuhren. Wie erwartet gefielen ihr die Ponys auf den Koppeln, und sie drückte sich neugierig die Nase an der Autoscheibe platt. In Charlottenburg hatte sie natürlich noch nie Gelegenheit gehabt, Tiere in freier Natur zu sehen.

»Darf ich reiten?«, fragte sie aufgeregt. Paul und ich antworteten wie aus einem Munde:

»Klar!«

Ich schmunzelte. Nelly würde innerhalb von wenigen Wochen das am meisten verwöhnte Kind auf Gottes Erdboden sein, denn es fiel einem wirklich schwer, ihr einen Wunsch abzuschlagen. Doch es war so herzerfrischend zu sehen, wie sehr sie sich freute.

Im Watthuis stürzte sie sofort in ihr Zimmer.

»Guck mal, Paul! Ich hab Prinzessinnen-Bettwäsche!« Die roséfarbene Bettdecke mit den zierlichen Krönchen und den Prinzessinnen-Motiven hatte ich extra bestellt, weil mir die vorhandenen Überzüge nicht kindgerecht genug erschienen waren. Als ich Nellys leuchtende Augen sah, wusste ich, dass ich richtig entschieden hatte.

»Ja dann.« Paul lachte und sah sich im Zimmer um. Er wirkte erschöpft und hatte dunkle Schatten unter den Augen. Es wurde Zeit, dass er sich endlich ein bisschen erholte.
»Dann wollen wir mal auspacken«, sagte ich energisch und dirigierte Paul auf das Sofa im Wohnzimmer. »Du trinkst jetzt ganz in Ruhe eine Tasse Tee, und wir beiden schauen, ob Nellys Sachen überhaupt alle in den Schrank passen.«
Paul ließ sich widerwillig aufs Sofa sinken.
»Danke, dass du der Kleinen einen so schönen Empfang bereitet hast«, murmelte er, während ihm schon die Augen zufielen.
Als ich wenig später nach ihm sah, schlief er bereits tief und fest, und der Tee war kalt geworden. Ich breitete eine Wolldecke über ihm aus und betrachtete sein Gesicht. Unglaublich, was er in den vergangenen Wochen geleistet hatte.
»Schlaf gut«, flüsterte ich und schloss die Tür.
Nelly hatte ihre Habseligkeiten quer übers Bett verstreut und war gerade dabei, sämtliche Kuscheltiere mit ihrem neuen Zuhause bekannt zu machen. Ich setzte mich dazu und ließ mir jeden einzelnen Namen nennen. Das einzige Tier, das fehlte, war die Giraffe.
»Nanu, wo ist denn Gina?«, fragte ich verwundert. Nelly sah mich aus ihren tiefblauen Augen ernst an.
»Gina ist jetzt bei Mama im Himmel!«
Ich schluckte und kämpfte mit den Tränen. Offenbar hatte Nelly ihre geliebte Giraffe zu Dorothea ins Grab gelegt.
»Das ist schön«, antwortete ich und strich der Kleinen durchs Haar. »Im Himmel geht es ihr gut, und deine Mama ist nicht so allein.«
Nelly nickte. Dann falteten wir ihre T-Shirts, Pullover und

Unterwäsche zusammen und hängten ihre restliche Wäsche auf die übrig gebliebenen Bügel. »Viel darf nicht mehr dazukommen«, sagte ich mit Blick auf den schmalen Schrank, der schon ziemlich voll war. »Aber für vier Wochen wird es gehen.«

Paul schlief immer noch, als wir mit dem Auspacken fertig waren. Um uns die Zeit zu vertreiben, machten Nelly und ich einen Spaziergang zu einem nahe gelegenen Hof, um einen Reittermin für Montagnachmittag zu vereinbaren. Danach ging ich mit Nelly zum Klabautermann, weil ich Janneke einen Besuch abstatten wollte, bevor der Laden schloss.

»Hey, ich bin Janneke«, begrüßte sie die Kleine. »Wie sieht's aus, Nelly? Hast du Lust, in den nächsten Tagen bei mir vorbeizukommen und Schmuck zu basteln? Ich habe sehr viel zu tun und könnte ein wenig Hilfe gebrauchen. Ich nehme doch an, du magst Perlen und bunte Steine?«

Nelly nickte stumm und umklammerte meine Hand.

»Ich danke dir, das ist eine schöne Idee. Wir kommen bestimmt bald bei dir vorbei, aber zunächst muss sich Nelly ein wenig einleben. Sie ist ja gerade erst angekommen. Ich melde mich dann bei dir.«

Ich kaufte Milch, Brot und Butterkekse, und als wir wieder im Watthuis ankamen, war Paul aufgewacht. Wir begannen mit den Vorbereitungen für das Abendessen, wobei Nelly uns nicht eine Sekunde von der Seite wich.

»Puh, das ist alles gar nicht so einfach«, seufzte Paul, als sie endlich schlief. Die Tür zu ihrem Zimmer stand offen, und ich hatte die Leselampe angelassen, damit sie keine Angst vor der Dunkelheit haben musste.

Ich gab Paul einen Kuss.

»Dir sitzen die vergangenen Wochen in den Knochen«, versuchte ich, ihn zu trösten. »Das war alles viel zu viel auf einmal. Klar, dass du erschöpft bist. Aber jetzt ruhst du dich erst einmal aus. Ich kümmere mich um Nelly, und du entspannst dich, okay?«

»Und was ist mit dir? Wie weit bist du mit deinem Buch?«

»Mach dir deswegen keine Sorgen. Ich liege voll im Zeitplan und bin schon beim letzten Drittel. Jetzt geht es wirklich zügig dem Ende zu.«

»Erzähl, gibt es irgendwelche Neuigkeiten aus Charlottes Leben, von denen ich noch nichts weiß?«

Ich war verwundert.

»Hast du jetzt wirklich Lust auf dieses Thema? Willst du nicht lieber abschalten und an gar nichts denken?«

Paul stützte seinen Kopf in die Hand und tat so, als würde er angestrengt nachdenken.

»Lass mich überlegen … ist es wirklich so schlimm für mich, mir anzuhören, womit sich meine große Liebe gerade beschäftigt? Stimmt, jetzt wo du's sagst … komm lieber her und küss mich.«

Nachdem wir eine Weile eng umschlungen auf dem Sofa gesessen hatten, ertönte ein leises Wimmern aus Nellys Zimmer. Paul stand auf und ging hinüber. Eine Minute später hörte ich, wie er aus *Aufruhr im Gemüsebeet* vorlas, zum zweiten Mal an diesem Abend.

»Tja, nun siehst du, wie es dir gegangen wäre, wenn du Lina damals behalten hättest«, flüsterte Paul, während er auf Zehenspitzen ins Wohnzimmer geschlichen kam. Er hielt einen Moment inne, als er bemerkte, dass ich zusammenzuckte.

»Entschuldige bitte, das war vermutlich unsensibel von mir.«

»Schon okay. Du hast absolut recht. Irgendwie kommt es mir momentan so vor, als sei das alles kein Zufall. Als hätte das Schicksal mir die Aufgabe erteilt, mich an Linas Stelle

um Nelly zu kümmern. Klingt verrückt, oder?«
»Nein, überhaupt nicht. Ich glaube daran, dass alles einen höheren Sinn hat und alles mit allem verbunden ist. Irgendwo hat sich eine Frau um deine Tochter gekümmert, und Dorothea hat Nellys Glück in unsere Hände gelegt. Letztlich geht es einzig und allein darum, Liebe zu geben und füreinander da zu sein.«
Pauls Worte rührten mich. Momentan hatte ich sehr nah am Wasser gebaut und musste mich zusammennehmen, nicht zu weinen.
»Darf ich dir jetzt noch einmal die Frage stellen, die du mir bisher nicht beantwortet hast?«, fragte er und sah mich ernst an. Ich nickte stumm.
»Wolltest du nach der Sache mit Lina keine Kinder, oder war dein Mann dagegen?«
Ich schluckte.
»Bernd wollte Kinder, unbedingt sogar. Doch mir kam es nicht richtig vor, auch wenn das jetzt vielleicht komisch klingt. Ich habe mir immer eingebildet, dass Lina sich nach ihrem achtzehnten Geburtstag bei mir melden würde. Aus irgendeinem Grund hatte ich die romantische Vorstellung, dass ihre Adoptiveltern ihr irgendwann verraten würden, wer ihre leibliche Mutter ist. So lange wollte ich auf alle Fälle warten. Doch dann vergingen die Jahre ohne ein Zeichen von Lina. Und als ich Ende dreißig war, hatte ich einen Zusammenbruch.«
»Einen Nervenzusammenbruch?«, fragte Paul und runzelte die Stirn.
»Ja, so in der Art. Das Ganze passierte natürlich nicht von heute auf morgen, sondern hat sich über einen längeren Zeitraum hinweg angekündigt. Ich hatte Schlafstörungen, Alpträume, Panikattacken und alle möglichen anderen Symptome.«

»Aber letztlich waren es psychosomatische Störungen, oder?«
»Ja, natürlich. Allerdings dauerte es eine Weile, bis das klar diagnostiziert werden konnte. Es wusste schließlich keiner von meinem Geheimnis, auch Bernd nicht. Ich hatte seinen Kinderwunsch immer wieder mit Ausreden abgewehrt. Meistens mussten meine Jobs dafür herhalten. Oder ich schob Reisen vor, die ich noch gern machen wollte. Natürlich missfiel Bernd das alles irgendwann.«
»Ist eure Ehe daran zerbrochen?«, fragte Paul mitfühlend.
Ich wusste nicht, was ich dazu sagen sollte. Die Antwort auf diese Frage hatte ich bis heute nicht gefunden.
»Vielleicht. Vielleicht lag es aber auch einfach daran, dass wir uns im Laufe der Jahre auseinandergelebt haben. Das klingt so lapidar, aber manchmal sind die Dinge genauso simpel. Du hast es neulich selbst gesagt, man lernt sich kennen, verliebt sich und passt eine Weile gut zusammen. Doch Menschen verändern sich, ihre Bedürfnisse können in unterschiedliche Richtungen gehen. Der eine entwickelt sich, weil er zum Beispiel eine Therapie macht, und der andere bleibt stehen. Der eine will Veränderung, der andere liebt die Sicherheit.«
»Aber du bereust deine Entscheidung nicht?«
»Nein, keineswegs! So sind wir auf jeden Fall glücklicher. Bernd wird irgendwann eine Frau kennenlernen, die jünger ist und mit der er eine Familie gründen kann. Eine, die ihn so akzeptiert und liebt, wie er ist. Er ist trotz allem ein liebenswerter Mensch, nur eben nicht der Richtige für mich. So wie ich nicht die Richtige für ihn war.«
Paul umarmte mich.
»Ich bin froh, dass es so gekommen ist. Auch wenn das jetzt egoistisch klingt. Anna, ich liebe dich. Und ich wünsche mir nichts sehnlicher, als mein Leben mit dir zu verbringen.«

Nun rollten mir die Tränen über die Wangen. Wenn ich uns beide so ansah, glaubte auch ich, dass alles mit allem verbunden war. Und Gott sei Dank hatten sich unsere Wege erst so spät gekreuzt. Zuvor wäre wohl keiner von uns beiden wirklich bereit für den anderen gewesen.

Kapitel 30

Toll machst du das!«, lobte ich Nelly, die mit hochroten Wangen auf einem stämmigen Islandpony saß und sich an der Longe führen ließ. Während ihr Reitlehrer Thies Lornsen sich hingebungsvoll um seine kleine Schülerin kümmerte, stand ich am Gatter und dachte an meine Arbeit.
Im Leben von Charlotte Mommsen überschlugen sich die Ereignisse: Frederick Thomsen hatte einen Verleger gefunden, der von *Freigehege* begeistert war. Zeitgleich hatte Simon Broder seiner Geliebten einen Heiratsantrag gemacht. Doch Charlotte reagierte anders, als er es sich erhofft hatte.

Dezember 1913

Heute ist in mir wieder alles grau und dunkel. Ich bin verwirrt und weiß nicht, was ich tun soll. Gestern Abend hat Simon mir mit großer Hingabe einen Antrag gemacht und gefragt, ob ich seine Frau werden wolle. Meine Mutter hätte jubiliert, aber ich war für einen kurzen Moment verwirrt. Der Anblick dieses großen, starken Mannes, wie er so zu meinen Füßen kniete und seine Augen mich anflehten, doch ja zu sagen, hatte etwas Berührendes.
Anstatt mich zu freuen und zu jauchzen, wie es viele an meiner statt getan hätten, überfiel mich Unbehagen. So viele Jahre leben wir nun Seite an Seite, ohne dass diese Liebe je von offizieller Stelle bezeugt werden musste. In mir keimt ein böser Verdacht, und ich bete zu Gott, dass ich meinem Simon damit unrecht tue. Kann es sein, dass er mich nur deshalb gerade jetzt zu seiner Frau nehmen will, weil mein Roman nun end-

lich verlegt werden wird? Schlummert in ihm, dem erklärten Freidenker, vielleicht in Wirklichkeit ein Mann, der sich davor fürchtet, seine Frau könne ihm über den Kopf wachsen?
Es ist lange her, seit Simon zuletzt einen Auftrag bekam. Es hat sich im Laufe der Zeit herumgesprochen, dass er zwar talentiert, aber auch ein ausgesprochener Hitzkopf ist. Er ist nicht mehr der strahlende junge Wilde, den ich einst kennengelernt habe, sondern es hat vielmehr den Anschein, als sei ich augenblicklich diejenige, deren Stern hell am Firmament leuchtet. Und ist das nicht meist der Anfang vom Ende einer Liebe?
Ich habe Simon versprochen, ihm heute Abend eine Antwort zu geben. Doch beim Gedanken daran, das aufzugeben, was mir das Wichtigste ist – meine Freiheit –, werde ich traurig. Wer verspricht mir, dass er mich dann nicht ebenfalls in einen Käfig sperrt wie so viele andere Ehemänner? Womöglich verlangt er sogar, dass ich mein Schreiben aufgebe. Dies will ich nie und nimmer riskieren. Auf der anderen Seite widerstrebt es mir natürlich, meinen Geliebten zu verletzen. Ach, wie soll ich mich nur entscheiden?

Ich wusste, wie Charlotte sich entschieden hatte – sie erteilte Simon Broder eine Abfuhr. Schweren Herzens zwar, aber mit großer Bestimmtheit. Simon Broder war so überrascht von der Entscheidung, dass er die sofortige Trennung beschloss und sich fortan jeden weiteren Kontakt verbat. Charlotte war am Boden zerstört, denn sie hatte ihren Geliebten nicht verlassen, sondern nur nicht heiraten wollen. Auch der relativ gut dotierte Vertrag mit dem Berliner Verlag Mädesüß konnte sie kaum darüber hinwegtrösten, dass sie den Mann verloren hatte, den sie mehr als alles andere auf der Welt liebte.
»Anna, du schaust mir ja gar nicht zu!«, riss mich Nellys vorwurfsvolle Stimme aus meinen Gedanken.

Sie stand auf dem Pony, während Thies sie festhielt.
»Du siehst aus wie eine Zirkusprinzessin«, lobte ich sie und applaudierte. »Komm, die Stunde ist um. Wir müssen nach Hause.« Murrend stieg Nelly vom Pony. Ich vereinbarte mit Thies, am Freitag wiederzukommen.
Paul und ich hatten uns über den Umgang mit traumatisierten Kindern informiert. Kontakt mit Tieren war ein erprobtes Mittel, um seelische Wunden zu heilen. Deshalb würden wir ihr, so oft sie Lust dazu hatte, das Reiten ermöglichen.

»Wie gut, dass Dorothea eine Lebensversicherung abgeschlossen hat«, seufzte Paul, als wir vom Stall zurückkamen, und ich erzählte, dass Nelly aller Voraussicht nach zweimal die Woche dort reiten würde. »Und ein Glück, dass der Auftrag in Südfrankreich so hervorragend bezahlt war. Ich wüsste sonst gar nicht, ob ich mir diese Auszeit leisten könnte. Übrigens, Maximilian Degenhardt hat auf den Anrufbeantworter gesprochen. Er lädt Nelly und dich ins Nieblumhuis ein.«
»Ach ja?«, fragte ich verwundert und ging zum Telefon, um die Nachricht abzuhören. Herr Degenhardt verkündete, er wolle Nelly etwas zeigen. Was konnte das sein?
Ich überlegte kurz, ob es Nelly überhaupt Spaß machen würde, im Nieblumhuis vorbeizugehen. Doch allen etwaigen Bedenken zum Trotz siegte schließlich meine Neugier. Also sagte ich zu und vereinbarte unseren Besuch für Dienstagnachmittag.
»Soll ich mitkommen?«, fragte Paul, der schon ein wenig erholter aussah. »Als Bodyguard eigne ich mich, glaube ich, ziemlich gut.«
Ich lachte.
»Lass mal, ich geh allein hin. Genieß du lieber die Ruhe

und koch uns was Schönes, wenn du magst. Nach dem langen Spaziergang haben wir sicher Hunger, wenn wir wieder da sind.« In Wahrheit dachte ich, dass ich die Gelegenheit beim Schopf packen wollte, um etwas über die Bilder im Schuppen in Erfahrung zu bringen. Und dabei konnte ich Paul ausnahmsweise mal nicht gebrauchen.

* * *

»Danke für die Einladung«, sagte ich am darauffolgenden Nachmittag, als Maximilian Degenhardt die Tür öffnete. Wir waren mit dem Fahrrad gekommen, da Nelly keine Lust hatte, die lange Wegstrecke zu Fuß zu gehen.

»Das ist Pauls Patentochter Nelly, Nelly, das ist Herr Degenhardt. Ihm gehört das Watthuis«, stellte ich die beiden einander vor. Ich hatte damit gerechnet, dass die Kleine schüchtern sein würde, denn bereits im Vorfeld hatte es eine kleine Auseinandersetzung gegeben. Nelly wollte reiten gehen, und mir war keine gute Begründung eingefallen, um sie ins Nieblumhuis zu locken. Einzig die Aussicht auf den Strand hatte sie ein wenig umgestimmt. So waren wir eine Stunde früher aufgebrochen, hatten zwischendurch das Rad abgestellt und den Sand nach Muscheln und anderem Strandgut abgesucht.

Nelly hatte sich in den Kopf gesetzt, ein ebensolches Hexenschüsselchen zu finden, wie ich es besaß. Seit sie es auf meinem Schreibtisch entdeckt und erfahren hatte, dass die Amrumer Mädchen es als Puppengeschirr benutzten, war sie vollkommen fasziniert davon.

»Hallo, Nelly, schön, dass du da bist!«, sagte Maximilian lächelnd, und zu meinem großen Erstaunen lächelte sie zurück.

»Hast du auch ein Trollgeschirr für mich?«, fragte sie un-

verblümt und marschierte schnurstracks in seine Wohnstube. Ich versuchte, sie zurückzuhalten, weil ich wusste, dass er es nicht mochte, wenn man die Schuhe anbehielt. Doch seltsamerweise war ich die Einzige, die sich Filzpantoffeln überstreifte. Ich wunderte mich erneut über die kleine Größe. Sechsunddreißig. Hatten die Pantinen womöglich der Frau gehört, an die meine Schwester Maximilian Degenhardt erinnerte? Oder hatte er Schuhe in allen Größen vorrätig, für den Fall, dass er Besuch bekommen würde? Das war eher unwahrscheinlich.
Während Nelly sich herumführen ließ, ertönte auf einmal ein leises Maunzen.
»Ja, Kätzchen, da bist du ja wieder«, rief ich und hoffte, dass Herr Degenhardt mich nicht gehört hatte. Schließlich sollte er nicht wissen, dass ich während seiner Abwesenheit hier gewesen war. Doch er war zu sehr mit Nelly beschäftigt, um irgendetwas mitzubekommen. Die kleine Tigerkatze sprang auf mich zu und ließ sich laut schnurrend auf meinem Schoß nieder.
»Oh, wie süß!«, rief Nelly, als sie das Kätzchen entdeckte. »Darf ich auch mal?«
»Na klar«, antwortete Herr Degenhardt. »Sie ist der Grund, weshalb ich dich hierher eingeladen habe. Ich hoffe, du magst Katzen. Flöckchen ist etwas einsam und wünscht sich jemandem zum Spielen.«
Schon im nächsten Moment war Nelly damit beschäftigt, mit dem kleinen Tiger zu schmusen und ihm mit einem Wollknäuel vor der Nase herumzuwedeln.
Wir sahen dem Treiben schmunzelnd zu.
»Wenn Sie und Paul nichts dagegen haben, würde ich Nelly gern Flöckchen schenken«, flüsterte Maximilian Degenhardt, nachdem er mit einer Kanne Tee und einem Schokoladenkuchen aus der Küche zurückgekehrt war. »Sie ist mir

vor einigen Wochen zugelaufen, und ich kann mich nicht so liebevoll um sie kümmern, wie ich es gern würde.«

Ich sah in seinen Augen, dass dies nicht der wahre Grund für sein Angebot war. Vielmehr schien es, als hätte er intuitiv erfasst, welch guten Einfluss die Katze auf Nelly haben würde. Schon jetzt war sie so abgelenkt, dass sie von dem Gespräch nichts mitbekam.

»Das ist sehr lieb von Ihnen. Sie würden der Kleinen sicher eine große Freude machen!« Und mir auch, fügte ich im Stillen hinzu.

»Also abgemacht, dann nehmen Sie Flöckchen nachher mit. Ich habe einen Transportkorb, der auf Ihr Fahrrad passen müsste. Oder wenn es für Sie einfacher ist, bringe ich Sie später mit dem Wagen ins Watthuis zurück.«

»Fragt sich nur, ob der Vermieter des Watthuis' nichts dagegen hat«, versuchte ich zu scherzen. Irgendwie war es mir unheimlich, hier in trauter Eintracht mit Herrn Degenhardt zu sitzen. Die Szenerie erschien mir irgendwie surreal.

»Ich glaube, das geht in Ordnung. Sie müssen es ihm ja nicht sagen«, entgegnete er verschmitzt, doch offenbar war er auch etwas verlegen. »Wie weit sind Sie eigentlich mit Ihrer Biographie? Haben Sie mittlerweile alle Informationen, die Sie brauchen?«

Ich dachte einen Moment nach. Nein, noch war nicht alles komplett. Es fehlte nach wie vor ein kleines Puzzleteilchen.

»Leider habe ich immer noch keine Erklärung dafür, weshalb Charlotte sich nicht doch dazu entschlossen hat, Simon Broder zu heiraten, nachdem sie festgestellt hatte, dass sie schwanger war. War sie zu stolz? Hatte sie so viel Angst um ihre Freiheit, dass sie ihrer Tochter den Vater vorenthalten wollte?«

Maximilian Degenhardt strich sich gedankenverloren durch den Bart.

»Ich glaube, ihre Entscheidung hatte in erster Linie mit Stolz zu tun. Wissen Sie denn nicht, dass Simon Broder sich kurz nach seinem Antrag mit einer anderen verlobt hat? Charlotte hatte gar keine andere Wahl, als ihr Geheimnis für sich zu behalten.«

»Verlobt? Mit wem denn?«, fragte ich verwundert. In meinen Unterlagen hatte ich nichts darüber gefunden.

»Mit Franziska Bahlburg, einer wohlhabenden Hamburger Kaufmannswitwe. Simon Broder hatte sie und ihren Mann porträtiert. Nach dessen Tod war sie hinter ihm her wie der Teufel hinter der armen Seele. Aber Simon Broder liebte Charlotte und dachte nicht im Traum daran, sich mit einer anderen einzulassen. Doch als ihm Charlotte den Laufpass gab, wurde ihm klar, dass er nicht nur finanziell in einer Sackgasse steckte, sondern auch emotional. Und da kam ihm Franziska Bahlburgs Angebot gerade recht.«

»Aber verstieß er damit nicht gegen all die Ideale, nach denen er gelebt hatte? War er nicht derjenige, der immer darauf bestanden hatte, sich nichts und niemandem unterzuordnen?«

»Ja, richtig. Die zunehmende Wankelmütigkeit in seinem Charakter, die sich schon länger andeutete, war sicher einer der Gründe, die Charlotte dazu bewogen hatten, seinen Antrag abzulehnen. Sie hatte sich ursprünglich in einen Mann verliebt, dem gesellschaftliche Konventionen nichts bedeuteten, genauso wenig wie Geld. Sein allmähliches Umschwenken schürte in ihr die Angst, dass er auch ihr gegenüber ein anderes Gesicht zeigen würde, wären die beiden erst einmal verheiratet und sie die Mutter seines Kindes. Und ich persönlich denke, dass sie mit dieser Befürchtung recht hatte. Nach der Eheschließung mit Franziska Bahlburg mutierte Simon Broder regelrecht zum Schoßhündchen. Er hörte sogar auf zu malen, es sei denn,

seine Frau benötigte ein Porträt von sich oder einem Familienmitglied.«
Was für eine traurige Geschichte! Das erklärte auch, weshalb Simon Broder schlagartig aus allen Aufzeichnungen der damaligen Kunstszene verschwunden war.
»Das war wohl auch der Grund, weshalb Charlotte Hals über Kopf bei den Jansens gekündigt hat und nach Amrum zurückgegangen ist.« Meine Aufzeichnungen setzten erst an der Stelle ein, als Charlotte wieder ihr altes Zimmer im Haus der Eltern bezogen hatte. Kurz darauf starb ihr Vater unerwartet an einem Herzanfall.
Herr Degenhardt nickte.
»Ja, genau. Und kurz nach ihrer Rückkehr zog sie hier im Nieblumhuis ein. Das Haus war weit genug entfernt von den Dorfbewohnern, um ihre Schwangerschaft zu verbergen.«
Ich ließ meinen Blick über die kahlen, nackten Wände der Kate schweifen.
»Bitte verzeihen Sie meine Neugier. Aber ich frage mich gerade, weshalb hier kein einziges Bild hängt. Sind Sie ein Purist, oder mögen Sie die bildenden Künste nicht?«
Er stutzte einen Moment.
»Es gab eine Zeit, da hat sie mir alles bedeutet, doch jetzt ha…« Bevor er weitersprechen konnte, stand auf einmal Nelly vor uns, die kleine Katze fest an ihre Brust gepresst.
»Darf ich Flöckchen behalten?«, fragte sie.

Kapitel 31

Mensch, Leona, ich habe mir Sorgen gemacht«, sagte ich zu meiner Schwester, als diese sich Mittwochvormittag endlich meldete. In den vergangenen Tagen hatten wir immer wieder aneinander vorbeitelefoniert. »Ich dachte schon, ihr seid auf Fuerteventura verschollen. Was ist denn los? Wo treibst du dich die ganze Zeit herum?«

»Wenn du mal kurz Luft holen und eine Pause machen würdest, hätte ich vielleicht eine Chance, dir zu antworten«, entgegnete Leona lachend.

»Bitte entschuldige! Ich möchte nur wissen, wie eure Woche auf den Kanaren war und wie es dir und den Kindern geht.«

»Ich würde sagen, uns geht es den Umständen entsprechend gut. Das Wetter war phänomenal, unser Bungalow ein echter Hit, und ich kann jetzt surfen …«

»Du kannst was?« Ich war wirklich erstaunt. So sportlich Leona sonst auch war, im Wasser gehörte sie eher zu den ängstlichen Kandidaten.

»Ja, du hast richtig gehört! Deine kleine Schwester stand auf einem Surfboard. Nicht besonders lange und nicht besonders elegant, aber ich war stolz auf mich. Thore übrigens auch!« Im Gegensatz zu seiner Mutter war Leonas Sohn eine echte Wasserratte, das kühle Nass konnte ihn nicht schrecken.

»Und wie hat es Lilly und Sophie gefallen?«

»Lilly hatte jede Menge Spaß im Mini-Club und ist jetzt mit vier Mädchen befreundet. Sophie hat die meiste Zeit faul in der Sonne abgehangen, mit einem Buch vor der Nase oder ihrem iPod auf den Ohren. Ich sage nur ein Wort: P-U-B-E-R-T-Ä-T!«

»Verstehe«, antwortete ich schmunzelnd und dachte, dass ich mit sechzehn auch nicht viel anders gewesen war. Ich hatte Stunden damit verbringen können, am Elbstrand zu liegen und in der Sonne zu brutzeln, sofern das Hamburger Wetter dies erlaubte. Und dann war da ja noch Julian gewesen, Linas Vater. Mit einer coolen Ray Ban in den dunklen Locken, glänzendem Sonnenöl auf dem gebräunten, sehnigen Körper und einer Zigarette im Mundwinkel.

»Habt ihr nette Leute kennengelernt?«, fragte ich und dachte dabei eher an Sophie und Thore als an meine Schwester. Umso überraschter war ich von ihrer Antwort.

»Lilly war wie gesagt die Königin der Ferienanlage. Aber ihre Mutter war auch kein Kind von Traurigkeit. Er heißt Oliver, kommt ebenfalls aus Hamburg und war aus demselben Grund wie ich im Urlaub.«

Ich horchte auf.

»Bevor du fragst, Oliver ist zweiundfünfzig, frisch geschieden und Vater von zwei Söhnen. Siebzehn und neunzehn. Seine Frau hat ihn wegen eines Jüngeren verlassen. Du siehst, die Zeiten ändern sich. Mittlerweile drehen die Frauen den Spieß um.«

Ich räusperte mich, verkniff mir aber jeden Kommentar. Paul verfolgte mein Telefonat vom Sofa aus, wo er und Nelly mit Flöckchen spielten.

»Und war das nur ein Urlaubsflirt, oder habt ihr jetzt auch noch Kontakt?«, fragte ich, denn das Auftauchen dieses Mannes konnte natürlich eine Erklärung dafür sein, weshalb Leona plötzlich so schwer erreichbar war.

»Keine Ahnung, ob daraus mehr wird. Momentan sehen wir uns recht häufig und haben viel Spaß miteinander. Weißt du, ich lasse das alles auf mich zukommen. Schließlich habe ich es nicht eilig. Ich genieße meine Freiheit und die Tatsache, dass die Kinder gut mit der Trennung umgehen. Es gab übrigens schon ein erstes Treffen mit ihrer neuen Stiefmutter in spe.« Leona kicherte ein wenig spöttisch. Scheinbar hatte Kristina Ohlsen bei den Kindern nicht punkten können.

Wir plauderten noch eine Weile, ich erzählte Leona von Nelly, dem Kätzchen und unserem Besuch bei Maximilian Degenhardt. Doch anders als erwartet sprang meine Schwester nicht auf dieses Thema an. Anscheinend war das Kapitel Maximilian nun ersetzt durch die Ära Oliver. Auch gut.

Als ich aufgelegt hatte, umarmte Paul mich von hinten.

»Ich würde gern deine Familie kennenlernen. Deine Schwester muss nett sein, euer Telefonat klang so lebendig, als wärt ihr euch sehr vertraut.«

Ich gab ihm einen Kuss.

»Ich glaube, das wird noch etwas warten müssen. Momentan haben wir genug damit zu tun, uns hier zu dritt einzufinden, oder nicht?«

Auch wenn der Anblick von Nelly und dem Kätzchen einen sehr harmonischen Eindruck vermittelte, täuschte er nicht darüber hinweg, dass sie ein verstörtes Kind war, dessen Stimmung immer wieder in Trauer, Wut und Angst umkippte.

»Kommt ihr beiden alleine zurecht, ich würde gern nach oben gehen und arbeiten?«, fragte ich und strich Nelly durchs Haar. »Übrigens ist Sonntag der erste Advent. Hast du nicht Lust, bei Martha Hansen nachzufragen, ob sie uns vielleicht etwas Weihnachtsschmuck ausleihen würde? Und falls nicht, könntest du dann welchen besorgen? Ein paar Tannenzweige wären auch nicht schlecht.«

»Jawohl, zu Befehl!«, sagte Paul und salutierte, wobei er die Hacken zusammenschlug, was Nelly zum Lachen brachte.

Ich ging nach oben, setzte mich an den Schreibtisch und starrte für einen Moment aus dem Fenster. Heute Morgen hatten sich zum ersten Mal, seit ich hier war, kleine Eiskristalle gebildet. Nachts sanken die Temperaturen seit einiger Zeit unter null. Wenn es so weiterging, würde es bald schneien. Da ich die Heizung bis zum Anschlag aufgedreht hatte, war eine kleine Ecke des Glases beschlagen. Während draußen dicke graue Wolken am Himmel hingen, fuhr ich mit dem Finger über die Scheibe und zeichnete ein Herz. Wie ein dummer Teenager, dachte ich verschämt und starrte erneut auf das Wattenmeer. Ich kannte Paul jetzt zweieinhalb Monate, war verliebt in ihn, wie ich es in meinem ganzen Leben noch in keinen Mann gewesen war, und hatte gleichzeitig das Gefühl, als seien er, ich und Nelly schon seit Ewigkeiten eine Familie. Wie war so etwas möglich? Leona hatte während unseres Telefonats gefragt, wie es mir denn so gefalle, Vater, Mutter, Kind zu spielen, wie sie es salopp genannt hatte. Ich hatte nicht antworten können, weil Paul und Nelly daneben gesessen hatten.

Es fühlt sich gut an, dachte ich. Es fühlt sich … richtig an! Ich schaute in den Himmel, als könnte ich auf diesem Wege mit Dorothea Kontakt aufnehmen und sie fragen, was sie von alledem hielt. Dann fuhr ich seufzend meinen Computer hoch. Ich hatte eine E-Mail meiner Lektorin bekommen, die fragte, ob ich mich schon wegen der Anthologie entschieden hatte. Ich antwortete, dass ich interessiert sei, und öffnete dann die Datei mit meiner Biographie über Charlotte. Der Text war trotz der vielen kleineren und größeren Unterbrechungen stetig angewachsen. Und ich war Maximilian Degenhardt dankbar, dass er geholfen hatte, eine Lücke in Charlottes Geschichte zu schließen. Dennoch war ich nicht ganz zufrieden. Mir fehlte die Stimme der Autorin, irgendein Beleg, der seine These untermauerte.

Ich korrigierte das letzte Kapitel und scrollte dann ziellos durch den Text. Mein Blick blieb an einer kurzen Passage über Ida Boy-Ed hängen, in der Charlotte ihrer Bewunderung für die Lübecker Schriftstellerin Ausdruck verlieh und die *Dornenkronen*, die 1885 entstanden waren, besonders lobte. Neugierig stand ich auf und ging zum Regal, wo ich die fünf Boy-Ed-Erstausgaben aus Herrn Ingwersens Nachlass aufbewahrte. Als ich die *Dornenkronen* herausnahm, flatterte plötzlich ein Bogen Papier zu Boden. Ich erkannte die Handschrift sofort.

Januar 1914

Ich kann kaum atmen, so sehr verstört mich die Nachricht von der Verlobung Simons mit Franziska Bahlburg. Nicht genug, dass er jeglichen Kontakt zu mir verweigert, seit ich ihm gesagt habe, dass ich niemals seine Frau werden kann, nun muss ich auch noch von einer entfernten Bekannten erfahren, dass er bald schon mit dieser begüterten Kaufmannswitwe vor den Traualtar treten wird.

Ich schäme mich, diesen Mann jemals geliebt zu haben. Habe ich mich von ihm blenden lassen? Vielleicht war ich zu jung und naiv, nicht zu sehen, welch wahre Gesinnung sich hinter diesem hübschen Gesicht verbirgt, zu blind, um zu erkennen, dass all sein Reden, all seine großen Gesten nichts weiter waren als reines Gewäsch. Hohn und Spott hat er all die Jahre über diejenigen ausgeschüttet, die des Geldes wegen zu Kreuze gekrochen sind. Und nun dies!

Oder liebt er diese Frau am Ende mehr als mich? Vielleicht war sie schon längst seine Geliebte, und ich war dumm genug, dies nicht zu merken. Und die Hamburger Gesellschaft hat bereits hinter meinem Rücken darüber getuschelt und sich über mich lustig gemacht.

Ach, ich bin so enttäuscht, so traurig, so müde.

Ich möchte nichts weiter, als endlich nach Hause zu fahren und mein geliebtes Amrum wiederzusehen. Dem Rauschen der Wellen des Nordseestrandes zu lauschen, in die Sternennacht zu blicken und in ihr Vergessen zu finden.
Was wird nun aus mir? Was wird aus dem Kind in meinem Bauch, das ich seit kurzem in mir trage? Ich mag mir nicht ausdenken, was Vater und Mutter sagen werden, wenn sie davon erfahren. Ich frage mich, wie ich nach all dem, was geschehen ist, weiterleben soll. All die Hoffnungen, Träume und Pläne, die ich hatte! Soll denn all dies jetzt vergessen und verloren sein?

Ich konnte es kaum glauben, als ich diese Zeilen las. Wieder einmal hatte ich das Gefühl, dass Charlotte meine Arbeit lenkte. Wie konnte es sonst möglich sein, dass ich genau in diesem Moment über den fehlenden Teil ihres Tagebuchs gestolpert war? Ich schauderte angesichts der Erkenntnis, dass das Buch offenbar aus Charlottes direktem Besitz stammte und nun über Umwege zu mir gelangt war. Hätte ich Marga Ingwersen nicht geholfen, hätte ich nie von der Existenz dieses Papiers erfahren.
Das war es also, was Linnart Ingwersen kurz vor seinem Tod entdeckt und seiner Frau berichtet hatte.
Ich unterzog die anderen Bände einer genaueren Betrachtung. Doch zu meinem Bedauern war dies der einzige Schatz, den Ida Boy-Eds Romane bargen.
In diesem Moment klopfte es leise an der Tür. Es war Paul, der mir erzählen wollte, was er wegen der Weihnachtsdekoration in Erfahrung gebracht hatte.
»Frau Hansen hat keine, aber Janneke lässt dir ausrichten, dass sie immer noch gern mit Nelly basteln würde. Und dass sich Tannenbaumschmuck bestens dafür eignet. Du sollst sie anrufen, wenn Nelly Lust hat.«

Ich war gerührt, wie sehr sich die Menschen hier auf Amrum um unser Wohlergehen bemühten. Es würde mir wirklich schwerfallen, die Insel wieder zu verlassen.
»Hast du dir eigentlich schon darüber Gedanken gemacht, wie du mit Nelly leben willst, wenn ihr wieder in Berlin seid?«, fragte ich spontan, auch wenn es noch viel zu früh für eine solche Überlegung war.
Paul ging zum Fenster und sah gedankenverloren hinaus. Von unten ertönte eine Kinderkassette, die Nelly in dröhnender Lautstärke abspielte.
»Momentan bin ich erst einmal froh über jeden Tag, den wir bewältigen. Freitag geht sie zum ersten Mal in die Klinik, und ich hoffe sehr, dass sie sich dort wohl fühlt. In den vergangenen Tagen hat sie so viele Veränderungen verkraften und neue Menschen kennenlernen müssen, dass ich mich wirklich wundere, wie gut das alles bislang geklappt hat.«
Ich nickte. Auch ich war froh, dass Nelly sich auf Amrum so gut eingelebt zu haben schien.
»Und das habe ich zu einem großen Teil dir zu verdanken«, sagte Paul und umarmte mich. Ich seufzte leise. Die Wärme seiner Haut, sein Geruch – das alles war mir so vertraut, als würde ich Paul schon mein ganzes Leben kennen.
»Ich bin so unendlich glücklich, dass ich dir begegnet bin. Anna, könntest du dir vorstellen, mit Nelly und mir in Berlin zu leben?«
Eine Sekunde lang war ich unfähig, etwas zu sagen. Ein Teil von mir rief: »Ja, das wäre wundervoll! Das ist der richtige Weg, ich fühle es!« Doch eine zweite, skeptische Stimme mahnte zur Vorsicht. »Ihr kennt euch doch noch gar nicht lange. Und jetzt wollt ihr schon als Familie zusammenleben? Mit einem Kind, das nicht dein eigenes ist?«

»Darf ich darüber nachdenken?«, fragte ich, um Zeit zu gewinnen. Ich musste unbedingt mein Gefühlschaos in den Griff bekommen.
Wie um alles in der Welt sollte ich nur wissen, welche die richtige Entscheidung war?

Kapitel 32

Ein Paket? Für mich?«

Verwundert nahm ich das Päckchen an, das mir der Postbote in die Hand drückte. Sein Gesicht war knallrot von der Kälte, die Amrum erreicht hatte. Ich quittierte den Empfang und ging in die Küche. Auf dem Paketaufkleber stand in eleganter Handschrift der Absender »Marlene Bergman«.

»Nanu? Ist schon Weihnachten?«, fragte Paul, der Nelly gerade von der Klinik abgeholt hatte. Sie war bereits seit einer Woche dort und fühlte sich zum Glück sehr wohl.

»Ist das für mich?«, fragte Nelly und sah neugierig zu, wie ich mit Hilfe einer Schere das Klebeband durchtrennte.

»Anscheinend«, sagte ich, als der Inhalt offen vor mir lag: zwei Bilderbücher von Pettersson und Findus, ein Paar Frotteepantöffelchen mit Lillifee-Motiv und weihnachtliche Süßigkeiten. Erstaunt nahm ich die Karte und ein kleines Päckchen heraus, auf dem mein Name stand.

Während Nelly sich mit großem Gejohle auf ihre Geschenke stürzte und mit den Pantoffeln durch das Wohnzimmer lief, las ich mit klopfendem Herzen, was meine Mutter geschrieben hatte:

Meine liebe Anna,

es ist nun beinahe ein Jahr her, seit wir uns zuletzt gesehen und miteinander gesprochen haben. Ich sehe dein Gesicht vor mir, während ich diese Zeilen schreibe. Ich sehe die Verwunderung, die Ungläubigkeit. Von Leona habe ich erfahren, dass du dich derzeit hingebungsvoll um ein kleines Mädchen namens Nelly kümmerst – die Bücher und die Pantoffeln sollen eine Aufmerksamkeit zum Nikolaus für sie sein. Ich möchte dich wissen lassen, wie stolz ich auf dich bin! All die Jahre habe ich dir nie richtig zeigen können, was du, was meine beiden Töchter mir bedeuten. Ich war sehr egoistisch und habe lange Zeit einem Traum von einem Leben nachgejagt, ohne daran zu denken, dass das, was eigentlich zählt, die Familie ist. Leona wird dir vielleicht gesagt haben, dass ich zurzeit viel mit den Kindern zusammen bin und ich ihr auf diese Weise helfen kann, sich nach der Trennung von Christian ein neues, unabhängiges Leben aufzubauen. Wer hätte je gedacht, dass ich einmal eine Oma mit drei Enkeln sein würde? Ich habe mich immer als die ewig Schöne, ewig Junggebliebene gesehen, der die Zeit nichts anhaben kann. Was ich bei all meinen Bemühungen, an diesen Äußerlichkeiten festzuhalten, übersehen habe, wart ihr beide und natürlich Hanno.

Ich habe in meinem Leben große Fehler gemacht, doch der größte war wohl, dich zu drängen, deine Tochter wegzugeben. Wahrscheinlich arbeitest du deshalb so intensiv an der Biographie dieser Schriftstellerin (Leona hat mir von deinem Auftrag erzählt), weil du in ihrer Geschichte eine Parallele zu deinem Leben siehst.

Natürlich ist es nicht schwer für mich, eins und eins zusammenzuzählen und zu erkennen, dass Nelly nun den Platz der Tochter einnimmt, die du nicht behalten durftest.

Meine liebe Anna, wenn ich könnte, würde ich die Zeit zurückdrehen und für dich eine Mutter sein, wie du, ja wie jedes Kind sie verdient. Mit all der Liebe, Fürsorge und Wärme, die dir gebührt hätte. Ich wünsche mir so sehr, dass du glücklich wirst. Du weißt, wie ich über Bernd denke. Ich fand ihn sympathisch, aber wenn ich ehrlich bin, war er niemals der Mann, den ich für immer an deiner Seite gesehen habe. Dieser Paul scheint mir ein guter Mensch zu sein, nach dem, was Leona mir erzählt hat. Ich hoffe, dass du mit ihm und Nelly die Familie gründen kannst, die du dir immer gewünscht hast. Dass du deinem kleinen Mädchen das Haar frisieren kannst, so wie Leona und du es damals immer in eurem »Salon« getan habt. Anbei ein kleines Geschenk für dich, ich hoffe, es ist das richtige.

Deine Mutter

Mit Tränen in den Augen wickelte ich mein Geschenk aus der geschmackvollen Goldfolie, in die kleine Sterne geprägt waren. Meine Mutter hatte schon immer einen exquisiten Geschmack gehabt.

»Was ist das?«, fragte Paul neugierig und sah mir über die Schulter. Ich war kaum fähig zu antworten, so überrascht war ich. Vor mir lag die Erstausgabe von *Freigehege.*

»Das, das ist doch … unfassbar …«, stotterte ich und konnte kaum glauben, was ich da in den Händen hielt. Seit über einem Jahr hatte ich nach diesem Buch gesucht, und nun bekam ich es ausgerechnet von meiner Mutter geschenkt. Wo um alles in der Welt hatte sie es aufgetrieben?

Meine Finger strichen über den Umschlag, der von Stockflecken übersät war. Die Seiten verströmten den typisch muffigen Geruch von alten Büchern, die im Laufe der Jahre zu viel Feuchtigkeit abbekommen hatten.

»Eine größere Bestätigung, dass deine Mutter dich liebt, gibt es nicht«, sagte Paul und nahm mich in den Arm. »Anna, ich freue mich so für dich!«

Nelly hatte den Rundlauf mit ihren neuen Schuhen beendet und verlangte nach Aufmerksamkeit.

»Liest du mir vor?«, fragte sie und drückte mir *Morgen, Findus, wird's was geben* in die Hand.

»Natürlich, meine Süße«, schniefte ich und versuchte, meine Tränen zu verbergen. »Aber gib mir noch eine Minute, ja? Ich bin gleich bei dir.«

»Komm, wir kochen Anna Tee mit Honig, damit sie besser vorlesen kann«, rief Paul und schnappte sich Nelly.
Ich ging ins Schlafzimmer und legte mich aufs Bett.
Warum jetzt auf einmal?, fragte ich mich und wusste selbst nicht recht, ob ich den Brief oder das Buch meinte. So oder so, ich war überwältigt von der unerwarteten Geste meiner Mutter. Wie sollte ich reagieren? Konnte man mit einem Brief und einem Geschenk das wiedergutmachen, was über so viele Jahre falsch gelaufen war? Konnte ich ihr verzeihen?
»Anna, wo bleibst du?«, rief Nelly energisch.
»Ich komme schon«, antwortete ich und putzte mir ein letztes Mal die Nase. Meine alten Wunden konnte ich auch nachher noch lecken. Kurze Zeit später war ich zusammen mit Nelly in Findus' Welt versunken, froh über die Ablenkung.
Als die Kleine abends endlich eingeschlafen war, fragte Paul, wie es mir ging.
»Ehrlich gesagt, keine Ahnung. Ich bin ziemlich durcheinander. Willst du den Brief lesen?«
»Gern, wenn du so viel Vertrauen zu mir hast.«
Ich ging nach oben, um den Brief aus der Schreibtischschublade zu holen. Als ich wieder nach unten kam, blätterte Paul in Charlottes Roman.
»War es dieses Buch wirklich wert, ein ganzes Leben dafür zu opfern und ein Kind zur Waisen zu machen?«, fragte er und sah mich prüfend an.
Ich zuckte mit den Schultern.
»Ist nicht jeder Lebenstraum wert, gelebt zu werden?«, fragte ich zurück. »Es muss ja nicht immer so traurig enden wie in Charlottes Fall. Nimm zum Beispiel meine Mutter. Auch sie schreibt, dass sie einer Vorstellung hinterhergejagt ist. Im Gegensatz zu Charlotte scheint sie allerdings, wenn

auch spät, bemerkt zu haben, dass sie Fehler gemacht hat.« Paul nahm den Brief wie einen zerbrechlichen Schatz vorsichtig in die Hand.

»Auf alle Fälle möchte sie ihre Versäumnisse wiedergutmachen«, sagte er, als er zu Ende gelesen hatte. »Ich hoffe, ich bin in ihrem Alter auch noch so lernfähig und bereit, Fehler einzugestehen.«

Aus irgendeinem Grund stieg plötzlich Ärger in mir hoch. »Andererseits macht sie es sich ziemlich einfach! Warum hat sie mich nicht angerufen und selbst mit mir gesprochen, wenn ihr das alles angeblich so verdammt leidtut? Weshalb versteckt sie sich hinter einer glitzernden Goldfolie? Ich glaube, dass es ihr im Grunde immer noch um den schönen Schein geht. Der Brief kommt mit so furchtbar großer Geste daher. Außerdem hätte sie auch vorbeikommen und bei der Gelegenheit gleich Nelly und dich kennenlernen können.«

»Hey, nun beruhig dich mal.« Paul streichelte mein Gesicht. »Deine Mutter hat versucht, einen Schritt auf dich zuzugehen und dir genügend Spielraum zu geben, den Brief auf dich wirken zu lassen. Das ist tausendmal besser, als nach all den Jahren einfach hier aufzukreuzen und dich direkt mit ihrer Reue zu konfrontieren, oder?«

»Ich weiß nicht …« Bestimmt hatte Paul recht, aber ich war zu verärgert, um das zuzugeben.

»Sie will sicher nur abwarten, ob du bereit bist, mit ihr zu sprechen. Ihr Brief zeigt doch, dass sie dich liebt und dein Leben respektiert. Außerdem musst du momentan gar nichts unternehmen. Lass alles erst einmal sacken. Und wenn dir danach ist, liest du dir den Brief später noch einmal durch und entscheidest dann in aller Ruhe, ob du sie lieber anrufen, hierher einladen oder sie in Hamburg besuchen willst.«

»Hm«, grummelte ich. »Wieso bist du nur immer so klug?«
Paul lachte.
»Ich bin nicht klug, zumindest nicht besonders. Aber im Gegensatz zu dir habe ich den nötigen Abstand. Den hättest du umgekehrt genauso. Du bist selbst eine kluge Frau, eine sehr kluge sogar. Das ist einer der vielen tausend Gründe, weshalb ich dich so sehr liebe. Und nun komm, es ist spät, lass uns schlafen gehen. Morgen sieht alles schon ganz anders aus!«
In dieser Nacht liebten wir uns mit einer Intensität wie nie zuvor.

* * *

Samstagmorgen waren die Wattwiesen mit einer feinen Schneeschicht überzogen, als hätte jemand Puderzucker darübergestreut. Jetzt waren es nur noch fünfzehn Tage bis Weihnachten. Allmählich wurde es Zeit, Plätzchen zu backen und sich um die Geschenke zu kümmern.
»Hallo, du kleine Schlafmütze, raus aus den Federn«, rief ich, als Nelly sich unter lautstarkem Protest die hellblaue Decke mit den weißen Schäfchenwolken über den Kopf zog. Die Bettwäsche hatten wir Nelly zum Nikolaus geschenkt.
»Schau mal raus, es hat geschneit!«
»Mir egal«, kam es trotzig unter der Decke hervor, und ich entschied, Flöckchen zu holen. Die kleine Tigerkatze legte sich laut schnurrend auf Nellys Bauch.
»Wenn du nicht bald aufstehst, basteln Janneke und ich ohne dich Sterne für den Weihnachtsbaum«, drohte ich spielerisch und öffnete die Vorhänge.
»Was ist denn hier los?«, fragte Paul, der im Türrahmen auftauchte und herzhaft gähnte. »Seit wann bist du eine Frühaufsteherin?«

»Keine Ahnung, aber ich habe heute gute Laune, draußen liegt Schnee, und es sind nur noch zwei Wochen bis Weihnachten. Und ich würde sagen, bis dahin gibt es noch einiges zu tun.«

»Wenn ihr nichts dagegen habt, findet Weihnachten dieses Jahr ohne mich statt«, sagte Paul mit hängenden Schultern. »Ich bin so müde, dass ich glatt bis Silvester durchschlafen könnte!«

Das war Nellys Stichwort: Die Bettdecke flog in hohem Bogen zur Seite, Flöckchen sprang laut maunzend vom Bett und flüchtete sich zu mir.

»Nein, Weihnachten darf nicht ausfallen«, rief sie und hüpfte wie ein kleiner Derwisch durchs Zimmer. Ich lachte und tanzte mit ihr im Kreis.

»Na gut, wenn das so ist, dann solltest du dich jetzt anziehen. Janneke ist gleich da.«

Genau in diesem Moment läutete es an der Tür, und Paul trat eilig den Rückzug an.

»Ich lasse euch Mädels lieber allein, das wird mir hier zu hektisch«, murmelte er und war schon durch die Tür.

»Frische Brötchen und eine Mohnschnecke für die liebe Nelly«, sagte Janneke und begrüßte sie mit einem Küsschen auf die Wange. »Was ist los, Nellymaus? Du bist ja noch gar nicht angezogen.« Schnell wie der Blitz war die Kleine im Bad verschwunden.

»Wie läuft's mit deinen Bewerbungen?«, fragte ich, während ich den Frühstückstisch deckte. »Schon irgendwelche Reaktionen?« Janneke schnappte sich eine Handvoll Weintrauben und sah zu, wie ich die Kaffeemaschine in Gang setzte.

»Ich habe eine Million Formulare ausgefüllt und weggeschickt. Ich hoffe, dass ich Anfang Januar schlauer bin. Und du? Was macht Charlotte?«

»Das Buch ist fast fertig. Ich gehe davon aus, dass ich es in der ersten Januarwoche abgeben kann. Hier, schau mal, was meine Mutter mir geschenkt hat.«

Beeindruckt betrachtete Janneke die Erstausgabe von *Freigehege*.

»Danach hast du also in Linnarts Keller gesucht«, sagte sie beinahe ehrfürchtig. Dann zog sie ihre Nase kraus. »Puuh, riecht das Ding eklig!«

»Was ist denn?«, wollte Nelly wissen und gesellte sich zu uns. Janneke hielt ihr den Roman unter die Nase.

»Igiittt, das stinkt! Anna, warum hast du so ein altes, vergammeltes Buch? Kannst du dir kein neues kaufen?«

Ich musste lachen. Wegen dieses alten, vergammelten Buches waren viele Tränen vergossen worden, es war unter schweren Bedingungen entstanden und hatte in gewisser Weise zu Charlottes Unglück beigetragen. Aber das alles konnte die kleine Nelly nicht wissen.

»Tja, alles eine Frage der Perspektive«, sagte ich. »Aber jetzt lasst uns frühstücken, ich habe Hunger.«

Wahrscheinlich war es wirklich so: Niemand konnte sich vollkommen in die Welt eines anderen hineinversetzen und ihn bis ins letzte Detail verstehen. Deshalb war es im Prinzip auch sinnlos, darüber zu urteilen. Das galt für Charlotte, das galt für mich – und das galt nicht zuletzt auch für meine Mutter. Wichtig war nur, den eigenen Weg zu finden.

Kapitel 33

»Mir ist langweilig!«, nölte Nelly am darauffolgenden Sonntag. Plötzlich einsetzender Regen hatte den ersten Schnee aufgeweicht und unseren Plan, einen Schneemann zu bauen, durchkreuzt.
Ich dachte nach, was konnte man mit diesem trüben Tag anfangen? Reiten fiel wegen des Matschwetters ebenfalls flach. Memory und Karten hatten wir schon gespielt und außerdem natürlich eingehend den Tannenbaumschmuck begutachtet, den wir tags zuvor mit Janneke gebastelt hatten.
Auf der Suche nach Inspiration blätterte ich im Reiseführer. Mein Blick fiel auf ein Foto des Öömrang Hüs', in dem Martha Hansen ehrenamtlich arbeitete. Vielleicht hatte sie ja heute Dienst im alten Kapitänshaus.
Tatsächlich hatten wir Glück und kamen am frühen Nachmittag, eine Stunde vor Öffnung, in den Genuss einer privaten Führung.
»Schau mal, Nelly, ist das nicht putzig?«, fragte ich und deutete auf den winzigen Alkoven, der den Amrumern früher zum Schlafen gedient hatte.
»Ist das für Kinder?«, fragte sie staunend, doch Martha Hansen schüttelte den Kopf.
»Nein, so waren damals die Betten für Erwachsene. Wenn es sein musste, haben sich sogar bis zu fünf Personen da reingequetscht. Das war zwar unbequem, aber man musste wenigstens nicht frieren.«
Nelly stand mit offenem Mund da. Andächtig betrachtete sie die Bettwäsche aus grobem Leinen mit den alten friesischen Stickereien.

Paul und ich sahen uns währenddessen in der traditionellen Friesenstube um, auch *a dörnsk* genannt. Sie war berühmt für ihre prunkvollen, weiß-blauen Wandfliesen. In der Nähe des antiken Beilegerofens prangte die Darstellung eines einmastigen Segelschiffes, einer *Schmack*. In dem Meer aus ornamentalen Sternen und Blüten wirkte es wie ein Gemälde.
Martha Hansen erzählte von der Geschichte des Hauses, von Märchen und Mythen der Seefahrer, zeigte uns die Küche mit den alten Gerätschaften, die Nelly ebenfalls in Erstaunen versetzten. Besonders fasziniert war sie von einem alten Waschkrug aus Porzellan, der in einer Schüssel auf einem Holztischchen stand. Als Frau Hansen ihr schließlich noch eine schmiedeeiserne Bettpfanne zeigte, war sie vollends aus dem Häuschen.
»Hauptsache, sie wünscht sich so etwas nicht für Zuhause«, flüsterte Paul mir zu, denn nachts war es zuweilen ein Problem, wenn Nelly auf die Toilette musste. Obwohl sie eigentlich aus diesem Alter raus war, musste abwechselnd einer von uns beiden aufstehen und mit ihr zusammen zur Toilette gehen, weil ihr der Weg durch den dunklen Flur Angst machte.
»In der Dörnsk finden übrigens auch häufig Trauungen statt«, sagte Martha Hansen mit einem Augenzwinkern und zeigte uns Fotos von glücklich aussehenden Brautpaaren. Paul räusperte sich, und ich hatte plötzlich das dringende Bedürfnis nach frischer Luft und ging für ein paar Minuten vor die Tür.
Trotz des Nieselregens lief ich im Vorgarten des Öömrang Hüs' auf und ab. Kurz darauf kam Paul heraus. Nelly ließ sich von Frau Hansen noch ein paar Geschichten erzählen. Verlegen sahen wir uns an. Und ehe ich es mich versah, ging Paul vor mir auf die Knie.

»Anna, Liebste, das kommt jetzt zwar etwas plötzlich, aber ich möchte dich fragen, ob du meine Frau werden willst.«

In meinem Kopf drehte sich alles. Das Gesicht von Simon Broder schob sich vor Paul, und ich hatte für einen kurzen Moment das Gefühl, in Charlottes Körper zu stecken.

Der Anblick dieses großen, starken Mannes, wie er so zu meinen Füßen kniete und seine Augen mich anflehten, doch ja zu sagen …

»Antworte jetzt nicht, Anna. Überleg es dir in Ruhe. Aber ich möchte, dass du weißt, wie sehr ich dich liebe und dass ich mir nichts auf der Welt mehr wünsche, als dass du meine Frau wirst.«

Ich war sprachlos. Doch dann gewann mein Realitätssinn die Oberhand.

»Komm, steh auf, der Boden ist ja ganz nass. Du holst dir noch eine Erkältung!«

Paul lachte.

»Sehr romantisch. Anna, genauso habe ich mir deine Reaktion vorgestellt.«

»Tut mir leid, das war wirklich eine Überraschung. Hat dich etwa Frau Hansen inspiriert?«

»Nein, ich muss gestehen, ich habe schon eine ganze Weile darüber nachgedacht, dir einen Antrag zu machen. Es sollte eben mit Stil sein, weißt du. Aber bei dem Trubel mit Nelly hatte ich bislang einfach nicht die nötige Ruhe, um kreativ zu sein. Und gerade musste ich daran denken, dass wir uns auf dem Weg nach Amrum kennengelernt haben. Und dass diese Insel so etwas wie ein zweites Zuhause für uns beide geworden ist, obwohl wir das wohl beide nie gedacht hätten. Tja, und da ist es einfach so aus mir herausgebrochen.«

»Reicht es dir, wenn ich sage, dass ich deinen Antrag wohlwollend prüfe?«, fragte ich und grinste ein bisschen schief.

»Im Falle einer wohlwollenden Überprüfung gebe ich dir natürlich alle Zeit der Welt. Aber wenn du es in einer Stunde wüsstest, wäre ich der glücklichste Mann der Welt. Darf ich die Braut in spe jetzt küssen, oder geht dir das auch zu schnell?«

»Gegen ein Küsschen ist nichts einzuwenden«, murmelte ich, als ich Paul umarmte. In diesem Moment kam Nelly auf uns zugerannt.

»Liebespaar, nun küsst euch mal!«, rief sie kichernd, während Martha Hansen das Gatter für eine Handvoll Besucher öffnete, die das Öömrang Hüs besichtigen wollten.

»Es sind noch Termine beim Standesamt frei«, sagte sie zum Abschied, als wir uns für die Führung bedankten und ihr eine Spende in die Hand drückten.

Während Paul zusammen mit Nelly das Abendessen vorbereitete, saß ich im Arbeitszimmer und versuchte, mich auf mein Buch zu konzentrieren, was mir nach den heutigen Ereignissen größte Schwierigkeiten bereitete. Draußen leuchtete der Mond auf die vorbeiziehenden Wolken, die der kalte Dezemberwind vor sich hertrieb. Charlottes Geschichte neigte sich allmählich ihrem traurigen Ende zu.

September 1914

Nun ist sie auf der Welt, meine kleine Lynn. Das Kind, das ohne seinen Vater aufwachsen wird, erzogen von Mutter und Großmutter. Zum Glück ist die Geburt ohne Komplikationen verlaufen, wenngleich ich mich immer noch arg geschwächt fühle. Mich ängstigt, dass sich die erwartete Liebe zu meinem Kinde so gar nicht einstellen mag. In diesen Tagen fühle ich mich lustlos, habe keinen Appetit und wünsche mir nur, in Ruhe gelassen zu werden. Ich bin zu schwach, um Lynn die Brust zu geben, was Mutter und der Amme Sorge bereitet.

Wenn ich mir die Kleine anschaue, wie sie da in ihrer Wiege neben meinem Bette schläft, fühle ich nichts als Leere. Sie ist mir so fremd, als hätte ich sie gar nicht geboren. Es bereitet mir große Mühe, ihr die nötige Aufmerksamkeit zu geben. Ich bin matt und erschöpft und kann dennoch nicht schlafen. Mich beunruhigt, dass sich unser Land zusammen mit seinem Bündnispartner Österreich-Ungarn seit einigen Wochen im Krieg mit Russland befindet. Es gibt nicht wenige, die einen Konflikt prophezeien, in den noch viele andere Nationen verwickelt sein werden. Einige sprechen bereits von der drohenden Urkatastrophe des anbrechenden zwanzigsten Jahrhunderts. Was soll dann aus mir, aus Mutter, dem Kind, aus uns allen werden?

Nach Lynns Geburt wies Charlotte alle klassischen Symptome einer postnatalen Depression auf, heutzutage ein bekanntes Phänomen, dem man mit therapeutischer und medizinischer Hilfe beikommen konnte. Doch in der damaligen Zeit gerieten die Mütter schnell in Verruf. Marrett Mommsen war hilflos angesichts der Probleme ihrer Tochter. Sie selbst litt noch immer sehr unter dem Tod ihres Mannes und hätte ein wenig Unterstützung gebrauchen können. Die Furcht vor dem Krieg hatte die Insel zwar noch nicht unmittelbar erfasst, doch natürlich waren sich alle der drohenden Gefahr bewusst.
Zögernd glitten meine Finger über die Tastatur. Ich tat mich schwer, Charlotte bis zu ihrem tragischen Ende zu begleiten. Meine Gedanken kreisten immer wieder um die Frage, ob alles anders geworden wäre, wenn sie ihre Angst überwunden und Simon Broder geheiratet hätte.
Obwohl Maximilian Degenhardt erzählt hatte, dass Charlottes Geliebter sich nicht gerade durch Charakterstärke ausgezeichnet hatte, musste ich oft darüber nachdenken,

ob nicht auch er, zusammen mit Charlotte und Lynn, ein besseres Leben geführt hätte.
Angst kann niemals ein guter Berater sein, dachte ich und war mir bewusst, dass auch ich mir in dieser Beziehung häufig selbst im Weg stand. Es gab im Leben keine Sicherheiten, das musste ich endlich akzeptieren. Was hatte ich zu verlieren, wenn ich Pauls Frau wurde?
»Leona? Hast du einen Moment Zeit?«, fragte ich, nachdem meine Schwester endlich ans Telefon gegangen war. Bis zum Abendessen blieben mir noch ein paar Minuten, und die wollte ich nutzen, um meiner Schwester die Neuigkeiten zu erzählen.
»Das ist doch super!«, kreischte sie so laut in den Hörer, dass ich das Handy ein Stück von meinem Ohr weghalten musste. Man hätte meinen können, ich hatte den Lotto-Jackpot geknackt. »Ich hoffe, du hast ja gesagt?«
Ich berichtete ihr von meinen Zweifeln und was mich die letzten Stunden umgetrieben hatte.
»Wieso muss es gleich eine Ehe sein? Wir sind auch so glücklich miteinander«, sagte ich.
»Aber diesmal scheint dir der Richtige über den Weg gelaufen zu sein. Ein Mann, der wirklich zu dir passt und der dir viel geben kann. Dem du viel geben kannst. Was gibt es denn Schöneres? Und was kann im schlimmsten Fall passieren?«
Das fragte ausgerechnet meine Schwester, die in knapp einem Jahr ebenfalls geschieden sein würde.
»Meinst du nicht, dass er mich nur als Mutter für Nelly will?«
Endlich hatte ich sie ausgesprochen, die Frage, die mich schon seit einer halben Ewigkeit beschäftigte.
»Wie kann man nur so wenig Selbstbewusstsein haben?«, fragte Leona, blankes Entsetzen in der Stimme. »Glaubst

du allen Ernstes, Paul sucht nach einer günstigen Babysitterin? Was für ein Unsinn! Er hat sich doch schon in dich verliebt, bevor er das Sorgerecht für Nelly übernommen hat. Hör endlich auf, diesen destruktiven Mist zu denken, und spring über deinen Schatten.«

Leona hatte leicht reden. Nicht jeder kam nach einer Niederlage so schnell wieder auf die Beine.

»Apropos Beziehung, wie läuft es eigentlich mit dir und diesem Oliver?«, fragte ich, um von mir abzulenken.

»Was mich betrifft, so hat es sich ausgeolivert«, antwortete Leona lapidar.

»Wieso? Was ist passiert?«

»Ich hatte keine Lust mehr darauf, ihn immer von seiner Ex schwärmen zu hören. Nathalie hier, Nathalie da. Als Lückenbüßerin bin ich mir echt zu schade. Ich habe ihm geraten, entweder um sie zu kämpfen oder eine Therapie zu machen. Aber wofür auch immer er sich entscheidet – ich stehe ab sofort nicht mehr zur Verfügung!«

Gedankenverloren ging ich nach dem Telefonat die Treppe hinunter. Das Watthuis war erfüllt vom Duft asiatischer Gewürze. Paul und Nelly hatten eine thailändische Reispfanne mit Garnelen gekocht.

»Ist das nicht viel zu scharf für sie?«, fragte ich mit skeptischem Blick auf die Currypaste.

»Ich glaube nicht«, antwortete Paul, der sich eine Schürze umgebunden hatte. »Wer so gern Peperoni ißt, dem machen solche Zutaten nichts aus.« Wie zur Bestätigung ging Nelly zum Kühlschrank und schnappte sich ein Glas mit den scharfen grünen Schoten. Flöckchen schlabberte Milch, der Tisch war gedeckt, Kerzen brannten. Alles in allem genau das, wonach ich mich seit meiner Kindheit immer gesehnt hatte.

Aber war das Glück nicht immer nur von kurzer Dauer?,

meldete sich die skeptische Stimme in meinem Kopf. Hatte Leona mir nicht gerade von ihrer zweiten Beziehung erzählt, die in die Brüche gegangen war? Erstaunlich, wie gelassen sie die Trennung von Oliver genommen hatte. Offenbar konnte sie ihre neue Unabhängigkeit wirklich genießen. Sie hatte die Bratsche wieder für sich entdeckt und liebäugelte sogar mit dem Gedanken, ihr abgebrochenes Musikstudium fortzusetzen.

»Alles in Ordnung?«, fragte Paul, der anscheinend wieder einmal Gedanken lesen konnte. »Konntest du noch ein wenig arbeiten? Wir haben dich extra in Ruhe gelassen.«

»Ja, danke, es lief ganz gut. Ich habe noch etwa zehn Seiten vor mir, dann ist die Rohfassung fertig.«

»Dann gibst du ja früher ab als geplant«, wunderte sich Paul und schenkte uns einen Jasmintee ein. Für Nelly gab es Apfelsaft.

»Tja, ich bin selbst erstaunt über mein Tempo. Übrigens hast du dir schon Gedanken gemacht, ob wir Weihnachten hier auf der Insel oder lieber in Berlin verbringen wollen?«

»Ich dachte, wir feiern hier«, entgegnete Paul erstaunt. »Wozu habt ihr denn sonst mit Janneke diese Unmengen an Dekoration gebastelt? Oder was meinst du, Mäuschen?«

Nelly fischte ein paar Sojasprossen aus ihrem Curry und legte sie an den Tellerrand.

»Sind das Würmer?«, wollte sie wissen, und ich musste lachen.

»Ich will lieber hierbleiben«, fügte Nelly mit Nachdruck hinzu. »Hier ist es schön. Und Flöckchen hat auch keine Lust nach Berlin zu fahren, stimmt's?«

Die kleine Tigerkatze hegte offenbar tatsächlich keine Reisepläne. Glücklich schnurrend saß sie neben Nellys Stuhlbein und spielte mit den Schnürsenkeln ihrer Schuhe.

»Wenn das so ist, bleiben wir natürlich hier«, sagte ich,

glücklich über die Entscheidung. »Dann sollten wir uns aber bald um einen Tannenbaum kümmern, und du musst noch eine Wunschliste für den Weihnachtsmann schreiben. Ich kann dir dabei helfen, wenn du magst.«

Während wir weiteraßen und Nelly laut überlegte, was sie sich wünschte, dachte ich darüber nach, wo wir den Baum kaufen konnten. Am besten fragte ich Martha Hansen.

Weihnachten mit meiner eigenen kleinen Familie war das Letzte, was ich dachte, bevor ich an diesem Sonntagabend mit dem Gefühl einschlief, dass ich in Zukunft das Leben und damit auch das Glück mit beiden Händen packen wollte.

Kapitel 34

September 1914

Jetzt ist alles aus! Mein Leben ist zerstört, ein einziger Trümmerhaufen!

Soeben erhielt ich Nachricht von Frederick Thomsen: Mein Buch wird nicht nachgedruckt werden. Die politischen Verhältnisse in Deutschland und die schwierige finanzielle Situation des Verlages erlauben es derzeit nicht, weitere Exemplare von Freigehege zu publizieren. Die erste Auflage mit etwa einhundert Exemplaren ist nur in wenigen Buchhandlungen erhältlich. An dem Erfolg der ersten Auflage wollte man sich orientieren, um zu entscheiden, wie es mit dem Buch weitergehen sollte. Doch steht etwas anderes auf dem Spiel als Kunst oder Literatur. Unser Land schickt seine Männer an die Front. Ich wage gar nicht daran zu denken, ob auch Simon ein solches Schicksal ereilen wird. Oder wird Franziska Bahlburg ihre mächtige, schützende Hand über ihn halten und ihn vor dem Schlimmsten bewahren? Ich wünsche es mir, denn Simon würde an dieser Bürde zerbrechen.

Während ich dies schreibe, gluckst die kleine Lynn in ihrem Bettchen, nichts ahnend, was mit uns, was mit mir geschieht. Sie kann nicht wissen, wie dunkel es in der Seele ihrer Mutter aussieht.

Am 26.10.1915 nahm sich Charlotte das Leben. Sie hinterließ nur ein paar kurze Zeilen für ihre Mutter, die bereits geahnt haben musste, was in ihrer Tochter vorging, die nie so recht von dieser Welt gewesen zu sein schien:

Es tut mir leid, aber ich kann einfach nicht anders. In ewiger, tiefer Liebe, Charlotte.

Wenn Charlotte nur wenige Jahre später geboren worden wäre, wäre alles anders gekommen, dachte ich bedrückt, als ich den letzten Satz meiner Biographie in den Computer tippte:
»Es ist noch eine Ruh vorhanden.« Es war der Satz, der über dem Eingang des Friedhofs der Heimatlosen stand. Ich hoffte so sehr, dass Charlotte im Tod ihre Ruhe gefunden hatte.
Wie in Trance ging ich nach unten, nachdem ich die Datei zum Verlag gemailt hatte. Ich hatte eine lange und intensive Zeit mit Charlotte verbracht und war ihr nähergekommen, als ich es je für möglich gehalten hätte. Was würde nun passieren? Würde mein Buch einen Teil dazu beitragen, sie einem breiten Publikum zugänglich zu machen?
Die Neuauflage von *Freigehege* in den zwanziger Jahren, initiiert von Frederick Thomsen, der den Krieg überlebt hatte, war damals zu einem Achtungserfolg geworden. Das Buch wurde seitdem immer wieder in kleinen Stückzahlen unter ihrem richtigen Namen nachgedruckt, weil es an deutschen Universitäten einen ähnlichen Stellenwert erlangt hatte wie die Bücher von Ida Boy-Ed, die Charlotte so bewundert hatte.
Ob sich ihre Seelen im Himmel begegnet sind?, fragte ich mich im Stillen. Ein Teil von mir glaubte fest an ein Leben im Jenseits, und diese Hoffnung wollte ich mir bei allem Realitätssinn nicht nehmen lassen.
»Du bist ja ganz blass! Ist alles in Ordnung mit dir?«
Pauls Stimme holte mich schlagartig in die Wirklichkeit zurück, und ich erklärte ihm, dass ich Schwierigkeiten hatte, mich von Charlotte zu lösen. Wie immer reagierte er verständnisvoll:

»Nach all der Arbeit ist es mehr als natürlich, dass du nicht so ohne weiteres abschalten kannst. Aber ich hätte einen Vorschlag, wie du dich wieder ein bisschen erden kannst: Wir könnten spazieren gehen und danach Nelly aus der Klinik abholen und zum Reitunterricht bringen. Was meinst du?«
Ich nickte zustimmend.
Die frische Nordseeluft pustete meinen Kopf frei, und ich war froh, einen Moment mit Paul allein zu sein. Wir gingen dick eingepackt über den Deich und schauten auf das graue Wattenmeer, dessen Anblick mir mittlerweile so vertraut war, dass ich mir gar nicht mehr vorstellen konnte, in der Stadt zu leben.
»Ist es nicht herrlich hier?«, fragte ich und tat einen tiefen Atemzug. »Man hat das Gefühl, dass die Welt stillsteht und alles seine Richtigkeit hat.«
Paul drückte meine Hand, und seine Augen folgten meinem Blick.
»Was glaubst du, was du erst für einen Ausblick hast, wenn du auf dem Leuchtturm von Wittdün stehst und du die Welt von oben betrachtest. Dann weißt du, was wirkliche Weite ist.«
Seine Worte erinnerten mich an unseren ersten gemeinsamen Ausflug. An jenem Nachmittag waren wir an der Strandpromenade von Wittdün entlangspaziert, auf dem Weg zum Leuchtturm. Der Zauber unserer Begegnung hatte jedoch unsere Schritte in eine andere Richtung gelenkt.
Seitdem waren fast drei Monate vergangen, und Paul hatte mich mittlerweile gefragt, ob ich seine Frau werden wollte. Und er wartete immer noch auf meine Entscheidung.
Vielleicht sollte ich den Leuchtturm aufsuchen und in den Weiten der Landschaft nach einer Antwort suchen.
Wir gingen schweigend ein paar Schritte, bis uns eine vermummte Gestalt entgegenkam. Es war Marga Ingwersen.

Seit meinem letzten Besuch bei ihr hatten wir nichts mehr voneinander gehört.
»Hallo, Frau Ingwersen, schön, Sie zu sehen«, begrüßte ich die alte Dame und umarmte sie spontan. »Wie geht es Ihnen?«
Sie schüttelte uns herzlich die Hand und erzählte, dass sie überlegte zu verreisen. Eine ihrer Töchter lebte in Florida und hatte sie eingeladen. Sie könne so lange bleiben, wie sie wolle.
»Eine gute Idee«, ermutigte Paul sie. »Hier ist es nur kalt und grau, in Florida dagegen scheint die Sonne. Gönnen Sie sich das doch!«
Marga Ingwersen lächelte.
»Sie haben wahrscheinlich recht, auch wenn mir die Vorstellung Angst macht, in meinem Alter alleine eine so lange Strecke zu fliegen. Deswegen wollte ich den Kopf freibekommen und mir darüber klar werden, ob ich die Reise riskieren will. Ich weiß ja nicht, wie es Ihnen geht, aber so ein Wattspaziergang kann zuweilen sehr klärend sein.« Paul und ich sahen einander an und nickten.
»Wie geht es Ihrer kleinen Nelly? Ich habe gehört, dass sie sich in der Nordseeklinik behandeln lässt.«
Wir erzählten, wie dankbar wir dafür waren, dass Nelly so kompetente Ärzte und einfühlsame Kindertherapeutinnen zur Seite standen und dass es ihr den Umständen entsprechend gutging. Natürlich litt sie noch sehr unter dem Verlust ihrer Mutter, was auch anhand der Bilder ersichtlich war, die sie in der Klinik malte. Doch so abgedroschen es klingen mochte: Die Zeit würde, wenn auch langsam, irgendwann die Wunden heilen. Und Paul und ich würden alles dafür tun, Nelly zu helfen.
»Das freut mich«, sagte Frau Ingwersen und lud uns ein, in den nächsten Tagen zum Tee bei ihr vorbeizuschauen.

»Sie wissen ja, Anna, meine Zitronenrolle ist legendär. Aber kommen Sie noch vor dem Wochenende, denn Sonntag geht mein Flug, wenn ich mich recht erinnere.«
Während sie sich langsam entfernte, dachte ich mit einem raschen Blick auf die Uhr, dass es Zeit wurde, Nelly von der Klinik abzuholen. Paul würde sie zum Reiten begleiten, während ich mich um einen Weihnachtsbaum kümmerte.
»Fragen Sie doch Herrn Degenhardt«, schlug Martha Hansen vor, als ich mich bei ihr erkundigte, wo man auf der Insel am besten einen Weihnachtsbaum kaufte. »Er hat mir erst neulich gesagt, dass er einen seiner Tannenbäume fällen muss, weil die Wurzel beschädigt ist. Und bevor er ihn zu Brennholz verarbeitet, wäre es doch eine nette Geste, wenn Sie noch etwas davon hätten. Aber beeilen Sie sich, denn er fackelt nicht lange.«
Ich hatte Glück und erreichte meinen Vermieter gerade noch rechtzeitig per Handy.
»Natürlich, kommen Sie jederzeit vorbei und holen Sie den Baum ab. Wunderbar, wenn ich damit der kleinen Nelly eine Freude machen kann.«
Wir verabredeten, dass ich Dienstagnachmittag mit Pauls Wagen zu ihm kommen und die Tanne abholen würde. Paul musste mit Nelly für die nächsten zwei Tage nach Berlin, weil dort noch einige Formalitäten wegen der Vormundschaft zu erledigen waren.
Die freie Zeit wollte ich nutzen, um wegen der Anthologie ausführlich mit meiner Lektorin zu telefonieren. Und ich konnte mit dem Wagen nach Wittdün fahren. Immer noch lockte mich der Gedanke an den hoch aufragenden Leuchtturm.

* * *

Als ich am nächsten Vormittag erwachte, war es ungewohnt still im Watthuis. Paul und Nelly hatten mich ausschlafen lassen, denn ich hatte wieder einmal eine unruhige Nacht hinter mir. Charlotte war durch meine Träume gespukt, und es schien, als wollte sie mir etwas sagen. Doch immer, wenn sie ihren Mund öffnete, verschwand ihr Bild aus meinem Kopf.

Leicht benebelt nahm ich einen Schluck Kaffee aus der Thermoskanne, die Paul liebevoll für mich vorbereitet hatte. Daran klebte ein Post-it mit einem Herz, das Nelly gemalt hatte. »Wir wünschen dir einen schönen Tag, bis übermorgen Abend. Wir vermissen dich jetzt schon,« stand darauf.

Nachdem ich einigermaßen wach und kommunikationsfähig war, rief ich meine Lektorin an und besprach alle weiteren Schritte für das nächste Projekt mit ihr.

Das klappt ja alles wie am Schnürchen, dachte ich, während ich Pauls BMW auf die Straße nach Wittdün lenkte. Bis zu meiner Verabredung mit Maximilian Degenhardt blieben mir noch vier Stunden. Genug Zeit, um über Pauls Antrag nachzudenken.

Nach einem langen Fußmarsch, der mich an genau den Stellen vorbeiführte, an denen ich mit Paul gewesen war, erreichte ich schließlich den Leuchtturm, das Wahrzeichen Amrums.

Der Turm war 1875 in Betrieb genommen worden und ragte fast zweiundvierzig Meter in den Himmel.

Ich fragte mich für einen Moment, ob ich die zweihundertfünfundneunzig Stufen schaffen würde, machte mich dann aber sogleich an den Aufstieg. Trotz der vielen Bewegung in den letzten Wochen fand ich das Treppensteigen anstrengend. Kurz vor der Wendeltreppe, die zur Aussichtsplattform führte, musste ich einen Zwischenstopp einlegen.

Warum hatte ich mir nichts zu trinken mitgenommen? Prustend und keuchend erreichte ich mein Ziel, das mich für alle Anstrengung entschädigte. Von hier aus hatte man einen atemberaubenden Panoramablick über die Nordsee. Mit Hilfe des installierten Fernglases konnte ich den Horizont nach der Hochseeinsel Helgoland absuchen.

Ich atmete tief durch, beobachtete die Möwen, die den Turm laut schreiend umkreisten, und genoss den Augenblick. Jetzt wusste ich, was Paul mit wirklicher Weite gemeint hatte.

Ich ließ die vergangenen Monate seit meiner Ankunft auf Amrum Revue passieren: mein Zusammentreffen mit Paul auf der Fähre, meine erste Nacht im Watthuis, die Begegnungen mit Martha Hansen und Janneke. Ich dachte an den Besuch im Antiquariat von Linnart Ingwersen und wie Paul mich vor dem Bus gerettet hatte. An Herrn Ingwersens Beerdigung, die Arbeit im Antiquariatskeller zusammen mit Janneke. An meinen Besuch bei Marga Ingwersen und das Eingeständnis meines persönlichen Dramas, und immer wieder musste ich an die Begegnungen mit Paul auf der Insel und in Berlin denken. Ich sah Nellys tränenüberströmtes Gesicht vor mir und wie sie lachend auf dem Pony saß. Ich durchlebte erneut die Verwirrung, die der unerwartete Brief meiner Mutter und Pauls Heiratsantrag im Garten des Öömrang Hüs' in mir ausgelöst hatten. Und ich machte mir Gedanken über meine Arbeit an Charlottes Biographie, die eng mit den vielen Zufallsbegegnungen mit Maximilian Degenhardt verknüpft war, sie schienen alle einem Muster zu folgen, das ich nicht verstand.

Mit einem Mal wurde mir klar, wie unendlich glücklich ich mich schätzen konnte, dass mir das Schicksal so viel schöne, aber auch traurige Momente geschenkt hatte.

Ich glaube fest daran, dass alles mit allem zusammenhängt, hallten Pauls Worte in meinen Ohren nach. Und hier, über der Welt thronend, konnte ich auf einmal fühlen, dass er recht hatte. Ich spürte eine Verbundenheit mit den Menschen, die ich liebte, und zu allem, was mir widerfahren war. Ich war dankbar, auch für die schmerzhaften Momente: die Trennung von meiner Tochter, meine Einsamkeit innerhalb meiner Familie, meinen Zusammenbruch mit Ende dreißig, die nahende Scheidung von Bernd. Das alles hatte mich stärker gemacht und zu dem Menschen werden lassen, der ich heute war: zu einer Frau, die trotz manchen Zweifels und schwerer Zeiten immer wieder die Kraft hatte, etwas zu bewegen, und, das erschien mir das Wichtigste, die fähig war, Liebe zu geben, aber auch zu empfangen. Nur darum ging es letzten Endes.

Ich wollte Paul heiraten!

Ich wollte mein Leben gemeinsam mit ihm verbringen und zusammen mit ihm für Nelly da sein. Ich wollte ihr die Liebe und Zuwendung geben, die ich meiner eigenen Tochter niemals hatte geben können.

Mit diesem wunderbaren Gefühl im Herzen trat ich den Rückweg an, als ich plötzlich ein Hallo vernahm.

Ich drehte mich um, mein Fuß trat ins Leere, ich geriet ins Straucheln, und die Welt versank in tiefer Dunkelheit. In weiter Ferne sah ich Charlotte, die nach mir zu greifen versuchte, doch vergeblich.

Ich stürzte ins Bodenlose.

Kapitel 35

»Anna, Anna, so sagen Sie doch etwas! Können Sie mich hören?« Um mich herum nichts als dumpfer Wattenebel. Die Worte drangen von weit her an mein Ohr, als kämen sie aus einer anderen Dimension. Ich war müde, unendlich müde. Warum ließ man mich nicht schlafen? Was war das für eine Stimme, die nach mir rief? Zu wem gehörten die lauten, verzweifelten Schluchzer?

»Anna, bitte tun Sie mir das nicht an! Bitte! Das darf nicht noch einmal passieren.«

Während ich unter großer Anstrengung versuchte, die Augenlider zu heben, nahmen die verschwommenen Züge des über mich gebeugten Gesichts langsam Gestalt an.

»Oh Anna, Sie sind am Leben. Mein Gott, ich bin ja so froh!« Langsam gewann das Gesicht an Schärfe, als würde man das Objektiv einer Kamera regulieren.

»Herr Degenhardt? Was machen Sie denn hier? Was ist passiert?« Ich versuchte, mich aufzurichten, und rieb mir stöhnend den Nacken.

»Halt, nicht so schnell, vielleicht haben Sie innere Verletzungen. Ich bringe Sie zum Arzt. Sie sind die Treppe im Leuchtturm hinuntergestürzt«, sagte er, während ihm Tränen über das Gesicht rollten. Ich war erstaunt. Wo kam er auf einmal her? Und warum weinte er? Bedeutete ich ihm wirklich so viel?

Als ich das nächste Mal meine Augen öffnete, befand ich mich auf einer Liege in einem fremden Zimmer.

»Hallo, Frau Bergman. Ich bin Torben Seyfried, der Inselarzt. Wie fühlen Sie sich?«

Ich musste dem Doktor meinen Namen, mein Geburtsdatum und das heutige Datum nennen, bis er endlich zufrieden zu sein schien. Er tastete mich vorsichtig ab, leuchtete in meine Augen und sagte dann zu Maximilian Degenhardt:

»Mit Frau Bergman ist so weit alles in Ordnung. Allem Anschein nach hat sie eine leichte Gehirnerschütterung, aber keine inneren Verletzungen. Sie hat wirklich großes Glück gehabt. Ich würde sie gern die Nacht über hierbehalten und weiter beobachten. Sollte sich ihr Zustand wider Erwarten verschlechtern, fliegen wir sie mit dem Helikopter aufs Festland.«

Herr Degenhardt nickte, immer noch leichenblass.

»Aber ich will nicht hierbleiben«, protestierte ich schwach. Ich spürte das schmerzhafte Pochen meiner Schläfen. »Ich will nach Hause in mein eigenes Bett. Und ich muss Paul anrufen.«

Dr. Seyfried dachte einen Moment nach.

»Ich kann Sie nur gehen lassen, wenn Sie jemand beaufsichtigt. Hat Ihr Mann die Zeit dazu?«

»Nein«, sagte ich kleinlaut. »Er ist bis übermorgen in Berlin. Aber ich könnte Janneke Hansen fragen.«

»Kommt gar nicht infrage!«, sagte Maximilian Degenhardt und richtete sich energisch auf. »Ich bin für die Situation verantwortlich, ich kümmere mich um Sie. Gehe ich recht in der Annahme, dass Sie lieber ins Watthuis wollen als zu mir?«

Während ich noch überlegte, weshalb er für die Situation verantwortlich war, brachte er mich auch schon zu seinem Wagen.

Eine halbe Stunde später lag ich in meinem Bett zwischen den weichen Daunen und kämpfte gegen die Müdigkeit, während Maximilian Degenhardt in der Küche Tee kochte.

Ich muss unbedingt Paul anrufen, dachte ich noch, bevor ich in einen tiefen, traumlosen Schlaf fiel.
Als ich erwachte, es musste mitten in der Nacht sein, sah ich Herrn Degenhardt auf einem Stuhl an meinem Bettrand sitzen. Der Mond schien durch einen Spalt zwischen den zugezogenen Vorhängen und beleuchtete seine rechte Gesichtshälfte. Sein Anblick hatte etwas Verzaubertes.
»Möchten Sie einen Schluck trinken?«, fragte er und reichte mir ein Glas Wasser. Ich stürzte es gierig hinunter.
»Schöne Grüße von Paul und Nelly. Sie wünschen gute Besserung und freuen sich, Sie bald zu sehen«, sagte er und schenkte Wasser nach. »Ich habe mir erlaubt, ans Telefon zu gehen, als Ihr Mann anrief. Das war doch hoffentlich in Ihrem Sinne?« Ich nickte kraftlos, mein Kopf dröhnte immer noch. Doch nach und nach kehrte Leben in mich zurück, und ich wollte wissen, wieso ich so plötzlich gestürzt war und was Maximilian Degenhardt ausgerechnet in jenem Moment im Leuchtturm zu suchen hatte. Nicht, dass ich nicht dankbar gewesen wäre, immerhin hatte er mich gerettet, aber es war schon ein ziemlicher Zufall.
»Was ist passiert?«, fragte ich und schob mir ein zweites Kissen unter den Kopf. »Wie kommt es, dass Sie immer genau dort sind, wo ich bin?« Ich dachte an unsere erste Begegnung im Strandcafé, als er mir das Hexenschüsselchen geschenkt hatte. Kurz darauf war ich ihm in Wittdün begegnet, nach meinem Beinahe-Unfall mit dem Bus. Herr Degenhardt war wie ein Schatten, der mir überallhin folgte.
»Ich weiß es nicht. Vielleicht ist es jene Koinzidenz, von der Sie sprachen, als wir uns an Charlottes Grab getroffen haben. Oder wir fühlen uns einfach zu den gleichen Orten hingezogen. Den Leuchtturm besuche ich zum Beispiel immer dann, wenn ich einen Perspektivwechsel nötig habe, den Friedhof, wenn ich unruhig bin. Und natürlich aus Re-

spekt vor Charlotte Mommsen«, fügte er hinzu, während ich seine Worte auf mich wirken ließ.

»Worüber wollten Sie denn nachdenken?«, fragte ich neugierig. Meinen Sturz hatte ich komplett vergessen.

»Über alles Mögliche. Über das Leben, verlorene Chancen, Träume … worüber man eben nachdenkt, wenn man so alt und einsam ist wie ich.«

Seine Worte rührten mich. Dieser Mann hatte viele Gesichter, und heute Nacht konnte ich seine weiche, verletzliche Seite sehen. Einsam war er, aber warum? Was war nur los mit ihm?

»Weshalb leben Sie so zurückgezogen, wenn Sie unter dem Alleinsein leiden?«, fragte ich. »Sie scheinen auf Amrum doch ein gewisses Ansehen zu genießen. Meine Schwester war sofort begeistert von Ihnen, Nelly mochte Sie. Sie waren mit Linnart und Marga Ingwersen befreundet.«

»Sind Sie niemals einsam, auch wenn Sie mit anderen Menschen zusammen sind?«, fragte er, und ich stutzte für einen Moment. Natürlich, an der Seite von Bernd war ich zuweilen sehr einsam gewesen, und ihm war es vermutlich ebenso gegangen.

»Doch, sicher«, begann ich zögerlich, »aber das Leben ist sehr viel einfacher, wenn man es mit anderen teilt. Und ich spreche nicht nur von traurigen Stunden, sondern vor allem von den schönen Momenten, und die werden Sie bestimmt auch erlebt haben.«

Der Mond schien von einer Wolke überschattet zu werden, und auf einmal lag sein Gesicht im Dunkeln.

»Leona hat mir erzählt, dass Sie sich in Berlin viel in der Kunstszene bewegt haben. Gab es dort niemanden, der Ihnen etwas bedeutet hat?« Ich dachte an die Gemälde in seinem Schuppen. Durch die intensive Zeit mit Nelly und die Arbeit an Charlottes Biographie war ich in den vergangenen Wochen derart eingespannt gewesen, dass ich sogar vergessen hatte, mir weiter über meinen seltsamen Fund Gedanken zu machen.

»Doch, es gab einmal jemanden, der mir alles auf der Welt bedeutet hat. Aber bis ich das erkannt habe, war es zu spät.«

War dieser jemand die Person, an die Leona ihn erinnert hatte?

»Hatte dieser Mensch Ähnlichkeit mit meiner Schwester?«, wagte ich einen Vorstoß, unsicher, ob ich an einer Verletzung rührte, die schon sehr lange zurückzuliegen schien. Schade, dass ich sein Gesicht im Dunkeln nicht sehen konnte.

»Liebe Anna, sind Sie nicht eigentlich zu schwach, um solche Gespräche zu führen?«, wehrte er unwillig ab. »Dr. Seyfried hat ausdrücklich gesagt, dass Sie Ruhe brauchen. Wollen Sie nicht lieber schlafen?«

»Schlafen kann ich noch die ganze Nacht und morgen. Schließlich habe ich nichts vor. Paul und Nelly sind in Berlin, mein Buch ist fertig. Wenn Sie mir also erzählen wollen, was Sie bedrückt, können Sie das gern tun. Ich glaube, ich bin eine ziemlich gute Zuhörerin.«

Er räusperte sich.

»Freut mich zu hören, dass Sie Ihre Biographie zu Ende gebracht haben. Wie fühlen Sie sich? Haben Sie Antworten in Bezug auf Charlotte gefunden?«

»Eigentlich bin ich froh, dass ich sie abgeschlossen habe. Gerade die letzten Jahre in ihrem Leben waren sehr bedrückend. Es ist mir teilweise richtig schwergefallen, ihre todtraurigen Tagebucheinträge zu lesen. Die Passagen über die fehlende Liebe zu ihrem Kind, die Trennung von Simon Broder, den bevorstehenden Krieg … Und nicht zuletzt die riesige Enttäuschung wegen ihres Buches. Für einen Künstler muss es furchtbar sein, so intensiv an etwas gearbeitet zu haben und dann einen so lange gehegten Traum aufgeben zu müssen.«

»Ja, das ist schwierig. Aber glauben Sie mir, es kann mitunter ebenso schwierig sein, einen Traum in Erfüllung gehen zu sehen und mit dem Ergebnis nicht fertig zu werden. Ich weiß, wovon ich spreche. Ruhm und Ehre sind vergänglich, Erfolge kommen und gehen. Manche erfahren sie nie, manche erleben sie im Überfluss. Doch am Ende eines Lebens zählen weder Bestseller noch Preise. Weder Nummereins-Hits noch Medaillen. Am Ende zählt nur die Antwort auf die Frage: Habe ich so gelebt, wie ich es mir gewünscht habe? War mein Leben wertvoll? Konnte ich anderen Menschen etwas geben? Habe ich Liebe gefühlt und andere glücklich gemacht?«

In meinem Hals bildete sich ein Kloß. Es war geradezu unheimlich, wie sehr seine Gedanken den meinen ähnelten, nur dass ich sie mir rund zwanzig Jahre früher stellte als er.

»Und? Haben Sie Liebe gefühlt? Haben Sie andere glücklich gemacht?«

Für einen Moment war es still im Raum.

»Das ist die Frage, die mich seit vielen Jahren quält und auf die ich vermutlich keine Antwort mehr finden werde.«

»Sind Sie deshalb von Berlin nach Amrum gezogen? Ist die Insel ein selbst auferlegtes Exil?«

Erneutes Schweigen.

»Ihre Vermutung stimmt«, sagte er schließlich. »Es gibt nur wenige Menschen, die einen so lebendigen und kreativen Schmelztiegel wie Berlin gegen die Einsamkeit des rauhen Amrum eintauschen würden.«

Doch, die gibt es! Ich zum Beispiel würde sehr gern hierbleiben.

»Haben Sie nie daran gedacht, wieder nach Berlin zurückzukehren? Soweit ich weiß, haben Sie doch gar keine Verpflichtungen hier. Sie bekommen regelmäßige Mieteinnahmen, und um die organisatorischen Dinge kümmert sich Frau Hansen.«

»Nein, ich setze keinen Fuß mehr in diese Stadt. Ich habe dort eine Schuld auf mich geladen und möchte sühnen für das, was ich getan habe.«

Das klang dramatischer als vermutet. Schuld und Sühne waren große Worte!

Schlagartig fiel mir unser Gespräch ein, das wir auf dem Friedhof der Heimatlosen geführt hatten.

Es gab eine Zeit in meinem Leben, in der ich zu viel getrunken, zu viel gefeiert und zu viel geraucht habe. Mit katastrophalen Folgen …

Bruchstückhafte Erinnerungen purzelten in meinem Kopf durcheinander. Maximilian Degenhardts Andeutungen, seine Zuneigung zu meiner Schwester, die Ablehnung gegenüber bildender Kunst, die verpackten Bilder in seinem Schuppen. Das Gemälde, das ich glaubte erkannt zu haben. Mit einem Mal setzten sich die vielen winzigen Mosaiksteinchen zu einem farbenprächtigen Bild zusammen, und ich konnte nicht glauben, dass ich die ganze Zeit über so blind gewesen war. Mir stockte der Atem, als ich sagte:

»Sie sind der Maler David M. Richter! Habe ich recht?«

Kapitel 36

Sie sind wirklich eine kluge Frau und eine gute Zuhörerin«, sagte Maximilian Degenhardt und sah mich durchdringend an.

Mein Herz pochte.

»Dann war die Geschichte mit Ihrer Auswanderung nach Buenos Aires nur eine Erfindung? Oder haben Sie tatsächlich den Umweg über Argentinien gemacht, um hierherzukommen?«

Trotz des Ernstes der Situation musste er lachen.

»Das wäre wirklich alles andere als der direkte Weg. Nein, dieses Gerücht habe ich absichtlich in die Welt gesetzt, um meine Spur zu verwischen und endlich zur Ruhe zu kommen. Ich hatte damals mit meinem Agenten oder Manager, wie man heute wohl sagen würde, vereinbart, der Presse diese Version aufzutischen.«

»Aber was ist passiert, dass Sie Ihre sagenhafte Karriere so Knall auf Fall beendet haben? Bedeutet Ihnen die Malerei denn gar nichts mehr? Sie waren so unglaublich begabt. Ihre ›Dame in Rot‹ hängt seit Jahren als Druck in meiner Hamburger Wohnung. Leider hatte ich nie die Chance, Ihre Arbeiten in natura zu sehen, aber ich habe viele Bildbände über Ihre Werke, Paul übrigens auch.«

»Freut mich, dass Sie beide zu schätzen wissen, was ich geschaffen habe. Mir persönlich bedeutet die Malerei nichts mehr.«

»Aber wo sind Ihre Bilder heute? Wo werden sie aufbewahrt?« *In einem Schuppen?*

»Sie haben sie schon einmal gesehen, wenn auch verpackt.

Erinnern Sie sich daran, als ich einen riesigen Stapel Pakete aus dem Keller von Linnart Ingwersen abtransportieren ließ? Dort standen sie über dreißig Jahre lang. Nun befinden sie sich im Schuppen neben meiner Kate. Sie können sie sich gerne ansehen, wenn es Ihnen Freude macht.«

»Auf die Gefahr hin, penetrant oder unsensibel zu erscheinen: Was um alles in der Welt ist passiert, dass Sie Ihre große Karriere aufgegeben und seitdem nicht mehr gemalt haben?«

»Ich habe meine Frau und mein Baby getötet.«

Für einen kurzen Moment glaubte ich, mich verhört zu haben. Maximilian Degenhardt ein Mörder? Das konnte ich nicht glauben! Er mochte schwierig sein, exaltiert und zuweilen ein Misanthrop. Aber ein Krimineller?

»Liane und ich hatten Streit, wie so häufig in den Monaten vor ihrem Tod. Während einer heftigen Auseinandersetzung fiel sie die Treppe in unserer Stadtvilla hinunter und brach sich das Genick. Dass sie zu dem Zeitpunkt schwanger war, habe ich erst später erfahren.«

Mit einem Mal war ich nicht mehr sicher, ob ich noch mehr hören wollte. Warum um alles in der Welt hatte dieses Gespräch überhaupt stattgefunden?

Allerdings war mir jetzt klar, weshalb Herr Degenhardt geweint hatte, als ich im Leuchtturm verunglückt war.

Das darf nicht noch einmal passieren.

Er hatte für einen Moment geglaubt, seine Frau vor sich zu sehen. Seine Tränen hatten nicht mir gegolten, sondern seiner großen Liebe, die vor langer Zeit durch seine Schuld gestorben war.

Durch seine Schuld?

»Wie ist es denn zu diesem Unglück gekommen?«, fragte ich. »War der Sturz ein Unfall, oder haben Sie …«

»Nein, natürlich habe ich Liane nicht gestoßen, falls Sie

das denken. Es war eine Verkettung unglücklicher Umstände. Sie verhedderte sich mit den viel zu hohen Absätzen im Saum ihres bodenlangen Mantels und verlor den Halt.«

»Aber dann trifft Sie doch keinerlei Schuld!«

»Ach nein? Aber das alles ist nur aufgrund unserer heftigen Auseinandersetzung passiert. Und da ich derjenige war, der den Streit provoziert hat …«

»Worüber war Ihre Frau denn so erzürnt?«

»Die Liste meiner Verfehlungen ist schier endlos, ich will Sie damit nicht langweilen. Zusammenfassend kann man sagen, dass mir der Ruhm zu Kopf gestiegen ist, ich ein riesiger Egoist war und meine Frau vernachlässigt habe. Es erschien mir wichtiger, mich feiern zu lassen, mich im Lichterglanz der Presse und der Kritiker zu sonnen, als ein guter Ehemann zu sein. Es verging kaum eine Woche, in der Liane mir nicht sagte, dass sie so nicht leben könne. Dass sie meinetwegen ihre eigene Karriere als Malerin aufgegeben hatte. Und ich sie zum Dank betrog. Es war ihr egal, dass die freie Liebe in den sechziger Jahren en vogue war, sie wollte mich für sich allein. Und das natürlich zu Recht. Schließlich liebten wir uns!«

»Wo haben Sie beide sich kennengelernt?«

»An der Hochschule der Künste in Berlin. Ich war ein typisches Kriegskind, das aus einfachen Verhältnissen stammte. Mein Vater war Tischler, meine Mutter Schneiderin. Von ihnen habe ich mein Gespür für Farben und Formen geerbt. In der Schule entdeckte eine Lehrerin mein Talent fürs Malen und ermutigte mich zu studieren. Das war natürlich nicht einfach, denn es fehlte ja an allen Ecken und Enden an Geld. Aber meine Eltern haben an mich geglaubt und mich so gut wie möglich unterstützt. Und dann trat dieses feengleiche Wesen mit dem langen blonden Haar und den wunderschönen blauen Augen in mein Leben, Liane …«

Die Beschreibung passte absolut auf Leona. Kein Wunder, dass er sich zu ihr hingezogen gefühlt hatte.

»Wir hatten sofort das Gefühl, füreinander bestimmt zu sein. Wir zogen zusammen und teilten alles, was wir hatten. Liane unterstützte mich, indem sie ihre eigene Karriere zurückstellte und in meinem Namen bei Kunstsammlern, Galeristen und potenziellen Mäzenen vorstellig wurde. Dafür wäre ich zu stolz gewesen, und das wusste sie. Ihr hatte ich es auch zu verdanken, dass ich schließlich Kontakt zur Gruppe 56 bekam und 1964 in der renommierten Galerie Werner & Katz zusammen mit anderen Künstlern ausstellen konnte. Diese Ausstellung war mein Durchbruch, denn durch sie wurde der New Yorker Kunstkritiker Saul Winter auf meine sogenannten Körperlandschaften aufmerksam, auf die ich mich im Laufe meines Schaffens konzentriert hatte. Das Bild, das ihn am meisten beeindruckte, war, soweit ich weiß, die ›Dame in Rot‹.«

»Stand Liane Modell für diese Frau?«

»Ja, genau. Dieses Bild ist so etwas wie mein Vermächtnis. Eine Liebeserklärung an meine wunderbare Geliebte, die mir in all den Jahren zur Seite gestanden und mich gestützt hat.«

»Und wo ist dieses Bild jetzt? Auch in Ihrem Schuppen?«

»Nein, es hängt im Nieblumhuis. Sie konnten es nicht sehen, es ist hinter einer Tür versteckt. Auf diese Weise kann ich es anschauen, wann immer mir danach ist, ohne zu riskieren, dass es von jemandem entdeckt wird.«

Mir fiel nichts ein, was ich hätte erwidern können. Die Dunkelheit im Raum verstärkte meinen Eindruck, in einem Traum gefangen zu sein, und ich glaubte, in jedem Moment zu erwachen und mir ungläubig die Augen zu reiben.

Saß da tatsächlich der berühmte Maler David M. Richter an

meinem Krankenbett und erzählte mir die Tragödie seines Lebens? Das alles war ein bisschen viel für mich. Ich sehnte mich nach Paul und seiner klaren, ruhigen Art. Er würde mir bestimmt kein Wort glauben, wenn ich ihm von meiner Unterhaltung mit Maximilian Degenhardt erzählte. Es war ja auch zu abenteuerlich.

Bekümmert dachte ich an Liane, die ich nie kennengelernt hatte und der ihre Gefühle zum Verhängnis geworden waren. Sie hatte leidenschaftlich geliebt und für ihr Glück gekämpft.

»Mögen Sie mir von Ihrer Frau erzählen?«, bat ich. »Woher stammte sie? Was war sie für ein Mensch?«

»Liane kam im Gegensatz zu mir aus wohlhabenden Verhältnissen. Ihr Vater war Bankier, die Mutter eine gebildete Frau mit ausgeprägten musischen Talenten. Sie spielte hervorragend Klavier, nahm Zeichenunterricht und schrieb Gedichte. Die Ehe der beiden blieb lange kinderlos, auch wenn sie sich nichts sehnlicher wünschten als eine große Kinderschar. Lianes Mutter hätte das Herz und die Kraft dafür gehabt. Wie ihre Tochter war sie ein liebevoller, warmherziger Mensch. Unserer Beziehung stand sie von Anfang an skeptisch gegenüber, weil sie wohl intuitiv gespürt hatte, dass ich ein Besessener, ein Getriebener war, der seine Kunst und den Erfolg über alles stellte.«

Ich nickte. Natürlich war ein narzisstischer Künstler nicht gerade eine Idealbesetzung für die Rolle des Schwiegersohns. Man sah am Beispiel von Leonas Mann Christian, wie schwer es war, sich in einer Partnerschaft als eigenständiger Mensch zu behaupten und seine eigenen Bedürfnisse nicht völlig zu leugnen.

»Doch als wir schließlich heirateten, erkannte die Mutter, dass ihre Tochter trotz allem sehr, sehr glücklich war. Liane war selbst mit Leib und Seele Künstlerin und hatte lange

Zeit großes Verständnis dafür, dass ich nicht an gewöhnlichen Maßstäben zu messen war. ›Gerade deshalb liebe ich dich so‹, sagte sie häufig, und das stimmte auch. Obwohl sie selbst sehr begabt war, hatte es ihr lange Zeit genügt, meine Muse zu sein, anstatt selbst im Rampenlicht zu stehen. Damit war allerdings schnell Schluss, als ich mit einigen meiner Modelle Affären hatte.«

An diesem Punkt seiner Erzählung musste ich mich sehr zusammenreißen, um nicht schlecht über Herrn Degenhardt zu denken. Wie konnte es möglich sein, dass er sich derart klischeehaft verhielt?

»Aber weshalb gerieten Sie überhaupt in Versuchung, wenn Sie Liane so geliebt haben? Sie scheint eine talentierte, wunderschöne und begabte Frau gewesen zu sein, die alles für ihre Liebe getan hat. Was fehlte Ihnen denn?«

»Natürlich stelle ich mir diese Frage auch heute immer wieder. Sie haben vollkommen recht. Ich kann mir meine Fehltritte nur mit einer gewissen Gier erklären, die mich erfasst hatte, als ich quasi über Nacht berühmt wurde. Der Ruhm, das Geld, die Bewunderung überrollten mich mit einer solchen Wucht, und ich fing an, mit allen möglichen Suchtmitteln herumzuexperimentieren. Alkohol und Zigaretten waren da noch harmlos. Sie wissen wahrscheinlich selbst, welche Drogen in dieser Zeit in Mode kamen und dass jeder, der sein Bewusstsein im Namen der Kreativität erweitern wollte, vor kaum etwas haltmachte. Im Rausch fielen alle Barrieren. Dass mich dieser ganze Mist weder zu einem besseren Maler noch zu einem besseren Menschen machte, wurde mir erst klar, als es zu spät war.«

»Wie haben Lianes Eltern auf den Unfalltod ihrer Tochter reagiert? Haben sie Ihnen das je verziehen?«

»Lianes Vater war im Jahr zuvor gestorben, doch für die Mutter zerbrach eine Welt. Wir haben seitdem nie wieder miteinander gesprochen, auf der Beerdigung hat sie mich gemieden. Natürlich verstand ich das, weil sie mit dem Tod ihrer Tochter auch das ungeborene Enkelkind verlor. Ihre Nachkommen wurden auf einen Schlag für immer ausgelöscht.«

»Wie hieß Liane eigentlich mit Nachnamen?«, wollte ich wissen, denn ich fragte mich schon die ganze Zeit, weshalb David M. Richter den Decknamen Maximilian Degenhardt gewählt hatte.

»Sie hieß Degenhardt. Maximilian ist mein zweiter Vorname. Deshalb auch das M in meinem richtigen Namen.«

Während ich über diese ungeheuerliche Geschichte nachdachte, stolperte ich immer wieder über ein Detail.

Sicher war es nur ein Zufall, aber ich musste plötzlich daran denken, dass Charlottes Tochter Lynn in Berlin einen Bankier namens Wolfram Degenhardt geheiratet hatte.

»Bestimmt halten Sie mich jetzt für verrückt«, begann ich zögerlich und zitterte vor Aufregung. »Aber kann es sein, dass es kein Zufall ist, dass Lynn Mommsen nach ihrer Eheschließung ebenfalls den Namen Degenhardt führte?«

Er seufzte schwer, und es schien mir, als würde eine Ewigkeit vergehen, ehe er antwortete.

»Ich habe mich nicht getäuscht, als ich sagte, dass Sie über eine ausgezeichnete Kombinationsgabe verfügen! Nein, die Namensgleichheit ist kein Zufall. Charlottes Tochter Lynn war Lianes Mutter. Man kann also sagen, dass ich durch meine Heirat mit Charlotte Mommsen verwandt bin. Ihre Enkelin war meine Frau.«

Kapitel 37

»Ich bin so froh, dass dir nichts passiert ist, Liebes«, flüsterte mir Paul ins Ohr, als er Dienstagmittag mit Nelly ins Watthuis zurückkehrte. Er umarmte mich mit einer solchen Heftigkeit, dass mir schier die Luft wegblieb.

»Pass auf, du erdrückst mich noch«, protestierte ich, während ich mich dicht an ihn schmiegte. Er hatte mir unendlich gefehlt, und ich hatte ihm so viel zu erzählen.

Nelly stand unterdessen scheu im Türrahmen.

»Süße, schön, dass du wieder da bist. Wie hat es dir in Berlin gefallen?« Ein zartes Maunzen ertönte. Flöckchen schien ebenfalls froh zu sein, Nelly wiederzuhaben.

»Ganz gut, aber hier ist es schöner«, murmelte sie und verließ das Zimmer, um mit ihrem Kätzchen zu spielen.

»Heißt das, wir sollten endgültig auf Amrum bleiben?«, fragte ich lachend, während mein Kopf immer noch an Pauls Brust lag.

»Das klären wir, nachdem du mir erzählt hast, was im Leuchtturm passiert ist. Nicht auszudenken, was geschehen wäre, wenn Herr Degenhardt dich dort nicht gefunden hätte. Aber was hatte der Kerl da eigentlich zu suchen?«

»Das kann ich dir auch nicht sagen. Ich weiß nur, dass ich an unsere Hochzeit gedacht habe und eben die Treppe hinuntergehen wollte, als ich plötzlich hörte, wie jemand hallo sagte. Und als ich wieder zu mir kam, kniete Maximilian Degenhardt neben mir. Er hat mich zum Arzt gebracht und ist den Rest der Nacht nicht mehr von meiner Seite gewichen, weil ich wegen der Gehirnerschütterung noch unter Beobachtung stand.«

Paul schien nur einen Teil meiner Erzählung verstanden zu haben.
»Hast du gerade gesagt, dass du an unsere Hochzeit gedacht hast? Heißt das, du willst mich heiraten?«, fragte er ungläubig. Ich nickte.
»Oh Anna! Du ahnst gar nicht, wie glücklich mich das macht«, jubelte er und küsste mich, dass mir Hören und Sehen verging.
»Wie wär's, wenn du gleich beim Standesamt anrufen und fragen würdest, ob sie ab Februar irgendwann einen Termin frei haben? Ich für meinen Teil würde wirklich gern in der Dörnsk im Öömrang Hüs heiraten. Es gibt da allerdings noch eine winzige Kleinigkeit ...«
»Und die wäre?«
»Meine Scheidung. Bisher wurden mir die Papiere nicht zugestellt. Aber das wird nicht mehr allzu lange dauern.«

Den Rest des Tages verbrachten wir damit, mit Nelly und Flöckchen zu spielen, spazieren zu gehen und unsere Dreisamkeit zu genießen. Von meinem Sturz waren mir lediglich leichte Kopf- und Nackenschmerzen geblieben, doch die Vorfreude auf die kommende Zeit entschädigte für meine Wehwehchen.
Während Paul und Nelly sich um das Abendessen kümmerten, rief ich Leona an, um sie zu fragen, ob sie meine Trauzeugin werden wollte.
»Aber natürlich, von Herzen gern!«, jubelte sie. »Lilly und Nelly können Blütenblätter streuen, und ich werde Bratsche spielen. Ich freue mich so für dich, Schwesterherz. Aber wann lerne ich Paul endlich kennen? Ich muss doch wissen, wer mein Schwager wird, findest du nicht?«
Daran hatte ich noch gar nicht gedacht.
»Was würdest du davon halten, Weihnachten zusammen

mit Leona und den Kindern zu verbringen?«, fragte ich Paul kurz darauf, während wir alle drei vor einem großen Teller Nudeln saßen. Offenbar hatte Nelly ihre Abneigung gegen Pasta überwunden, sie rollte ihre Spaghetti mit großer Begeisterung auf die Gabel, allerdings klappte das nicht immer ganz unfallfrei.

Paul schenkte uns Rotwein ein.

»Warum nicht, ich würde zum Fest der Liebe sehr gern deine Familie kennenlernen. Wäre das nicht auch ein guter Anlass, deine Eltern einzuladen? Ich nehme an, du hast noch nicht mit deiner Mutter gesprochen.«

Stimmt, das hatte ich in der Aufregung vollkommen vergessen.

»Du bist dir aber schon darüber im Klaren, dass wir dann insgesamt …«, ich zählte nach, weil ich es kaum fassen konnte, » … neun Personen wären? Mal abgesehen davon, dass die Feiertage womöglich nicht ganz spannungsfrei verlaufen werden. Wo sollen wir denn alle unterbringen? Und wo sollen wir feiern? Das Wohnzimmer ist eindeutig zu klein, vor allem, wenn dort auch noch der Baum steht.«

Paul runzelte die Stirn.

»Hast du mir nicht erzählt, dass Herr Degenhardt noch andere Häuser besitzt?«

Ich dachte an die Kletterrose. Vielleicht konnte ich meine Familie dort unterbringen.

Nach dem Essen telefonierte ich mit Martha Hansen, die bestätigte, dass das Ferienhaus für diese Zeit noch frei war.

»Sie haben Glück. Für gewöhnlich ist es über die Weihnachtstage an eine Familie aus Kiel vermietet, aber die haben in letzter Sekunde abgesagt. Insofern wäre das doch eine tolle Lösung. Die Familie spart sich die Stornokosten, und Sie können Ihre Lieben dort unterbringen.«

Da ich gerade so in Schwung war, rief ich noch einmal bei

meiner Schwester an, die sich sehr über die Einladung freute. So musste sie ihr erstes Weihnachten ohne Christian wenigstens nicht allein mit ihren Kindern verbringen.
»Soviel ich weiß, will Papa mit Freunden zum Skifahren ins Engadin. Aber Mama würdest du bestimmt eine große Freude machen. Sie war schon so enttäuscht darüber, dass du dich gar nicht bei ihr gemeldet hast. Du hast ihren Brief doch bekommen?«

»So, nun ist es aber genug für heute«, sagte Paul energisch und plazierte mich auf dem Sofa, nachdem wir Nelly ins Bett gebracht hatten. »Deine Mutter kannst du auch morgen anrufen. Außerdem hast du mir noch gar nichts über deine Nacht mit Maximilian Degenhardt erzählt«, fügte er grinsend hinzu und schenkte Rotwein nach.
»Du meinst, mit David M. Richter«, antwortete ich bedeutungsvoll. Ich konnte es kaum erwarten, Paul die ganze Geschichte zu erzählen.
Als ich geendet hatte, war er fassungslos.
»Dieser Mann ist David M. Richter? Und er war ausgerechnet mit der Enkelin von Charlotte Mommsen verheiratet? Das ist ja wie in einem Roman. Vielleicht solltest du ihn überreden, dich eine Biographie über ihn schreiben zu lassen.«
Paul sprach etwas aus, das mir auch schon durch den Kopf gegangen war. Mein Verlag würde sich mit Begeisterung auf diesen Stoff stürzen, da war ich mir absolut sicher.
Aber ich respektierte Maximilian Degenhardts Haltung und hatte ihm in jener Nacht versprochen, niemandem außer Paul davon zu erzählen, der natürlich ebenfalls diskret mit dieser Information umgehen würde.
Ich hatte mich sogar dagegen entschieden, meine Biographie um diesen Teil zu ergänzen, sosehr es Charlottes

Geschichte auch abgerundet hätte. Doch was hatte es für einen Sinn, die Familientragödie weiter auszuwalzen? Die Dinge waren so schon traurig genug.

»Was ist eigentlich aus Lynn geworden?«, fragte Paul, den diese Familiengeschichte sehr zu beschäftigen schien.

»Sie ist kurze Zeit später ebenfalls gestorben. Nach dem Tod ihres geliebten Mannes und der Tochter hatte sie im Alter von sechzig Jahren nicht mehr genug Kraft, all das Leid zu tragen.« Ich dachte an die Grabsteine auf dem Friedhof in Nebel und an die vielen Frauen, die ihren Männern kurze Zeit später in den Tod gefolgt waren. Man konnte scheinbar wirklich an gebrochenem Herzen sterben.

»Was für ein trauriges Schicksal«, sagte Paul und senkte den Blick. »Aber umso erfreulicher, dass Herr Degenhardt dir sein Geheimnis anvertraut hat. Vielleicht ist das ein Anstoß für ihn, sich dem Leben wieder zu öffnen. Meinst du, er würde sich freuen, wenn wir ihn zu unserer Familienfeier einladen?«

Und vielleicht, dachte ich, wäre das ein Anstoß für ihn, endlich wieder auszustellen. Kunst war schließlich dazu da, möglichst viele Menschen zu erfreuen und nicht auf ewig in einem Schuppen zu vergammeln.

»Was für ein einfühlsamer Mensch du bist!« rief ich aus und fiel ihm um den Hals. »Ehrlich gesagt habe ich auch schon mit dem Gedanken gespielt. Am liebsten würde ich auch noch Janneke und die Hansens einladen. Ich wusste nur nicht, wie ich es dir beibringen sollte. Ihr kennt euch ja noch nicht einmal.«

»Aber das lässt sich doch ändern. Da der Tannenbaum wegen deines Unfalls immer noch im Garten des Nieblumhius liegt, würde ich vorschlagen, dass ich ihn morgen dort abhole, während Nelly und du euch überlegt, was wir an den Feiertagen essen wollen. Und frag die Hansens doch einfach. Auf die drei Personen mehr oder weniger kommt es dann auch nicht mehr an.«

Als wir später eng aneinandergekuschelt im Bett lagen, spürte ich eine noch nie gekannte Geborgenheit. Mein Glück war vollkommen, als Nelly mit Flöckchen im Arm vor unserem Bett stand.
»Na, dann hüpf mal rein, kleine Maus. Hier ist Platz genug. Pass nur auf, dass Flöckchen sich nicht wieder so breitmacht!«
Egal, wo wir künftig wohnen würden, ob hier oder in Berlin. Mein Platz war dort, wo meine Liebsten waren.

Epilog

Ein Jahr später

Mein Herz pochte wie wild, als der Galerist das Podium betrat, Maximilian zunickte und in die Zuschauermenge sah. Nahezu jeder, der in der Hauptstadt mit Kunst und Kultur zu tun hatte, war gekommen, um der Vernissage der Werke von David M. Richter beizuwohnen.

Nervös drehte ich den schmalen Goldring an meinem Finger hin und her, während Paul den Arm um mich legte. Nelly stand rechts von mir neben Janneke, deren Aussehen sich sehr verändert hatte, seit sie in Berlin Modedesign studierte. Aus dem Inselpunk war eine durchgestylte junge Frau geworden, die ausschließlich Selbstgeschneidertes trug und deren gewagter Stilmix die Blicke vieler auf sich zog.

»Psst, es geht los!«, sagte Paul zu Nelly, die gerade im Begriff war, loszuplappern.

»Sehr verehrte Damen und Herren, verehrtes Publikum«, begann Dr. Steffen Baumann mit seiner Ansprache, und ich bemerkte, wie Maximilians Augenlider flackerten. »Ich freue mich, dass Sie so zahlreich erschienen sind, um bei der Eröffnung der Werkretrospektive des von mir so geschätzten Künstlers David M. Richter dabei zu sein. Wie Sie alle wissen, waren seine Bilder über Jahre hinweg in einer Privatsammlung untergebracht …«, an dieser Stelle hüstelte Paul ein wenig, »… und daher der Öffentlichkeit nicht zugänglich. Umso mehr freut es mich, dass es unserer Galerie gelungen ist, Herrn Richter zu überzeugen, nach so langer Zeit endlich wieder auszustellen und in diesem Rahmen sogar einige neue Werke zu präsentieren.«

Ich hielt kurz den Atem an, weil ich daran dachte, wie viel Geduld es mich gekostet hatte, Maximilian zu überreden, endlich wieder einen Pinsel in die Hand zu nehmen und mit dem Malen zu beginnen. Doch zusammen mit Leona, die links neben mir stand, hatten wir dieses Wunder schließlich vollbracht. Wir waren beide immer wieder zu ihm nach Amrum gefahren, um ihn zu ermutigen und seine neuen Werke zu begutachten. Anfangs war es ihm schwergefallen, sich wieder der Malerei zuzuwenden. Er musste sich zunächst erst einmal wieder mit dem Zeichnen anfreunden. Doch im Laufe der Zeit war seine Blockade immer mehr gewichen, und Leona und ich sahen mit Freude, wie schließlich die Farbe in sein Werk zurückkehrte.

»Doch bevor ich Sie bitte, mir nach nebenan zu folgen, wo Sie als Erstes Richters berühmtestes Bild, die ›Dame in Rot‹, sehen werden, übergebe ich das Wort an den Künstler selbst.«

Maximilian räusperte sich und nahm den Platz vor dem Mikrofon ein. Er senkte erneut die Lider und vermied während seiner gesamten Ansprache den Blickkontakt zum Publikum, sosehr ich mir auch gewünscht hätte, durch mein Lächeln seine Nervosität zu lindern.

Er machte nicht viele Worte, wie es nun mal seine Art war, sondern erzählte in knappen Sätzen, was seine neuen Arbeiten ausmachte. Allerdings ließ er nichts darüber verlauten, warum er sich für so lange Zeit aus der Kunstszene zurückgezogen hatte, was ich ihm nicht verdenken konnte. Das Wissen um sein tragisches Schicksal würde auf immer einem geringen Personenkreis vorbehalten bleiben – und das war gut so.

»Zu guter Letzt möchte ich mich natürlich bei all denjenigen bedanken, die ganz wesentlich dazu beigetragen haben, dass ich wieder begonnen habe zu malen«, hob Maximilian an und richtete seinen Blick nun auf mich. »In erster Linie meinem guten Engel, Anna Bergman, die es verstanden hat, mich mit zarter Hand wieder auf meinen Weg zurückzuführen. Außerdem gilt mein Dank ihrer Schwester Leona und meinem Galeristen Dr. Steffen Baumann, der diese Ausstellung mit dem nötigen Feingespür und einem hohen Maß an Sensibilität organisiert hat. Schließlich bedanke ich mich bei meiner geliebten, leider viel zu früh verstorbenen Frau Liane, deren Anwesenheit ich immer noch spüre. Besonders an einem Tag wie diesem. Liane, ich werde dich immer lieben!«

Diese Worte waren zu viel für meine romantische Seele, und mir kullerten die Tränen hemmungslos übers Gesicht. Paul zog mich fester an sich und gab mir einen Kuss.

In diesem Moment war ich unvorstellbar glücklich. Ich hatte alles, was ich mir immer wieder gewünscht und erträumt hatte. Es war ein langer, nicht immer einfacher Weg gewesen.

Und begonnen hatte alles im Watthuis, das mittlerweile uns gehörte, auf der Nordseeinsel Amrum, die für immer die Heimat meines Herzens sein würde.

Danksagung

Ich habe seit meinem Romandebüt nicht mehr die Chance genutzt, in meinem Buch »danke« zu sagen. Also ergreife ich sie an dieser Stelle – dafür umso länger ;-). Ich danke also:

Kathrin Wolf, meiner warmherzigen, klugen und strengen Lektorin, die sich nicht nur intensiv mit diesem Stoff, sondern ebenso mit mir als Autorin auseinandergesetzt hat. Sie hat sich trotz ihres stressigen Arbeitsalltags die Zeit genommen, mir liebevoll und zartfühlend meine Stärken und Schwächen vor Augen zu führen und konstruktiv an und mit ihnen zu arbeiten. Liebe Kathrin, ich hoffe, wir machen noch viele Bücher zusammen!

Friederike Arnold, der zweiten im »Lektoratsbund«, die behutsam mit meinem Text umgegangen ist und mich dazu motiviert hat, bis zum Schluss »Gas« zu geben und einen neuen Epilog zu schreiben. Danke für die Ermutigung zu diesem letzten Kraftakt!

Dr. Anke Vogel, meiner wunderbaren Agentin für die schöne Zusammenarbeit. Anke, es ist soooooo schade, dass Hamburg und München so weit voneinander entfernt liegen!!!!!!!!!!!

Den *»Amrumern«,* die mir meine vielen Fragen beantwortet und mir von »ihrer« Insel erzählt haben. Ich hoffe, ich habe alles richtig wiedergegeben!

Steffi von Wolff, meiner liebsten und besten Freundin, die mir unverbrüchlich zur Seite steht, mir zuhört, mit mir weint und lacht und immer ein »Ohr«, eine Umarmung, leckeres Essen oder einen fiesen Witz auf Lager hat. Steffi – es ist so schön, dass es dich gibt! Ich freue mich auf viele (als Schreiburlaub getarnte) Reisen mit dir nach Amrum, Sylt oder wohin auch immer uns in Zukunft der »Wind verwehen wird« … So schließt sich der Kreis!

Peter Wolff, der – auch wenn es ich das gar nicht vorhatte – zu einem Vorbild für den »Paul« in meinem Buch wurde. Dass dein Vater ausgerechnet Paul heißt und du selbst Fotograf bist ist nur einer dieser vielen magischen Zufälle, die unseren Weg kennzeichnen, wohin auch immer er in Zukunft führen mag. Wie gesagt: Der Platz in meinem Herzen, den du dir erobert hast, ist auf immer dein!

Silke Schütze für das tolle Quote auf der Rückseite des Buches: Es ist schön, dass wir uns kennengelernt haben! Ich freue mich auf viele weitere Kaffee- und Mittagspausen mit dir und auf alles andere, was da noch so kommen mag. Aloha!

Den vielen lieben Menschen, Freunden und Kollegen, die an meiner Seite sind und dazu beitragen, dass dieser Beruf nicht ganz so einsam ist: Alex, Bettina, Thomas & Annette, Peter Dorsch, Iris, Birgit, Claudia, Sabine Kornbichler, Dagmar von »Step by Step«, Anja & Bettina Keil, Petra Unkhoff-Kock, Björn, Diana. Meiner »kloanen« Schwester in München und ihrer Mutter Annegret.

Und auch den Menschen, die leider nicht mehr Teil meines Lebens sind – danke für die gemeinsame Zeit!

Und all denjenigen, die da noch kommen werden … ich freue mich auf euch!

Und last but not least: Meinen Leserinnen und Lesern. Herzlichen Dank für die Treue und schönen E-Mails, die ich immer wieder erhalte. Sie ermutigen mich, weiter zu schreiben.

Puh, ich hoffe, ich habe niemanden vergessen …!

Gabriella Engelmann im Gespräch

Was hat Sie zu Ihrem Roman »Wolkenspiele« inspiriert?

Liebe, Kreativität und Freiheit sind für mich selbst, aber auch in meiner Familiengeschichte ein großes Thema. Die Liebe zwischen Eltern und Kindern, die Liebe zu einem Partner, die Liebe zu sich selbst, all das konnte ich in diesem Roman wunderbar verflechten und positiv auflösen …

Wen hatten Sie vor Augen, als Sie die Figur der fiktiven Künstlerin Charlotte Mommsen entworfen haben?

Keine bestimmte Person, sondern ein Potpourri aus Künstlerinnen des 19. und beginnenden 20. Jahrhunderts. Gerade in der Kunst hatten es Frauen der damaligen Zeit besonders schwer, was dazu führte, dass sie ihre Kreativität und ihren Wunsch nach Autonomie nicht in dem Maße ausleben konnten, wie sie es gern getan hätten.

Ihr Roman »Inselzauber« spielt auf Sylt, dieser auf Amrum. Haben Sie ein besonderes Verhältnis zur Nordsee, oder zu Inseln?

Schon in meiner Kindheit fand ich die Vorstellung aufregend, an einem Ort zu sein, der komplett von Wasser umgeben ist. Seit dem Umzug nach Hamburg haben es mir die Nordfriesischen Inseln besonders angetan. Sie sind landschaftlich reizvoll, und jede hat einen eigenen Charakter und ihren ganz besonderen Charme.

Gabriella Engelmann

Inselzauber

Roman

»Dumme Kuh«, »arrogante Zicke« – Als sich Lissy und Nele auf Sylt begegnen, können sie sich zunächst nicht besonders gut leiden. Doch die beiden Frauen haben mehr gemeinsam, als sie ahnen, denn das Leben meint es derzeit nicht besonders gut mit ihnen: Neles Café steht kurz vor dem Konkurs, und Lissys Freund hat gerade mit ihr Schluss gemacht. Nach und nach nähern sich Lissy und Nele einander an – denn zusammen ist man eben doch stärker als allein. Der Inselzauber tut sein Übriges. Zwischen blauem Himmel, Dünen und Meer bekommen Träume Flügel, und auf einmal scheint alles möglich ...

»Unser Sommermärchen spielt auf Sylt und ist so schön, dass man packen und hinfahren möchte.«
FÜR SIE

KNAUR

Gabriella Engelmann

Eine Villa zum Verlieben

Roman

Stella, Leonie und Nina haben kaum Gemeinsamkeiten – bis auf ihre Leidenschaft für eine alte Stadtvilla im Herzen Hamburgs, in die der Zufall sie zusammenführt. Jede von ihnen hat ihren eigenen Traum: Stella will Karriere machen, Leonie wünscht sich eine Familie, und Nina möchte nach einer großen Enttäuschung endlich wieder glücklich sein. Doch das Leben geht manchmal andere Wege als erwartet. Wie gut, wenn man in solchen Momenten Freundinnen hat ...

»Ein Spaziergang und eine Liebeserklärung an den Hamburger Stadtteil Eimsbüttel. Ein gefühlvolles und warmherziges Buch, mal zum Weinen, mal zum laut Lachen und wie ein Plausch mit der besten Freundin, so dass man sich wünscht, es möge nie enden.«
WOCHENBLATT